U0595973

风雨石榴路

王冠臣 / 著

中国文史出版社
CHINA CULTURAL AND HISTORICAL PRESS

图书在版编目（ＣＩＰ）数据

风雨石榴路 / 王冠臣著 . -- 北京：中国文史出版社，2020.7

ISBN 978-7-5205-2088-1

Ⅰ . ①风… Ⅱ . ①王… Ⅲ . ①长篇小说—中国—当代 Ⅳ . ① I247.5

中国版本图书馆 CIP 数据核字 (2020) 第 108605 号

责任编辑：梁玉梅

出版发行：中国文史出版社

社　　址：北京市海淀区西八里庄路 69 号院　　邮编：100142

电　　话：010-81136606 81136602 81136603（发行部）

传　　真：010-81136655

印　　装：北京新华印刷有限公司

经　　销：全国新华书店

开　　本：16 开

印　　张：17　　**字数：254 千字**

版　　次：2020 年 10 月北京第 1 版

印　　次：2020 年 10 月第 1 次印刷

定　　价：52.00 元

目录

01 河娃与石榴

鲁西南一带有个风俗，谁家孩子娇，因害怕小孩不成人，父母不给他取名，要抱着小孩在黎明时出去闯名，在路上碰上谁就让谁给孩子取个名。有时一个人也碰不上，却碰上一条狗，那就取名叫"狗娃"；要是碰上一头牛，就取名叫"牛犊"。那一年鹌鹑店村一个汉子，天还不亮，抱着个刚满月的娃，出来闯名。他从村东头走到村北的小河边，才碰上一个拾粪的老头，这汉子就请拾粪的老头给娃起个名字。那拾粪的老头也没文化，一时想不出啥好名来，就把手中的粪叉往河里一指，说："就叫河娃吧。"

河娃的爹是个大货车司机，经常外出拉货。河娃五岁那年，河娃的娘就跟着河娃他爹押车。两口子有时一年半载也不回家一趟，把河娃丢在家跟着爷爷奶奶生活。

一个风和日丽的春天，河娃独自在村头玩耍，看见村里不断有人出了村口往东走去，他们有骑自行车的，也有牵着羊的，或者空着手步行的。河娃知道这些人都是去马集赶会。听大人说马集十分热闹，因而他突然产生了要去马集逛一逛的想法。于是河娃就跟在几个赶会人的屁股后头走去。

走了很长时间，从一个村的南边绕到村的东边，然后再往东北行有一顿饭的工夫，才到了马集。进了村就见人山人海，与河娃一同来的那几个人都淹没在人海里不见了。河娃摸到一个卖烧饼的炉子前，闻到了芝麻和糖稀的香味。河娃嘴里流着口水，在那站了半晌，再也没看到一个认识的大人。他心里忽然害怕起来，便往回走。出了马集西头，就见前面有几个大人也赶罢会回去，他就跟在他们后面往西南的路上走。正行间，前面出现一个岔路口。一条路向正南，另一条路向西南。他前面的大人向西南那条路走去，于是河娃也向西南走。结果那几个人走到一个村口，便进了村。河娃知道这不是他家的村庄，只好继续往西走，进了一片杏树林，便没有路了。他看到一个枯瘦的老头倚坐在一棵大树下，两眼睁着，但眼珠子混浊，像生了锈。

河娃走到跟前问他："上鹌鹑店从哪走？"

那老头好像没有听见，河娃连问两遍，他还是没啥反应。河娃有点害怕，就又往西走。出了杏林，见前面是一条小河，小河从西南蜿蜒而来，又向东北蜿蜒而去。河床干涸，一滴水也没有，两边河坡上是黑黝黝的碱土，碱土上泛起一层白茫茫的碱花。河娃踏着碱花往西南走。河滩上不起碱花的地方，间或生出些嫩绿的茅草芽来，藏在去年生的枯叶下面，在顺河风的吹拂下瑟瑟发抖。

这时天已过午，春日暖暖地仰面照来，晒得河娃头上冒汗。他只穿一条蛤蟆皮棉裤，后头露着屁股，河娃又把胸前的纽扣解开，露出胸膛和肚皮，这样才凉快些。

走了好长时间，见河床冲着一座村庄，在村口转了个弯，向西伸展去了。河娃看那村庄四周被土寨墙包围着，和自家村庄差不多。来到村口，见一个背着箩筐拾粪的老头，河娃就问他："上鹌鹑店往哪走？"

那老头用手一指村口说："这就是鹌鹑店北门。"

于是河娃就懵懵懂懂地进了村子，又拐了几个弯，问了几次路才摸到家。河娃的奶奶一见河娃，就惊道："哎呀，可回来了，我的孩儿！"便一把将他抱在怀中。原来河娃的爷爷奶奶正召集几个邻居要分头去找他呢！

河娃把自己赶会回来迷了路，结果顺着小河才走回了鹌鹑店，还把他在村口向一个拾粪的老头问路的事讲述一遍。河娃他奶奶感叹地对河娃他爷爷说："这是南海奶奶显灵，把咱孙子引回了家呀，你去集上割几斤肉，咱要摆桌供，谢谢南海奶奶才对。"

河娃爷爷笑了笑，一副不置可否的样子。

后来河娃爷爷终于没有割来肉。河娃他奶奶无奈，就买了两捆香，领着河娃来到河边的南海奶奶庙前。其实这南海奶奶庙只有鸡窝一般大，河娃他奶奶把香点着，她跪在香前双手合十，嘴里念念有词，最后又十分虔诚地磕了两个头，才牵着河娃的手回家去了。

河娃长到七八岁的时候，活动范围扩大了，便常常和小伙伴二猴子，还有扎根来河边玩耍。青黄不接的春天，奶奶递给河娃一只篮子和一把小铲，让河娃去河滩里剜野菜。罩着一层盐碱的河滩上连秧子草都不生，哪有什么好菜？不过偶然也会生出几棵碱荟荟草来，冷不丁也会发现几棵苦苦菜。河娃来到那河滩里并不急于剜菜，而是先和二猴子、扎根玩打"破鞋摞"的游戏。太阳快正南了，才匆匆忙忙去剜菜，常常到回家时剜的菜还盖不住篮子底。

有时河娃掂^①着爪钩，在河滩里刨茅草根。其实那不是茅草根，而是茅草埋在地下的茎。茎上有节，节上生出的茸毛才是茅草根。河娃用手指把茅草茎上的茸皮和根捋掉，露出白皙水灵的茎来，放进嘴里用牙咬，就会有一丝甜水渗出来。那滋味比现在孩子吃的柑橘还甜。

河娃累了，就坐在茅草上休息。望着这弯曲的河道，那黑黝黝泛着碱花的河滩，还有那被流水冲刷的沟痕，心想这小河多像一位弯腰驼背的老奶奶呀。她已经气息奄奄了，可是还拼命从自己干瘪的乳房里挤出几滴奶汁来，喂养着她饥饿的儿孙！

可是小河并不永远是这样的荒凉、凄冷。到了夏季，暴雨过后，上游洪水过来，和本地流淌过来的雨水汇集到小河里，把河床灌得满满的，有的地方都淹了农田。这时村里有些人都蹲在河边观看难得一见的洪水。一次河娃和小伙伴二猴子还有扎根也来看水，只见那浑黄的河水浩浩荡荡从西南滚瓜般地涌来，又在他们眼前打着漩，汹涌地向东北流去。有

河
娃
与
石
榴

01

---

① 掂：方言，拎的意思。

时水面上还会出现树枝和柴草，随着旋涡旋转着向下游漂流。

河娃问二猴子："这水是从哪儿流过来的呀？"

二猴子说："是从花果山水帘洞流过来的。"

"这水都流到哪里去了？"

"都流到东洋大海里了。"

"不对，这水是流进东湖里去了。"扎根和二猴子同岁，也见多识广，他常常和二猴子抬杠。为了证明他说的有根据，扎根又补充一句："俺爹还去东湖拉过大蒜呢！"

河娃比他俩小三岁，对他俩谁说的对、谁说的错也判断不准。不过他更崇拜二猴子，因二猴子说话活灵活现，还拿双手比比画画，很有气势。在河娃心里，二猴子就是个大博士，这世上没有二猴子不懂的事情。

盛大的洪水只能维持两天，到第三天水位就下降许多，水流也变得平缓。这时有许多青蛙蹲在河边，面向河水呱呱地鸣唱，还有众多的疥肚蛤蟆也在哇哇地凑热闹。那青蛙种类很多，有"花瓜"，还有"黄香炉"和"吕布"。花瓜个头最大，长着雪白的肚皮，背上和腿上分布着墨绿色的条纹，十分美丽端庄，像一位尊贵的皇后。黄香炉皮是黄绿色的，个头较小。吕布皮是纯绿色的，个头和黄香炉差不多。河娃和二猴子都喜欢青蛙，讨厌那相貌丑陋又有腥味的癞蛤蟆。这下可便宜了癞蛤蟆，因为没谁愿意捉它。有时蛤蟆大摇大摆地爬到河娃脚前，吓得他赶快给蛤蟆让路。青蛙没长得漂亮而得福，反而招来横祸。二猴子有一招绝技，他逮一根芦苇，把苇叶去掉，只剩尖细绵软的苇梢。然后把苇梢挽成个鼻，那鼻是束紧扣，然后手握苇秆来到青蛙的后面，把那苇梢挽成的束紧扣悄悄套住青蛙的头部，青蛙发现有异物接触它，就会猛地一跳，想跳进水里逃跑，谁知它这一跳反而被束紧扣套得更牢，二猴子就把苇秆举起来，一伸手把青蛙捉到手中。河娃也跟二猴子学会了这一招，但没二猴子的技术娴熟，操作起来，失败的次数多，成功的次数少。

一次，扎根见他俩又蹲在河边捉青蛙，便跑过来批评他们："青蛙是农民伯伯的好朋友，它吃害虫，你俩不要再捉青蛙了！"

扎根这一嚷嚷，吓得蹲在河边正在鸣叫的青蛙都扑通扑通跳进河里逃跑了。二猴子气得扭过头来发狠地说："真是狗拿耗子——多管闲事！"

"你要不听我的话，我就告诉老师，让老师批评你们！"扎根理直气壮，一点也不让步。

二猴子很顽皮，就对扎根说："你敢告俺俩的状，我就告诉老师你砍小树做鞭杆的事，看老师批评谁？"

二猴子心里知道，扎根砍小树那是几个月前的事，属于历史问题，自己捉青蛙可是现行错误。因此他嘴里很硬，行动却让了步，他把捉到的青蛙扔进河里，把苇秆也扔了，然后脱了裤头，就一头扎进河里洗澡去了。

河娃也讨厌扎根多管闲事，便不理扎根，跟着二猴子跳进河里玩水。

过一段时间不下雨，河里的水变成涓涓细流。河娃和二猴子就在河里筑起一道泥埂，把流水拦住，憋得上游水位抬高。他们再在泥埂中间留出一个三尺宽的豁口，想在豁口上铺一张破旧的竹门帘，就可以捉鱼了。可是二猴子家没有门帘，他问河娃："你家有门帘吗？"

河娃摇摇头说："俺家也没有门帘。"

二人正在发愁，可巧这时扎根走过来，他说："我家有竹门帘，你俩要跟我合伙，我就拿帘子去。"

二猴子和河娃还生着扎根的气，都不愿意让扎根入伙。可是眼前是万事俱备，只欠东风呀，没有帘子就没法捉鱼，他俩忙活半天才堆好的土埂也成烂尾工程了！二猴子眼珠子转了转便说："好吧，你要能拿来帘子，就让你入伙。"

扎根见二猴子批准他入伙了，高兴得把手里的篮子一扔，就往家里跑去。二猴子和河娃眼望着他的背影，心想，这家伙能不能拿来帘子还不一定呢，他要真拿不来帘子，这鱼汤就喝不成了！谁知过了不大会儿，就见扎根抱着一卷门帘，满头大汗地跑了回来。二猴子高兴地竖起大拇指，表扬他一句："扎根真牛！"

于是他们把帘子一端铺在土埂的豁口上，另一端用一根杠子绷住，又在杠子两端的下边放几个砖头，把帘子抬高。这时就见上游的河水从豁口里像瀑布似的跌落到帘子上，又从帘缝里流进下游的河床。只有那顺水冲下来的鱼儿落到帘子上，不能从帘缝里溜走，急得在帘子上乱蹦。二猴子、扎根，还有河娃都争着伸出手来抓鱼。

冬天到了，河底仅存的几小坑水都结了厚厚的冰，这时冰坑又成了河娃和同伴的乐园。河娃学着二猴子，截一小段木头，一端刻成平底，另一端刻成圆锥体，在锥顶钉上一颗钉子，就做成了一个"木碟遛"。然后再从奶奶的活筐里取出一段纳鞋底用的绳子，把那绳子一端挽个鼻，套在右手食指上，把绳子缠绕在木碟遛上，然后举起手中的木碟遛往冰面上猛一甩，那绳子带动木碟遛在空中快速地旋转，接着落在冰面上一边旋转，一边画圆。如果转得好了，还会定住，木碟遛停留在一点上旋转，这是拉木碟遛玩的最佳效果。每当出现木碟遛固定在一点上旋转的情况，小伙伴们就快乐地欢呼起来。有时河娃的手起了冻疮，脚冻得生疼，可还是不舍得离开那冰冻的小河！

河娃十一岁那年，转学到大庙高小上五年级。大庙高小的校址是一座古庙，在鹌鹑店西有五里之遥。原来鹌鹑店村有一所初小，只有一至四年级，这所初小归陈楼学区管辖，所以到了该升五年级时，大部分同学都去陈楼高小就读。可是河娃爷爷听说大庙高小老师教得好，就让河娃转到了大庙高小。由于农村计划生育的成功，那几年学生已开始减少，农村学校之间也争夺生源。因此陈楼学区的学生来大庙高小上学，大庙高小都非常欢迎。

比河娃稍晚几天转到大庙高小的还有同村的一个女孩子，她叫石榴。石榴并不是因慕名大庙高小教学质量高才来就读的，而是升五年级前几个月她休了学，升五年级时没去陈楼报名，所以陈楼高小没有收她。后来都开学半月了，石榴的姑夫在大庙高小给石榴找到一套书，就叫石榴来大庙高小上学来了。

石榴虽然才十四岁，可是打扮十分老到。她总是穿着破旧的衣服，那裤腿像水桶般粗，上身是大襟胖袄，这行头和那三四十岁的媳妇没有啥区别。只是她那袄领上露出一段雪白的脖颈，脖颈上又是齐耳的短发，那头发油光发亮。她要是回头一看，你会觉得眼前一亮！那是一张白里透红的瓜子脸，两道细长而稍弯的眉毛衬着雪白的皮肤，显得格外清晰。眉毛下面又是一双水灵灵的大眼，那眸子又黑又亮，像两颗晶莹的黑宝石。河娃觉得在电影里也没见过这样漂亮的姑娘！

河娃和石榴在学校同班，上学和放学的路上又结伴同行，而那条小河是他们上学的必经之路。一次走在路上，河娃问石榴："人家小姑娘都穿花衣裳，你为什么老是穿老媳妇的衣裳？"石榴眼中掠过一丝阴云，嘴唇动了动，啥也没说。

后来河娃听奶奶说："石榴三个月大的时候就没了娘，她娘活着的时候非常能干，在地里干活比石榴她爹还能吃苦。回到家又纺花织布，把家业料理得红红火火。她用卖布料的钱还买了一头牛。可是石榴她爹不干正事，吃喝嫖赌五毒俱全。石榴她娘想管他，反而遭受毒打，因而常常气得哭哭啼啼。一次石榴她爹又去赌博，石榴她娘怀里抱着石榴偷偷站在赌场门外窥探。听见石榴她爹把带的钱输光了，又把家里的牛也给输进去了！石榴她娘顿时觉得五雷轰顶，她迷迷糊糊地摸回家，把怀里熟睡的石榴放进被窝，就跑到正涨大水的小河边投河自尽了！"

河娃听了奶奶的话才明白，原来石榴没了娘，也没谁给她做花衣裳，所以只好穿她娘遗留下来的破衣裳。怪不得她总打扮得像个老媳妇。

河娃又想起奶奶当初曾领着他去河边烧香，还给南海奶奶磕了头，便问奶奶："你常说小河里住着南海奶奶，她会保佑两岸的生灵，那她为什么不救活石榴她娘呀？"

奶奶听河娃说这话，立刻沉下脸来喝道："别说狂话，看南海奶奶捏你头疼！"

河娃这时已接受了多年教育，早已不是迷路时的那个小河娃了。他对奶奶这吓唬小孩儿的话一点也不害怕，还故意顶撞奶奶一句："你这是老迷信！"

奶奶见河娃说出这犯上作乱的话来，气得脸都黄了，她伸手抓住个

河娃与石榴
01

笤帚疙瘩，就要揍河娃，河娃急忙转身就跑。其实奶奶也不舍得打他，她不过是虚张声势，想吓唬住河娃罢了。

一次刚下过雨，河娃和石榴去上学，见河里有水，石榴便挽起她那宽肥的裤筒，露出两条雪白的大腿来，看上去就像两段打了皮的嫩藕。河娃看看自己两条黑不溜秋的瘦腿，比两根烧火棍还难看，心里有点自惭形秽。可是那一段时间他看过了《西游记》和《水浒传》，心里一开始极佩服孙悟空，认为孙悟空一辈子不近女色，够爷们！后来又觉得孙悟空头上戴了个金箍，后半世生活得有些窝囊，便转而崇拜花和尚鲁智深和黑旋风李逵，觉得他二人活得潇洒，而且一辈子不近女色！受小说的影响，河娃心里滋生了大男子主义。他看不起《西游记》里的女妖，更瞧不起《水浒传》里的潘金莲之流。推而广之，他也瞧不起身边的女生，包括比他高半头而且还考过双百分的石榴。当他俩蹚水经过河的中心时，水已经有大腿深，流得很急。石榴在前面怕河娃被水冲倒，反过身来伸出一只雪白细嫩的手，想扯住他的左臂。

河娃急忙把左臂往后一甩，嘴里说道："别扯我！"

石榴见河娃不领情，只好收回那只雪白的手，自己蹚过河去，河娃也小心翼翼地蹚过了河。

河对岸是一望无际的麦田，这时节气正当小满，麦子都顶满了壳。河娃和石榴便各掐了几穗麦蹲在河边用手揉搓，边揉搓边用嘴吹风，直到把麦子和麦壳揉得分了家，又把麦壳吹离了手心，剩下的全是浅绿色的麦子，就可以吃了。那麦子吃着香甜绵软，比家里的白面馒头好吃多了！吃过之后，手心里和嘴唇上沾的都是绿色面筋，为了不让别人发现他俩吃过麦子，河娃和石榴蹲在河边洗手洗嘴。石榴洗完了，把嘴凑到河娃面前，让他看看洗净没有。河娃一看石榴那红润的嘴唇湿漉漉的，就像一朵雨淋过的石榴花，还有那含在口里的雪白牙齿，那俊秀之气差点儿没把河娃大男子的优越感给挤扁。

河娃告诉她，右下唇边还有一点没洗净。她要求河娃用手指点给她看，可是河娃的手指只在距离她嘴唇还有二指远的地方描了一下，根本没有接触她的红唇。因为不能跟女孩子发生肌肤接触是河娃心中的红线，河娃的好汉清白怕被她的红唇给玷污了！

石榴见河娃不肯给她指明，只好自己又蹲到河边去洗。

因为河娃瞧不起女生，所以跟石榴说话总是别别扭扭，她说东，河娃偏说西，她夸好，河娃偏说不好。

一次河里没水，石榴提出要步量小河的宽度。到了河边，她一边走路，一边数数。河娃想，你会步量，我难道不会？于是河娃和她分庭抗礼，也边走边查步数。到了对岸，石榴说河的宽度是一百四十步。河娃马上驳斥她说："不对，小河的宽度是一百五十步！"

一开始石榴坚持说是一百四十步，并说是河娃数错了。这令河娃勃然大怒，满脸涨红地吼道："你个女流之辈知道什么？洒家数的百分之百正确！"

河娃想自己这一发怒，要是把石榴气哭了，那就说明自己的气焰压住她了，自己就能获得男子汉的权威感。可是石榴见河娃发怒，只是嫣然一笑，马上改口说："你说一百五，就一百五吧。可能我数错了。"

看她那表情非但没被自己激怒，倒像一位懂事的大姐姐，对一位少不更事的小弟弟的宽容和大度，而且还是一脸灿烂的笑容，这更使河娃生气。因为河娃没能体验到男子汉的威力，河娃的怒吼石榴根本不屑一顾。

就这样，河娃跟石榴结伴上学，读完了五年级。升上六年级，石榴就辍学了。上学的路上只剩河娃一个人，形影相吊。

河娃忽然感到十分孤独，心里有一种说不出的惆怅。每当他挽起裤腿蹚水过河时，脑海里便出现石榴那伸过来的白皙精致的小手。过了河他坐在河边呆呆地望着流淌的河水，眼前又浮现出那微笑着的石榴花般的红唇。河娃渐渐体会到在他上学路上石榴的重要性。他开始后悔了，为什么自己总跟石榴闹别扭？为什么自己在河中不肯牵住石榴那友好的小手？

河娃深刻地反省自己，认识到自己种种对石榴的不友好表现都源自大男人主义。自己心里瞧不起女生，并且对石榴的优秀表现非常的妒忌。很可能石榴是因受不了自己的窝囊气才辍学的。想到这里，河娃深感内疚，觉得自己像石榴她爹一样犯了人生的大错！他想，我应该主动去石榴家劝她复课。可是一想到自己平时对石榴的种种不友好行为，又有点犹豫起来。河娃害怕石榴罚他吃闭门羹。到时候弄得灰溜溜的下不来台，那多难看呀！

终于有一天，河娃鼓足了勇气跑到石榴家里。一进她家门，就见她爹正坐在门槛上抽烟。河娃向前靠近一步，大声说："老师叫我传石榴上学哩！"

其实老师并没叫他传石榴上学，他只是觉得这样说更显得名正言顺。

石榴她爹眼皮也没抬，冷冷地说道："小妮家，上啥学？还不如割篮子草喂羊呢。"

河娃见这老头大大咧咧的，觉得他实在不可理喻，赌气转身就走。从那以后，河娃发誓再也不去石榴家。

一天放了学，河娃背起书包正要回家，就见班主任范老师推着自行车朝他走来。河娃跟范老师不对劲，因为他上课爱看课外书，又喜欢和同桌的马好学交头接耳，所以常常挨范老师的批评。有一次范老师上语文课，河娃把《西游记》放在桌子下面偷偷看，他正看到"如来佛说这妖怪叫作六耳猕猴"这一句，就听范老师提问他："《登鹳雀楼》的作者是谁？"

河娃正看得入迷，没听清范老师问的问题是啥，就稀里糊涂地站起来答道："是六耳猕猴。"

河娃话音没落，就听全班同学哄堂大笑！气得范老师走下讲台，伸手拧住他的耳朵，把他揪到讲台前，足足站了十分钟，直到范老师讲完了课，布置完作业才放他回到座位上。从那以后，同学们又给河娃起了个绰号叫"六耳猕猴"，弄得他在同学面前灰溜溜的。所以河娃最讨厌范老师，看见她走过来就想开溜。却听范老师喊道："河娃，你等等我。"

河娃见范老师喊他，也不敢走了，可是心里直打鼓。他想：都放学了，俺又没犯啥错误，你老范还找俺的碴干啥哩！

范老师走近河娃，和蔼地说："河娃，你知道石榴为啥辍学吗？"

河娃一听范老师过问石榴辍学的事，就来了精神，他说："我知道，是石榴她爹不让她上了，要让她下地割草喂羊呢！"

河娃嘴里这样说，心里却在想，要不是你老范总跟俺过不去，我早把这事告诉你了，还不都是因为你官僚主义太严重，弄得下情不敢上达吗？

范老师又说："你知道石榴在哪里住，就领着我到她家去一趟，好吗？"

河娃见今天范老师特别和气，心里紧绷的弦也放松了，便高兴地说："好哇，我放学就从她家门口过呢。"

于是河娃就坐在范老师的自行车后座上，范老师蹬着自行车出了学校大门，向鹌鹑店行驶。迎面和风徐徐吹来，范老师那翠绿色的裙子在河娃膝盖上飘来飘去，散发出阵阵栀子花的香味。又听范老师高兴地说："河娃呀，你上周写的作文特别好，主题突出，人物描写活灵活现，意思也很完整。"

河娃历来都是受批评的，这是第一次听到范老师的赞扬，心里不由得乐开了花。但他对范老师的戒备心理很重，他想范老师可是翻脸比翻书还快，在她面前必须表现得谦虚点，切不可得意忘形，防止她话头一转又变成了批评！他可不想看到和范老师的关系刚出现一丝暖意，马上再回到冰封雪盖的严冬！于是河娃谨慎地说："我的作文与优秀同学的作文相比，还差得远。老师还得多指缺点，让我认识到自己的不足之处，才能更快地进步！"

范老师听了河娃的话，心想这孩子平常不守纪律，调皮捣蛋，没想到还很会谦虚呢！于是又说："我想你这一段时间作文进步快，跟你爱看课外书有关。"

河娃马上接过话茬说："老师，您不是常在班上讲，读书破万卷，下笔如有神吗？我就是记住了您的话，把别人逮蝈蝈、打扑克的时间都用来看课外书呀！"

河娃的对答如流让范老师十分惊讶，她后悔平时跟河娃沟通太少了，以至于对河娃长期抱有偏见，没料到他顽皮的外表下潜藏着一个很灵光的大脑呢！范老师又想起河娃上课时偷看课外书被自己揪耳朵的事，觉得那次做得太过分了！自己是师范院校的毕业生，学过心理学、教育学，还常常念叨学生是祖国的花朵，怎么一发起怒来就控制不住情绪，粗暴地体罚学生呀！想到这里，范老师十分后悔，她惭愧地对河娃说："河娃呀，上次你上课看课外书，回答错了我的提问，我不应该揪你的耳朵，使你的身心都受到了伤害。我做得很不对，你能原谅我吗？"

在河娃心目中，范老师是个高高在上、十分严苛的老师，想不到她今天会放下架子给自己道歉，而且态度那样诚恳，语气那样亲切，甚至有点可怜兮兮的味道！这让听惯了批评的河娃不禁有些受宠若惊了！他急忙安慰范老师说："没事的，老师，我这耳朵以前俺娘经常揪，习惯了。这一段时间俺娘外出打工，好长时间没人揪了，正有点发痒呢！"

范老师听了河娃这带点幽默的话，不但不觉得可笑，反而鼻子都酸了！她想，孩子把体罚不当回事，正说明老师和家长教育方法的简单粗暴，把孩子的自尊心都摧残了！河娃是个多么善良的孩子呀，他一点也不记恨老师，还会这样安慰自己。这令范老师更加感到对不起河娃了！

师生二人都敞开了心扉，越谈越融洽。河娃右手揽着范老师那柔软的腰肢，欣赏着范老师那被风儿撩起的瀑布般的秀发。他又想起，以前石榴在自己面前夸范老师是个大美女，自己立刻厌恶地怼她一句："会拍马屁！"今天才忽然意识到石榴说的话并非虚夸。

自行车穿过一片茂密的玉米地，往前就看到了小河，只见一个人正背着满满一篮子青草，小心翼翼地蹚水过河。从后面只看到一大篮子青草看不到人，不过从那草篮子的高度可以判断，背草篮子的是个孩子。那孩子过了河，在河边瞅着一处稍高的地方吃力地放下草篮子，然后回到河边洗脚，范老师这才看清是石榴。

自行车来到河边，对岸的石榴也看见了范老师，马上一边摆手，一边高声喊："范老师！范老师！"

河娃听到石榴的喊声，机灵地蹦下车座，范老师一迈腿也下了车，口里喊道:"石榴,等等我!"

原来石榴在学校学习成绩突出,还能团结同学,又尊敬老师,因而深受范老师喜爱。有一次石榴感冒了,还坚持上课。范老师发现她的脸烧得红扑扑的,立马带着石榴去诊所看病。从诊所回来,她给石榴端来开水,让石榴喝了药,躺在自己床上休息。范老师坐在床边不时用手轻轻抚摸她的额头,还用湿毛巾贴在她额头上为她降温。范老师的关心和体贴使石榴这个从小没娘的孩子,第一次感受到了慈母般的温暖。所以石榴对范老师感情很深。在辍学的半个月里,石榴时刻怀念范老师,想返回学校复课。

范老师也没忘记石榴,但是由于一过暑假,有一部分学生跟着在外打工的父母转到城里上学去了,个别班级减员很多。原来四个五年级合成了三个六年级,学生打乱班级,重新编班。范老师任教的班里走了很多老学生,也添了许多新学生。一开始范老师还以为石榴调到别的班里去了。加上刚开学,学校工作太多,所以范老师也没顾得上打听石榴的去向。这天范老师听一个学生说,他去鹌鹑店走亲戚,看见石榴在地里割草呢。范老师才知道石榴辍学了,所以就让河娃领路来劝石榴复课。

石榴听见范老师也喊自己的名字,高兴地又跳进水里,蹚水过来迎接范老师。她在河的中央接住范老师,拉住范老师的胳膊问:"老师,您这是要往哪里去?"

范老师见到了自己心爱的学生,也很兴奋,她说:"石榴呀,你是三好学生,很有发展前途,怎么能小学没毕业就辍学呢?"

石榴就把她爹认为女孩子上学没用,不许她去上学,要让她在家割草喂羊的事叙述了一遍。

范老师说:"我今天就去做你爹的工作,劝他让你复课。"

石榴高兴地说:"老师你来得正好,我爹今天没下地,他在家刨树呢。"

于是范老师和石榴还有河娃一齐蹚过了河,范老师看见路边那一大篮子草足有三四十斤重,心想石榴身材单薄,体重充其量不过七十斤,背这么重的大草篮子，可别扭伤了腰哇！她心疼石榴，于是提议把草篮子放在自行车后座上，让河娃和石榴扶住草篮子，她来推着行走。可是石榴坚决不肯，她说："老师，您带着河娃蹬了几里路，已经很累了，怎能让你再带着草篮子走路！再说我天天背草篮子，已经习惯了，挺得劲呢！"

石榴说着就拿铲把穿进篮子芯上的绳套里，蹲下身子，把铲把扛在肩上，吃力地往上拱。范老师见状，便和河娃跑上前抬住草篮子，帮石榴站了起来。石榴又说："老师，您跟河娃头前走吧，河娃知道俺家，反正这会儿俺爹在家呢。"

范老师只好骑上自行车，带着河娃，头前走了。他们一进村，行没多远，见路北有一座院落，敞开着头门。河娃说："这就是石榴家。"

范老师和河娃下了车，走进院里。见迎面是三间破旧的堂屋，左侧窗前长着一棵茂盛的石榴树，石榴花早已败了，细碎的石榴叶虽然碧绿，但远没有挂在枝头的金黄色石榴醒目。河娃看着那馒头大的石榴，涎水差点没流出来，他暗暗在自己腿上拧了一把，警告自己，范老师在，别露那没出息的样！

范老师打量着这不大的院落，见地面打扫得干干净净，南屋右边窗户上贴着福娃报春的剪纸，虽然已褪了色，但那形象还栩栩如生！范老师知道石榴喜欢手工，这剪纸一定是石榴的作品了。

河娃见前院里没人，便对范老师说："石榴她爹一定在后院刨树呢，咱到后院看看。"

范老师放好自行车，就跟在河娃后面，从屋东头穿过，来到后院，果见石榴她爹正坐在一棵刨倒的榆树干上抽烟呢，他身边还放着铁锹和斧头。一只老山羊正带着两只小羊羔啃吃树枝上的榆叶。范老师见石榴她爹一脸皱纹，像有五十多岁。原来石榴她爹比石榴她娘大十二岁，生石榴那年石榴她娘才二十三岁，当时石榴她爹已经三十五了。按理说教师和家长应该同辈称呼，可是范老师觉得自己才二十二岁，石榴她爹跟自己的父亲年纪差不多，所以就走到近前恭敬地说："大叔您好，我是石榴的老师。"

石榴她爹一看，来了个娉娉婷婷的大姑娘，自称是石榴的老师，还亲切地称自己"大叔"，心想现在的老师都是新毕业的大学生，气质文雅，说话礼貌，跟前几年的民办教师就是不一样。他急忙站起身来说："老师您好，请到前边屋里喝茶吧！"

其实他家里根本没有茶叶，说喝茶就是喝白开水。范老师拽住他的胳膊说："大叔，您这后院挺清静，咱就坐这里说几句话吧。"范老师说着，自己先在树干上坐下了。

石榴她爹见范老师也不嫌树干脏，只好也在树干上坐下来。范老师说："大叔呀，咱石榴学习很好，又能团结同学，是个很有发展前途的学生，你怎么不让闺女上学了呢？"

石榴她爹说："小女孩，认几个字就算了，再上也考不上大学，还不如在家割草喂羊哩！"

范老师说："现在小女孩考上大学的多了去，我就是个女孩呀，我比石榴大七岁，这不我大学毕业两年了，现在一月挣几千元，经常给我爸买衣服、买营养品，孝敬他老人家。我要是中途辍了学，现在不能挣钱，怎能孝敬俺爸爸呀？"

石榴她爹摇摇头说："上学的比牛毛还稠，中用的比牛角还稀，有几个女孩子跟你一样呀？我寻思过几年就让她跟村里的女孩子一起去打工呢。"

范老师说："大叔您还不知道哇，现在打工也要文凭，最低也得有初中毕业证，像石榴这样连小学都没毕业，出去打工也找不到活干！"

石榴她爹觉得范老师说的在理，咋说也得让石榴拿个初中毕业证呀。现在女孩子出外打工，都挣下大把的票子。我要不让石榴上学，将来出去打工没人要，闺女不会挣钱，连找婆家也困难！想到这里，他就改口说："我本来是想在秋忙季节让石榴在家干些活，等秋后闲了还让石榴复课呢！"

正好这时石榴回到了家，她放下草篮子，走过来对她爹说："爹你忘了没有？我一开始上学是跟二猴子和扎根一个班级，现在他俩都上初二了，二猴子说他明年就考技校呢，技校毕业就参加工作了！你当初要不是让我休了几次学，现在我也快初中毕业了！"

石榴她爹又听石榴说这一番话，心里真的有点后悔了，他想当初要不让石榴休学，石榴明年能考上技校，学个技术，三年后就能挣钱了！让她在家割草喂羊，一年也卖不了几个钱。

范老师又补充说："现在《教育法》规定，家长必须保证适龄儿童少年接受九年义务教育。你老人家是个明白人，咱可不能违背《教育法》呀！"

石榴她爹架不住范老师和石榴联合劝说，终于答应让石榴复课了。

范老师怕他再反悔，又趁热打铁说："现在我手里还有一套新书，明天石榴要去学校报到，我就发给石榴。如果石榴明天不去，别的新生去了，就发给别人了。晚几天学校没有书，想复课只有等到下学期了。"

石榴不等她爹说话，就在一旁表态："我明天就上学去！"

石榴她爹这时思想也通了，他也害怕学校真的没书了，石榴复不成课，又得耽误一年，于是爽快地说："好吧，明天就让石榴去上学。"

这时天色已经暗下来。范老师见石榴她爹已经答应让石榴复课，就站起身来，要告辞回去。石榴拉住范老师的手说："老师您别回去了，今晚就住我家吧！"

恰在这时范老师的手机铃响了，范老师掏出手机接听，电话里传出一个男青年的声音："宝贝，你怎么还不回来呀？"

范老师急忙转身，边走边说："我在跟学生家长说话，马上就回去。"

石榴知道这是范老师的恋爱对象在催她回去，便一把拽住紧跟在范老师后面的河娃，示意他和范老师拉开距离，不要影响范老师和她男朋友通话。

范老师推着车出了头门，回过身来摆摆手说："我走了，石榴明天可要按时到校，千万别迟到！"

石榴与河娃目送范老师，直到范老师的背影消失在村口，石榴才扭过头来，十分感激地对河娃说："多亏你今天领着范老师来做我爹的工作，要不然我可能又得休学一年！"

河娃自我表功地说："我这是往你家跑第二趟了呢，第一趟是我自作主张来动员你复课，可是你不在家。你爹说，小妮家，上啥学，还不如割草喂羊哩。"

　　石榴听了更加感激河娃，她想，河娃以前总跟自己闹别扭，怎么过了一个暑假，变得恁懂事了呢？

02 河娃的转变

明天就要复课了，石榴兴奋得半夜睡不着觉。她唯恐上学迟到，头天晚上把闹铃定在早上 5 点。第二天刚睡醒，恰巧闹钟铃响，这时她爹已经下地干活去了。石榴穿好衣服，简单梳洗一下，然后把室内打扫干净，又用大竹扫帚把院里的地也扫一遍，才下厨房做饭。她先拿碗盛了一勺白面，加了半碗水，用筷子搅成面糊，就放在锅台上。然后往锅里添了几碗水，搁上箅子。又在箅子上放三个馒头和一只洗净了的鸡蛋。盖住锅，石榴就蹲在灶前开始烧火。那时石榴家烧的是麦秸，麦秸易燃，但是燃烧得快，一大把麦秸几秒钟就燃成灰烬。如果一次往灶里送的麦秸过多，灶里缺氧，就会只冒黑烟不起火焰。因此石榴左手拉着风箱，右手一小把、一小把均匀地往灶里添麦秸。灶里的火光忽闪忽闪的，照在石榴那粉嫩的脸庞上，把石榴的脸庞映得像一朵鲜艳的石榴花……

做好了饭，石榴盛了一碗疙瘩汤，取一个馒头，又把另外两个馒头和那只鸡蛋放进锅里的箅子上，盖了锅，留着爹回来吃。石榴从咸菜缸里取出一只腌黄瓜，切成碎块，盛在一只菜碟里，滴上几滴香油。她就着咸菜匆匆吃完了饭，又带了五元钱，背着个空书包出了家门。

石榴顺着街往西走不远，路北有一个超市。她拐进超市，买了几个本子。一出超市门就碰见二猴子骑着自行车去上学。二猴子上小学一年级时和石榴同桌，因石榴脾气好，和同学都相处得非常融洽，所以二猴子也喜欢石榴。他一看石榴背着书包上学，马上下车说："石榴坐我车上吧，我带你一程。"原来乡中学在大庙高小西北还有三公里。石榴可以坐二猴子的车走二里路，在小河西岸约五百米有个岔路口，去大庙高小要从岔路口继续往正西走，去乡中学就该从岔路口往西北走，所以二猴子可以把石榴带到岔路口。

石榴心想，河娃还在村西头等着我呢，我坐自行车走了，剩下河娃一个人也不好，便说："你头前走吧，我与河娃结伴走就行。"

二猴子说："扎根也骑着车过来了，让他带着河娃，咱四个一起走。"

石榴觉得盛情难却，只好一欠身，坐在二猴子自行车后座上。扎根看见石榴坐在二猴子车上，也紧蹬几圈，赶了上来。他问石榴："听说你辍学了，怎么又复课了呢？"

石榴说："原来俺爹不让我上了，昨天老师来做俺爹的工作，老师好说歹说，俺爹才又批准我复课啦。"

"你要不是三天两头休学，不也上初二了吗？"扎根非常惋惜地说，"现在你要是也在初中读书，回家时俺俩用自行车带着你，你一步不用跑，多轻松呀！"

石榴也非常遗憾："谁说不是呢？原来咱三个同级，现在你俩都能当我的老师了！"

二猴子调皮地说："要不你再休两年学吧，等我师范毕业了，回来教你。"

仨人说着笑着来到村西头，就见河娃挎着书包站在路旁等着呢。二猴子走在前面，他用手往后一指，对河娃说："你坐扎根的车吧。"

河娃让二猴子的车过去，见扎根也骑车紧跟在后面，便伸手抓住扎根的车座，紧跑两步，轻轻一蹦就坐在扎根自行车后座上。

自行车一出村口，就见一望无际、茂盛的庄稼像绿色的海洋扑面而来。近处是深绿色的豆田，豆田上空弥漫着淡淡的雾气。那雾气把远处淡绿色的田野和天际水墨色的云彩融合在一起，模糊了天地的界线。自行车利箭般地穿过了豆田，路旁又出现一带碧绿的玉米，玉米叶上的露珠映照着刚从云缝里射出的阳光，像无数颗珍珠从飞驰着的自行车旁一闪一闪地掠过。挺着大肚子的玉米穗，斜倚在玉米秆上，从碧绿的玉米叶缝隙里坦露出它的丰满，像仪仗队似的在接受路人的检阅。石榴深深吸了一口玉米田散发出的清香，觉得神清气爽。隔了几个月，又走回上学的路，她格外开心，对前程充满了希望。

一会儿就来到小河边。石榴和河娃都跳下车，二猴子想讨好石榴，便说："你坐车上把脚抬高，别湿了鞋，让我推你过河吧！"

石榴笑着说："谢谢你的好意，要是你脚下一滑，把我摔进河里，我岂不变成了落汤鸡？"

扎根也诚恳地说："要不让我背你过河也行！"

"你蹚水还没我蹚的次数多呢，我怕把你压趴在河里。"石榴一边说着，一边脱了鞋袜，挽起裤腿就下水了。

河娃见二猴子和扎根都争着在石榴面前卖好，心想这俩人眼皮好活，在学校还不知怎样巴结老师呢！于是他便半开玩笑半认真地对二猴子说："让我坐你车上，你推着我过河吧。"

二猴子嘴一撇说："你想得美，可惜没谁推你，还是拿出当年下水摸鱼的本事，连滚带爬地过去吧！"

其实这河水很浅，二猴子为了在石榴面前显示本领，他骑上自行车蹬得飞快，猛地冲进河里，然后把双脚抬起，那自行车趁着惯性竟然驶过了河！自行车轮溅起的水珠都澎到石榴身上了，石榴还站在水里大声为他喝彩："真是武林高手呀！"

二猴子听到石榴的赞扬，心花怒放，他飞身下车，回过身来，一只手扶着车把，一只手高高举起来，对着河娃和扎根打了个胜利的手势，口里狂喊："Victory！"

扎根见他那扬扬得意的样子，心里不服，说声："这有啥难？看我的！"便模仿二猴子，狠蹬几下自行车，然后把腿跷起来，也冲进河里。可是自行车行到河中间，前辖辘掉进一个小坑里，自行车一歪，扎根差点趴进水里，幸亏石榴一把将他扶住，要不可真变成落汤鸡了！

二猴子揶揄他："你这武艺还差得远，再跟我学两年也出不了师！"

河娃也鼓着掌，笑得前仰后合，一副幸灾乐祸的样子。

扎根满脸通红地说："二猴子好时运，车轱辘没掉进沟槽里，要掉进沟槽里，比我摔得还惨！"

只有石榴替扎根打圆场："扎根本来可以冲过去的，因我挡住了路，他为了躲开我，往北绕了一点，结果掉沟槽里了。"

扎根听了石榴的话心里挺熨帖，他觉得石榴就像亲姐姐一样呵护自己。相比之下，二猴子虽说是自己形影不离的朋友，但自己只要有一点差错，他都会毫不留情地嘲笑自己！还有河娃，和二猴子就是一丘之貉，不出好点子！

四个人过了河，来到三岔路口，石榴和河娃都跳下车。二猴子说："要不俺俩送你们到大庙学校吧？"

石榴一边走，一边摆手说："不用送啦，中学生老大哥快走吧，别迟到了！"

与二猴子和扎根分了手，石榴和河娃说说笑笑地来到学校。范老师正在办公室等着石榴，看到石榴背着书包兴冲冲地来了，范老师大喜，她站起来拉住石榴的手说："我正担心你爹再变卦呢！"

石榴笑嘻嘻地说："我爹这次是真想通了，咋说也得供我读完初中。"

范老师给石榴发了一套课本，又领着石榴来到教室，把石榴安排在教室里最后一排座位上。范老师说："前几天才排过座，前面同学都坐满了，你先坐后面，等以后有机会再调整。"

石榴是个知足的人，她说："谢谢老师，我又不是近视眼，坐哪里都一样。您忙去吧，一会儿就该上课了。"

范老师走后，河娃的同桌马好学对河娃说："要是把咱俩安排到最后一排多好，你偷看课外书，老师就不容易发现了！"

马好学说的是真心话，却无意间刺中了河娃的痛处，河娃联想到上次他偷看《西游记》被范老师揪耳朵的事件，不禁恼羞成怒，马上反唇相讥："坐哪里你迟到了，老师也罚你站门外边！"

原来马好学老迟到，经常打罢上课铃他才到校，有时老师就罚他在门外站立几分钟，才让他进教室。河娃以为马好学说他偷看课外书是揭自己的短，所以也以牙还牙，把马好学被罚站门外的事揭发出来。这时在他俩后面坐着的杜豪杰见他俩掐架，便乘机拿他俩一起开涮："六耳猕猴被揪耳朵，是站在教室里呀，也比你马好学站在门外喝西北风强吧？"

杜豪杰的话惹得同学们哄堂大笑。河娃和马好学听了都很恼怒，可是这杜豪杰长得人高马大，性情顽劣，平时爱欺负小同学，河娃和马好学都害怕他，因此被他羞辱了也不敢吱声。

河娃和马好学是两个常受老师批评的难兄难弟，河娃学习在班里属中上等，但是不守纪律。马好学的学习成绩在全班倒数第一，考试成绩及格的次数很少，因此常被同学奚落。但是他俩很有共同语言，常常在一起发发牢骚，互相安慰，抱团取暖。河娃认为他和马好学是意气相投，别人却说他俩是同流合污。平时河娃和马好学也常闹些小矛盾，但是过不大会儿就又言归于好。用马好学的话说，他俩是风风雨雨、久经考验的铁哥们。有时河娃挨了批评，别人对河娃冷嘲热讽，马好学总是在第一时间向河娃表示同情。每逢河娃遭遇挫折，马好学都会安慰他，并且义无反顾地支持他。河娃为了报答马好学的友情，经常让马好学抄自己的作业，特别是考试的时候，河娃有意把自己做好的试卷传给马好学，帮助马好学渡过难关。

今天河娃虽然怼了马好学一句，但他马上就意识到马好学说坐在后面好偷看课外书，并非有意揭自己的短，马好学是真想坐在后排老师看不见的地方，好搞小动作。特别是考试时抄袭河娃的试卷更方便，因而他对马好学的气并不大，但对杜豪杰这家伙说他是六耳猕猴却非常气愤。因杜豪杰平时就好欺负他，河娃心里对杜豪杰积怨很深。这时马好学也很恼杜豪杰，两人面对杜豪杰这个共同的威胁，就不自觉地相互靠拢。

马好学为了缓解他和河娃的矛盾，对河娃说："哥们呀，我是真想坐在后排的。你想一想，坐在前排，在老师眼皮子底下，我一动弹就被老师发现了，多不自在呀。我是无意间犯了哥的忌讳，我要有挖苦您的意思，就是小狗！"

河娃也趁机和解，他说："没事，老弟，狗皮袜子没反正，谁家的舌头不磨牙呀？咱哥俩要团结一致，别让外人笑话。"

马好学见河娃说完话，还拿眼珠子往后瞄一瞄，那意思是不要让坐在他俩后面的杜豪杰看笑话。于是马好学也点点头，表示理解，就这样两人又言归于好了。

中午放学时，马好学为了讨好河娃又说："哥们，我编了一只蝈蝈楼，下午给你带来。"

河娃最喜欢蝈蝈，但他手笨，不会编蝈蝈楼，心里正想求马好学给他编蝈蝈楼呢，没想到马好学主动给他进贡来了，这真是雪中送炭呀！当下河娃就感激地说："谢谢老弟，你不愧是我的好哥们！"

到了下午，马好学果然言而有信，见了河娃就从兜里掏出一只用高粱篾子编的蝈蝈楼。那笼子是圆球体，比鸡蛋稍大，周围还有六角形的孔，从孔里可以清楚地看到里面的蝈蝈。河娃一看，马好学不但给他编好了蝈蝈楼，还给他送了一只蝈蝈，高兴得跳了起来！

马好学对学习不感兴趣，可是对蝈蝈却很有研究，是班里闻名的蝈蝈专家。他指着笼子里的蝈蝈说："河娃你看，这只蝈蝈背部发紫，这叫铁皮蝈蝈，肯叫唤，寿命最长，肯吃好养，能活到霜降。有几个朋友想要，我都没舍得给他，就是给你留着呢！"

河娃接过蝈蝈楼正在把玩，就听预备铃响了。这时石榴见河娃还在捧着笼子，口里发出吱吱的叫声逗蝈蝈，害怕老师看见河娃玩蝈蝈又要批评他，便走到河娃身旁轻声说："老师马上就来了！"

河娃一听，也慌了神，他问马好学："一会儿上课时，蝈蝈要是叫唤起来可咋办呀？"

马好学很内行地说："你放心，这铁皮蝈蝈叫唤是有规律的，非太阳把它晒热了都不叫。你把蝈蝈楼放兜里，它看不见光亮，就不会叫唤。"

河娃刚把蝈蝈楼放进裤兜里，上课铃声响了。范老师双手托着一大摞作文本，满面春风地走进教室。她登上讲台，微笑着看着学生。以前河娃一看见范老师就蔫了，唯恐范老师挑自己的刺。今天由于和范老师心灵上沟通了，他知道范老师不会无故拿自己撒气，所以信心满满地注视着范老师的眼睛，范老师也微笑着和他对视一下。河娃感到一股暖流涌遍全身，他身体笔挺地坐着。就听班长大声喊："起立！"

河娃和全班同学都齐刷刷地站了起来。范老师问一句："同学们好！"

全班学生也齐声回答："老师好！"

范老师神情温和地点一下头，班长又喊了一声："坐下！"

于是全班同学都坐下，静待老师讲课。

这时就听范老师提问："杜甫有一句名言，对我们提高写作文的能力很有指导意义，哪位同学还记得杜甫这句名言？"

河娃抢先举起手来，范老师用手一指河娃说："请河娃同学回答。"

河娃站起来朗声答道："读书破万卷，下笔如有神！"

范老师很满意地点点头说："河娃同学不但回答得正确，而且还实践了杜甫这句名言。大家都知道河娃在五年级上学期作文成绩很差，一篇作文写四五百字就没词了，常常写得文不对题，句子还不通顺，满篇错别字。可是他现在一篇文章能写一千多字，并且主题突出，语言流畅。河娃的作文进步如此快，正是因为他这一段时间爱读课外书，积累的语言丰富了，所以写起文章来就思如泉涌、得心应手。有的同学写文章总苦于无话可说，究其原因，还是你平时读书太少，语言储备不足，因而就出现巧妇难为无米之炊的现象。"

范老师顿了顿，又看着河娃问："你上一学期都读了哪些课外书？给同学们介绍一下好吗？"

河娃立刻站起来，声音洪亮地回答："我看了《西游记》《水浒传》《三国演义》《骆驼祥子》……"

河娃一口气说出十几部长篇小说。范老师微笑着对河娃点了点头，表示赞许，然后又面向全班同学说："大家明白了吧，想提高写作能力，没有捷径可走，也没有什么窍门，只有一个笨办法，就是像河娃那样多读书。"

这时，许多同学都向河娃投来羡慕的眼神。但也有部分学生感到诧异，因为河娃以前在他们心目中就是个挨批评的差生，今天忽然被范老师捧成了一个学习的典型。面对这样的"暴发户"，他们的脑筋一下子拐不过弯来，觉得这太不可思议了！特别是几个常受表扬的尖子生，心里更不服气！唯有石榴坐在后排，为河娃的进步感到欣慰。

河娃发现同学们都在看他，就把身板坐得更直，昂着头颅，目不斜视地注视着前方，那神态俨然一尊木雕！周围同学看着有些滑稽，都暗自好笑。背后的杜豪杰悄声说："六耳猕猴被如来佛定身法定住了！"

同学们复杂的表情，还有河娃那过分的表现，都被范老师尽收眼底。但她不动声色，继续讲："咱们上次作文题是'暑假记事'，有的同学写成了流水账，记了许多没有意义的琐事，主题不明确，别人读了没有什么收获。但河娃同学的作文就选择了一件很有意义的事情做素材，使人读后有所受益。他写的这篇文章很值得大家学习。下面我给同学们读一下河娃这篇文章。"

范老师打开河娃的作文本，用她那清脆甜美的声音念道："二伏的第一天……"

范老师一句话还没读完，就听教室内响起"吱吱，吱吱"的蝈蝈叫声。那蝈蝈好像有意跟范老师比赛，不早不晚，跟在范老师的声音后面放肆地鸣叫起来！范老师一怔，立刻停止了朗读，抬起眼一望，发现那蝈蝈的叫声是从河娃身边传来。

坐在后排的石榴为河娃捏一把汗！

原来河娃听范老师讲要读自己的作文，觉得无比的荣光，他拿出了从没有过的精神头，正襟危坐，屏住呼吸，认真地静听下文。不料蝈蝈突然叫唤起来，河娃一下子乱了方寸，手足失措！这时范老师已走近他身旁，就听范老师说："把蝈蝈交出来！"

那声音虽然平静，却是不容置疑的口气。河娃刚才那满怀的自信，一下子烟消云散，高昂着的头颅，也无力地耷拉下来。他瞬间又现出了以前挨批评、被揪耳朵时的狼狈相来。河娃磨磨蹭蹭地把手伸进裤兜里，掏出了那还没焐热的蝈蝈楼。

一旁的马好学也大惊失色,以前不见太阳不叫的蝈蝈,怎么在河娃裤兜里居然叫唤起来?我刚才还向河娃保证它在裤兜里不叫唤呢,这熊蝈蝈不是打我的脸吗!不过河娃这笨蛋反应也太慢了,要是在我兜里,它叫唤第一声,我一巴掌就把它打死在裤兜里。估计范老师听不准就过去了呢!

范老师从河娃手里接过那只蝈蝈楼,仔细端详着,连声称赞说:"好精致的手工!"

河娃耷拉着脑袋,正等待范老师揪耳朵,却听范老师用表扬的口气对大家说:"同学们看,这蝈蝈楼的形状是多么规则的球体,这四周的六角孔大小都一样,就像复制的一般!"

河娃一时被范老师弄糊涂了,他想范老师今天葫芦里卖的啥药呀?要揪耳朵你就快点揪吧,别在这里放长线钓大鱼啦!

河娃正惶恐不安,又听范老师问:"河娃,这蝈蝈楼是你的作品吗?"

范老师这一问,河娃可作了大难,他要说实话吧,那不是把马好学出卖了?要不说实话,又怕别的同学向范老师告密。他哼哼唧唧了一阵,终于把马好学也供出来了:"这蝈蝈楼是,是马好学编制的。"

马好学就坐在他身旁,心里骂道:"真是个软骨头哇,老师还没揪耳朵呢,你就把哥们出卖了!我交你这个朋友真是瞎了眼!"

范老师又问马好学:"这蝈蝈楼真是你编的?"

马好学见自己已被河娃供出来了,刚才还装着若无其事的样子,这时人赃俱获,无法抵赖,只好垂下脑袋用微弱的声音说:"是我编的,老师,我以后再也不编蝈蝈楼了!"

谁知范老师却用欣赏的口气说:"看来你对手工制作很有兴趣,你可以利用课外时间继续搞制作,将来参加学校举行的才艺比赛。我相信你一定能获奖!"

这时,坐在马好学后面的杜豪杰正盼着范老师训斥马好学呢,谁知范老师不但不训斥他,反而对他这一错误行为大加鼓励。杜豪杰大失所望,心想今天范老师犯的是哪根神经啊,怎么对错不分了呢?

河娃见范老师对他和马好学这样宽容，态度十分温和，根本没有惩罚他俩的意思，心里非常感动，胆子也大了起来。他抬起头望着范老师温和的眼神说："范老师，我知道错了，我不该把蝈蝈带进教室，影响了您讲课，也影响了同学们学习。您把蝈蝈扔垃圾箱里吧，我再也不玩它了！"

范老师一只手抚摩着河娃的头说："知道错在哪里就好，老师相信你和马好学同学会改正自己的错误。你把这只蝈蝈楼连同蝈蝈送到办公室，放我桌上吧，放了学你可以拿回家去。"

河娃接过蝈蝈楼，飞快地跑到办公室，把它放在范老师的办公桌上，转身又跑回教室。这时，教室里又响起范老师那甜美清脆的朗读声……

放了学，河娃又来到办公室，范老师递给他蝈蝈楼，又嘱咐他，回家以后，可以研究一下蝈蝈的身体构造和它的生活习性，然后写一篇有关蝈蝈的观察日记。

河娃这时又恢复了自信，他精神抖擞地说："老师放心，我保证完成作业！"

离开了校园，河娃见石榴正在大门外等着他，就扬扬得意地把手里的蝈蝈楼往上一扬说："看，完璧归赵！"

石榴见河娃还是那副顽皮相，心想范老师一番苦心想把他引上正路，怎么这河娃软硬都不吃呢？看他一点也不惭愧，我要说说他才是。

于是石榴先恭维他一句："你的面子真大呀，要是换别的同学，范老师当场就把蝈蝈给一脚踩死了！"

河娃其实不傻，他只是在石榴面前耍横惯了，石榴平时总觉得他年龄小，不跟他一般见识，处处让着他，把个河娃宠得不知天高地厚。不过石榴这句话还真唤起了河娃对范老师的感激之情。河娃又忆起范老师温暖的手在自己头顶上抚摩那一刻，他感到范老师像亲娘一般慈祥。他心里涌出的那股幸福的暖流，这时依然在心窝里回旋！河娃心想，今天不知多少同学想看范老师揪我的耳朵呢！可是范老师不仅没有体罚我，连一句批评话都没说，还把蝈蝈还给了我，范老师可是给自己留足了面子。人不能敬酒不吃吃罚酒呀，要是还不识好歹，那还是男子汉吗！

石榴见河娃的神色变得凝重了，知道自己刚才那句话已拨动了河娃的心弦，于是又说："范老师这样欣赏你的作文，在全体同学面前树立你的威信，为的是扭转同学们对你的偏见，你想想以后应该怎样做，才能不辜负范老师对你的期望呀？"

石榴的话语重心长，犹如重锤一般撞击着河娃良知的大门。河娃想，在学校我遇到范老师这慈母般的良师，在班里又有石榴这像亲姐姐般爱护我的同学，我再不求上进，不仅对不起家长，也对不起老师，还让关心我的石榴失望。想到这里，河娃顿觉心智开朗，他抬起头望着石榴说："我明白了，石榴姐姐，今后我要严格遵守学校纪律、努力学习，绝不辜负范老师对我的培养！"

以前石榴知道河娃心里自高自大，瞧不起女生，所以看到河娃犯错误时想说，又不敢说他。因为石榴不说还好点，一说他会马上跟石榴对着干！今天石榴见河娃说出这么通情达理的话来，而且态度非常诚恳，还破天荒地叫了自己一声姐姐，这说明河娃心里是真想明白了。于是她也大胆起来，就把窝在肚子里的话一股脑儿说出来了："你整天和马好学泡在一起，他不求上进，光想着投机取巧，在学校里混日子，你俩在一起净说些不占闲的话。他拖住了你进步的后腿，你还认为他是你的铁哥们。我早就想说你啦，又怕你那倔脾气再跟我犟起来！"

河娃也知道他和马好学以前都不能正确对待老师的批评，还被一些同学嘲弄，因而心情苦闷。两个人都不思改正自己的错误，反而聚在一起发泄对老师的不满情绪，难怪有同学称他和马好学是"同流合污"。

可是河娃心里还是对马好学有几分同情，他说："马好学因为学习成绩不好，有些同学总爱嘲笑他，使他的自尊心受挫。为了挽回面子，才不得已抄袭我的作业，结果被别人发现，又受到更大的诟病。你说谁有头发肯冒充秃子呢？他心里的苦闷没地方诉说，唯有在我面前发泄一下，我要再不理他，他不更孤僻了吗？"

石榴说:"谁不让你理他了?他作业不会做,你可以给他讲解题方法呀。你让马好学抄作业,以为是帮助他,实际上是坑了他,使他做作业产生了依赖心理,上课越发不用心听讲了。马好学学习上形成了恶性循环,这都是你的过失呀!"

说也奇怪,河娃对石榴这异常尖锐的话语听着一点也不刺耳,他乖乖地点了点头,表示认可,并且说:"你说的是,我以后再也不让他抄作业了。他不会做的题,我就给他讲一讲;如果我也不会,俺俩就共同去问老师。"

石榴没想到河娃今天表现得怎有涵养,如果是上学期,石榴这样说他,他一定会跟石榴大发雷霆!石榴也害怕河娃再犯倔脾气,所以见好就收,又奉承他一句:"河娃,你就像廉颇一样知错就改呀!"

河娃马上回答石榴:"石榴姐,你像蔺相如宰相肚里能撑船呢!"

石榴掩口笑着说:"快别吹捧我了,你这话留着奉承你那铁哥们吧!"

第二天,河娃来到学校,他想跟马好学好好谈谈,以后哥俩要痛改前非、遵守纪律、好好学习,争取在班里树立良好形象。可是等了好久,马好学还没到校。河娃就在校门外张望,好大一会儿才见马好学走过来。以前马好学来到学校,都是灰溜溜的,很少面露笑容,可是今天脸上露出掩饰不住的喜色。河娃心里说,这哥们跟我一个德行,昨天范老师赞扬他两句,看今天那扬扬得意的样子,真是"小庙的鬼———经不起大供香"!

河娃正要质问他为什么才来,却见马好学先开口说:"河娃呀,咱哥们要好好商量商量,不能继续在学校稀里糊涂混日子啦!"

河娃一听,马好学主动找他谈话,心想还是我的铁哥们呀,怎么就和我的心思一模一样呢?他刚要说话,就听预备铃响了。两个人都不敢停留,快速跑进教室里去了。

原来马好学这孩子,入学以来常受老师批评。他感到老师都厌恶自己,心里产生对抗情绪,索性破罐子破摔,也不求上进了。要不是父母逼着,他早就不想上学了。俗话说,"经过酷寒的人,才更珍惜温暖",

昨天马好学听了范老师对他制作的蝈蝈楼由衷的赞美和鼓励，长期封冻的内心忽然涌出一股幸福的暖流，他激动得差点掉下泪来！他一向认为自己心灵手巧，有出众的制作能力，可惜教过他的老师都有眼不识金镶玉，把他看成不可雕琢的朽木；唯有范老师慧眼识英雄，对他的手艺十分欣赏。这让马好学觉得，自己这匹千里马终于遇到了伯乐。他想，范老师对自己这样好，自己不为别的，就为范老师的知遇之恩也得努力学习，把成绩搞上去，让范老师在同学面前说得起话！

马好学与河娃这小哥俩虽然没来得及沟通思想，但心都想到一块去了，都决心痛改前非，重新做个听老师的话、努力学习的好学生。于是上课铃一响，他俩就都面向黑板，笔直地坐着。

后排的杜豪杰见马好学一改旧时歪歪扭扭的样子，变得人模人样，觉得好笑，便对他的同桌高峰悄声说："看前排这俩货，抽屉桌子锯了腿——改嫁为贵（柜）了！"

高峰也用嘲笑的口气说："三分钟热度，我料他俩撑不到下课，就旧病复发，原形毕露！"

马好学与河娃都听到了后排两人的议论，可是他俩装没听见，照样聚精会神地听讲。

这一节是数学课，上课的李老师是个五十多岁的老头。他戴着一副黑边眼镜，讲课向来不管学生听不听，只顾自己讲自己的。以前河娃和马好学都喜欢他上课，因为他上课时可以放心大胆地搞小动作。可是今天河娃和马好学都决心洗心革面，重新做人，所以不管老师管不管，他俩都认真听讲。其实这李老头别看他眼睛高度近视，心里清亮着哩！他早就发现河娃和马好学上课不认真听讲，不过他认为讲着课停下来去批评个别学生，会耽误全班学生学习，那样太不划算，所以他对河娃和马好学搞小动作从来都置若罔闻。

河娃知道这李老头讲数学课，有固定的模式，他总是先引导学生复习与新授知识有关的旧知识，等把这些知识都复习熟了，再学新知识就水到渠成，他只需一点拨，学生就会了。所以河娃昨天晚上便复习了前几天的内容，总结出几条解题规律，并且熟记在心。

李老师虽然近视，但河娃和马好学都在前排坐，他一进教室就发现以前上课精神萎靡不振的马好学今天坐得笔直，正全神贯注地看着自己。李老师已经有三十年教龄了，什么样的学生他都见过，他知道像马好学这样长期不爱学习的学生，大都注意力不能持久，虽然他偶然也想改变自己的学习态度，集中精力听讲，可是一般过不了五分钟就又思想开了小差。

李老师还是老一套，上课先复习提问。他挂出了小黑板，用教鞭指着第一题，操着不很标准的普通话念道："甲数是乙数的2/3。请问这句话表示把哪个数平均分成了3份？把哪个数看成整体1？"

这是大路边的题，没有什么难度。大部分同学都举起手，抢着回答，唯有马好学不敢举手。他看到周围全是林立的胳膊，自己像大海中孤立的小岛，显得十分另类，心里好不惭愧！李老师点名让高峰回答。马好学知道高峰数学成绩突出，是李老师的宝贝。每次上数学课，回答问题都少不了高峰。高峰果然不负师望，站起来响亮地回答："是把乙数平均分成3份，也是把乙数看成整体1。"

李老师满意地点点头，示意高峰坐下。接着他又指着小黑板上的第二题念道："已知一个数的几倍是多少，求这个数，用什么方法计算？"

这次马好学见大家又都举手抢答，心想我老是不举手显得多笨，反正李老师从不让我回答问题，我就举起手来，给他来个滥竽充数又有何妨？想到这里，马好学也壮着胆子把手举了起来。

谁知李老师心想，今天马好学一反常态，变得学习积极了，这可是一个难得的好苗头，要鼓励他坚持下来。为了不挫伤马好学的积极性，李老师就特意点他回答问题。马好学本想装装样子，万没想到李老师谁都不点，就点自己的名。他在众目睽睽之下，站起身来张口结舌，不知怎样回答，一时十分尴尬！河娃眼见马好学下不来台，急忙在桌子上写了个"除"字。那马好学平时偷看别人的作业和试卷，早已练出了眼观六路、耳听八方的功夫，他眼一扫那桌子上的"除"字，马上高声回答："用除法计算!"

李老师见他愣了一会儿才回答出来，知道是河娃在暗中相助。但他觉得马好学今天举起手来，就是求上进的表现，实在难能可贵！士气可鼓而不可泄，切不可伤了他的自尊心。于是李老师看破不说破，还表扬他："马好学同学今天学习积极，回答问题正确，希望今后继续努力，到期末一定能考出好的成绩！"

马好学侥幸混过一关，额头上的汗都出来了，他感激地看了河娃一眼，心里说："今天要不是河娃雪中送炭，我可又秆草捆老头——丢了大人啦，河娃真是我今生今世的贵人呀！"

一旁的同学却在暗想，马好学这两天真是交狗屎运了，怎么哪个老师都表扬他呢？

李老师讲过新授内容，接着就安排巩固练习，先是出了两道分数除以整数和两道整数除以分数的一步计算题。马好学一看这几道题简单，马上举起手来。其实李老师安排课堂练习是按照先易后难、分层次、有梯度进行的。最先出示这几道题，就是让那些后进生来做的。目的是训练后进生掌握基本计算方法，同时又让他们获得成功的体验，从而增强他们的学习信心。

李老师一看全班同学都举起了手，他就挑选了马好学等三名数学成绩特别差的学生和石榴来黑板前演算。石榴本来是数学成绩拔尖的学生，只是她已耽搁半月的课，李老师怕她学习跟不上，所以才把她当作差生来看待。

马好学一看老师点了自己的将，认为这可是个露脸的机会，他快步走向讲台，急急忙忙把题算好，一看其他三人都还在计算，自己拿了个第一名，心中扬扬得意，便喜笑颜开地走回自己的座位。可是屁股还没挨着凳子，就听河娃说："你的计算结果还可以约分，要写成最简分数呀。"

马好学一看自己得的结果是 7/35，他一拍脑门说："嗐，怎么忘了约分呢！"便又跑回讲台前，把 7/35 约成 1/5。可是这时其他三人都做好了题，已经回到自己的座位。马好学本想争速度第一，反而落了个倒数第一。

李老师一一批改，结果全部正确，都给画了一个大钩。马好学这可是第一次在黑板上做题，而且演算正确，虽然比别人慢了一拍，但他还是品尝到了成功的喜悦！

接着李老师又出示第二批计算题，这是三道分数乘除混合运算题。李老师点名让河娃、杜豪杰和另一个数学成绩中等偏上的学生演算。这一轮的题比起马好学做的那题难度要大多了，可是河娃和杜豪杰都胸有成竹，来到黑板前，不慌不忙，很快就计算完毕。李老师批改了三道题的计算结果，全部正确。在他三人计算的同时，其他学生也在笔记本上做这几道题。

一位爱挑刺的同学——盛方砚举起手来，李老师示意让他发言。盛方砚站起来说："河娃写分数的顺序全部错了，应该先写分数线，再写分母，最后写分子。可是他总是先写分子，再写分数线，最后写分母。"

李老师见河娃也举起手来，便说："河娃，你有什么不同意见？"

河娃说："我从上往下依次写出分子、分数线、分母，这样顺手，写得快，只要我写得正确、别人能看得懂，又节省了时间，为什么不可以？"

盛方砚说："记得老师讲过分数的意义。先写分数线表示平均分，再写分母表示分成多少份，最后写分子表示取其中的几份。这样才合乎分数的意义呀！"

河娃冷笑一声说："分数的意义就是表示把一个数平均分成若干份，取其中的一份或几份的数。我不按你说的顺序写，比你对分数的意义理解得还深呢！"

李老师摆摆手，示意二人坐下，然后说："一开始学习分数，我要求同学们先写分数线再写分母，最后写分子，是把写分数的顺序和分数的意义结合起来，便于同学们熟记分数的意义。现在同学们都早已理解并且记熟了分数的意义，个别同学觉得从上至下写着顺手，只要写得不错，也是允许的。"

盛方砚心里好生纳闷，李老师以前明明讲过，要按规范的方法书写分数，今天河娃写的顺序不规范，怎么李老师的态度也模棱两可了呢？

　　这时李老师又出示了三道分数加减乘除混合运算题。这是目前六年级学的最难的计算题，计算步骤十分复杂，稍有不慎就会出错。就见李老师点名让高峰和另外两个数学尖子生上台演算，让其余同学也在自己的演草本上演算。

　　这三个数学尖子生，以前数学考试经常拿满分！他们思维缜密，计算技能娴熟。正所谓会者不难，难者不会。你看他三人不慌不忙，一步一步脱式计算，一会儿工夫，三个人就都算好了！

　　李老师细细地看了一遍，全部正确，而且结果都化成了最简分数或带分数和整数。这时下面的同学都还在低着头，忙于演算。李老师就提醒大家，黑板上三道题的计算结果都正确，而且步骤规范。同学们算好题，可以对照黑板上的结果自查一下，如果与黑板上的结果不同，那就是你做错了，可以再做一遍。

　　等大部分同学都完成了巩固练习，李老师才开始布置作业。他要求全班同学把课本第46页的习题全部做完。

　　到打下课铃时，马好学还有一道应用题不会做，他见别人都完成了作业，并把作业本交到老师的讲桌上了。李老师已抱着一大摞作业本走出了教室。马好学急得额头上渗出了汗珠！他只好请教河娃。河娃这次却不直接告诉他怎样做，而是让他再读一遍题。马好学因阅读能力差，他断断续续地读不成句，因而影响了他对题意的理解。河娃让他连读三遍，他才读得通顺了。那道题是："张大爷养的鹅和鸭共700只，其中鹅的只数是鸭的2/5，问鹅和鸭各有多少只？"

　　河娃又指着中间一句让他重读。马好学读道："其中鹅的只数是鸭的2/5。"

　　河娃问他："这句话的意思是把谁平均分成5份呀？"

　　马好学说："是把鸭的只数平均分成5份。"

　　河娃说："那是把谁的只数看成整体1呀？"

马好学答："是把鸭的只数看成整体 1。"

河娃又问："你能不能求出鹅和鸭只数的和是鸭的几倍?"

"鹅和鸭只数的和是鸭的只数的 1 又 2/5 倍。"

"你知道鹅和鸭只数的和是 700 只，又知道这 700 只是鸭的 1 又 2/5 倍，求鸭是多少只，该用什么方法计算呀?"

这时马好学想起上课时李老师提问自己的问题："已知一个数的几分之几是多少，求这个数用什么方法计算?"他恍然大悟地叫道："我明白了，应当用除法计算!"

于是马好学很快列出了算式，并计算出了鸭有多少只。他站起身来，就要去交作业。河娃提醒他："你再看看最后一句的问题。"

马好学又读了一遍最后一句，才发现问的是鹅和鸭各多少只，自己因为心慌，只算出了鸭的只数，鹅的只数还没算呢! 他照自己脑门上拍了一巴掌，口里骂道："真粗心!"

他又把鹅的只数也算出来，写出答案，才急急忙忙跑到办公室交了作业。然后奔回教室，刚坐下来，上课铃就响了起来。

马好学今天心情特别舒畅，虽然数学课上他回答问题并不顺利，做课堂练习题和作业题也是一波三折，但今天他没抄袭河娃的作业，自己的作业是在河娃的提示下独立完成的。他觉得照这样学下去，不久的将来，他的数学成绩就能跟上同学了，因此他对前途充满了信心和希望!

河娃的转变
02

03 才艺展示会

　　一天上语文课，范老师宣布，星期六的下午学校开"才艺展示会"。愿意露一手的同学现在报名，至于展示什么才艺，可以保密，为的是在展示会上给大家一个惊喜。

　　马好学觉得这是一个露脸的好机会，他第一个报了名。大家都知道他也没有别的什么才艺，无非就是编织一只蝈蝈楼！

　　第二个报名的是杜豪杰。河娃心想，这老杜平时也没见他有啥才艺呀？他大概想出名想得发了疯，到时候等着看他的笑话吧！

　　第三个报名的是石榴。石榴的剪纸早就闻名全班，所以她报名大家并不感到意外。还有盛方砚，居然也报了名，河娃更不服气，心想盛方砚就会抬杠，他是个百无一能的货色，也想"草帽子烂顶——露头呀"？真是不自量力！

　　马好学认定这是自己展露才华的好机会。于是他回到家里就设计了一个三层楼式的蝈蝈楼。

　　他从高粱秆的最上端剪下许多细秸秆，从前马好学的奶奶会用这细秸秆纳锅盖、编筷笼、纳馍筐。他幼年时，厨房里许多炊具都是用高粱的细秸秆制作的。后来奶奶去世了，她老人家的手艺也失传了，现在厨房里的炊具都换成金属的或塑料制品了。受奶奶的影响，马好学从小就学会了用细秸秆的篾子编制面鱼片，编制蝈蝈楼。可是他的老爹认为他喜欢这些玩意儿太没有出息了，要想改变命运还是要多读书，考大学，将来当个教师呀医生呀，或者当个乡里的干部端上铁饭碗，那才叫出人头地呢！

马好学自从报了名，每天放学回家就躲在自己的卧室里制作蝈蝈楼，一直到星期五的下午才大功告成。这是一个底层五笼、中层三笼、顶层两笼，共十笼组合而成的三层楼式蝈蝈楼。每层笼子的前面都出厦，厦下安有明柱，那明柱都是用红色秸秆做成，顶层还起脊，像一座古典建筑的模型，看上去非常大气！

马好学制成后，正在得意地欣赏自己的杰作，他想这么精致大气、富丽堂皇的作品，咋说也得拿他个一等奖！谁知这时他的老爹突然闯了进来，一看马好学没有看书，又捣鼓这没出息的玩意儿，不由得勃然大怒，他冲上去，照准蝈蝈楼，猛地踏上一脚，登时就把马好学辛苦几天才制作好的蝈蝈楼一下子踩扁！马好学气得蹦了起来，他带着哭腔号叫："这是我制作的工艺品，你为啥给我踩毁？"

他爹见他还敢犟嘴，抬手就是一巴掌，打在他脸上，打得马好学眼冒金星。马好学吃了这一巴掌，头脑顿时清醒了过来。他知道老爹的巴掌十分厉害，于是不敢再犟，慌忙夺路而逃。他蹿出家门，又一口气跑出村庄，钻进玉米地里去了。

第二天下午，才艺展示会在学校操场里举行。操场北面有一个很大的土台子，土台子后面的两棵树中间扯着一条横幅，横幅上写着"大庙完小才艺展示会"一排大字。那字比学校的地球仪还要大，红底黑字，非常醒目。土台正中放着两张桌子，桌子上放着话筒。土台的两侧也分别摆着两张课桌，每张桌子上放着一个牌子，牌子上写着××评委的字样。下午2点半，学校的铃声响起，各年级的班主任带领着学生，自带凳子，开始排队入场。

范老师把六年级学生领进会场，安排学生坐下，她又走到台上，拿起话筒先招呼各班同学坐好，又请评委老师在台上就座。原来范老师还兼着大会主持人的角色呢。她今天穿着一条天蓝色的短裙，上身穿着洁白的短袖T恤。长发从她那白皙的面颊两侧如瀑布般泻下，飘落在丰满的胸前，更显得美丽大方、气质高雅。接着，范老师用她那清脆的女高音宣布："大庙完小学生才艺展示会现在开幕，首先请张校长讲话！"

张校长有四十多岁，中等身材，体形微胖。他健步走向讲台。范老师很有礼貌地递给他话筒。

张校长接过话筒，文质彬彬地给台下的教师和学生鞠了个躬，然后用他那洪亮的男高音讲话：

"同学们，你们好！你们是祖国的花朵，是社会主义建设事业的接班人。建设我们伟大的祖国，首先要树立社会主义的核心价值观，同时还要掌握现代科学知识，具备创新能力和动手能力。大家看咱学校的校舍，建设得如此宽阔明亮，这是建筑工人动手修建的；教室里的课桌凳如此美观耐用，这是木工师傅动手制作的；我们家里的三轮车、自行车、摩托车为我们提供了交通运输的方便。还有我们国家发射的卫星火箭，那都是科研工作者和技术工人创造的。同学们在电视里看到的文艺演出，那是艺术家创作的。我们住的用的穿的如此舒适，都是在享受各行业的能工巧匠和艺术家用他们的才艺为社会做的贡献。所以同学们从小就要培养动手能力，发展自己的兴趣爱好，将来走向社会，才能成为一个有用的人。近几年在各年级教师耐心指导和鼓励下，我校的同学动手能力和兴趣爱好都有了长足的发展，一大批动手能力强、有艺术爱好的同学涌现出来。为了加速培养同学们的爱好和能力，鼓励大家发挥自己的特长，今天咱们学校举行首届才艺展示会，把一批同学的才艺展示给大家，让全校同学都来分享他们的创作。希望通过这次才艺展示会，推动全体同学动手动脑，积极开展自己感兴趣的才艺活动。让每一位同学的特长和爱好都能得到充分发挥，把全校学生的综合素质提升到一个新的高度！最后，我预祝今天的才艺展示会圆满成功！"

张校长讲完话，台下爆发出雷鸣般的掌声。范老师从张校长手中接过话筒，走到讲台中央，大声宣布："现在才艺展示活动开始。首先请六年级同学马好学上台展示作品。"

马好学原来以为谁缴给老师作品就让谁展示，他没缴作品，就等于自动弃权了。哪里知道老师还是按原来报名的名单来安排展示活动。他一听范老师点他的名，急得抓耳挠腮，又想起自己辛苦制作的蝈蝈楼被粗暴的老爹一脚踏碎了！老爹这一脚踏碎了他获奖的希望，自己还平白无故地挨了一巴掌。想到这里，他又急，又气，满肚子委屈涌上心头，一时情绪失控，不由得号啕大哭！

马好学这一哭，一下子把在场的老师和学生都惊呆了。本来是热气腾腾、兴高采烈的场面，怎么突然爆发出哭声！大家都不约而同地把视线移到马好学的身上来，十分诧异地看着他，不知在他身上发生了什么怪事。

范老师急忙走下讲台，来到马好学身边，见他哭得非常伤心，便用手抚摩着他的头说："好学，老师知道你是好学生，你遇到了什么困难给老师说，好吗？老师会帮你解决。"

马好学见范老师问他，才止住了啼哭，呜咽着说："我制作的蝈蝈楼，被——被——俺爹一脚给踩扁了！"

范老师安慰他说："好学，老师知道你是个心灵手巧的学生。而且你已经动手制成了作品，在这个制作过程中你动脑想，动手做，你的创造能力已经得到锻炼，这就达到了咱们开展示会的目的。你不要伤心，等放了学我去你家，和你父亲沟通一下，让他消除误会，以后他就会支持你的制作活动了。"

马好学听了范老师这番暖心的话，才止住了啼哭，用手抹了一把眼泪说："老师，对不起，我给咱六年级丢人了！"

范老师温和地说："没事的，好学，你别惭愧，全校同学都知道你没参赛的原因，都会同情你、支持你。你先欣赏别的同学的作品吧，虚心学习别人的长处，提高自己的能力，就会有新的收获。"

范老师见马好学不哭了，才又返回讲台，拿起话筒，面露愧色地说："各位领导和老师，各位同学，由于我的工作疏忽，没有提前和马好学同学的家长沟通，马好学的父亲对他的制作产生误会，把他的作品给踩坏了。因此非常遗憾，马好学今天没法拿出他的作品展示。我在这里对大家表示歉意，并请大家原谅！"

范老师顿了顿接着说："现在展示会继续进行，请顾石榴同学上台展示作品，大家鼓掌欢迎！"

石榴本来是第三个报名的，因马好学的作品出了意外，范老师害怕第二名的杜豪杰展示再出问题，那可就大煞风景了！她觉得石榴是女孩子，办事稳妥，一般她承诺的事情都不会落空。所以就临时决定，把石榴提到杜豪杰前面了。

石榴在一片掌声中登上讲台，只见她穿着天蓝色的裙子，裙边镶着白色的条纹，上身穿着洁白的衬衫，领口系着天蓝色的蝴蝶结。原来她穿的是上学期学校统一定制的校服。石榴也是头一次当着这么多人的面登上讲台，激动得心脏怦怦乱跳，粉嫩的脸庞泛起阵阵红晕。

范老师问她："顾石榴同学，你今天要给大家展示的是什么作品？"

石榴说："我展示的是一幅剪纸。"她一边说，一边用双手徐徐展开她的剪纸。

大家一看，石榴剪的是一座桥梁，那桥梁图约有三尺长，下面是五个半月形桥洞，桥面两侧有菱形栏杆，桥上还有往来的汽车、三轮车和行人。引桥上还有几个背着书包的小学生在往桥上行走。

范老师说："请你给大家介绍一下，你为什么要剪这张桥梁图？"

范老师说完，马上把话筒送到石榴嘴边。石榴刚上来有些紧张，但她很快就镇静下来。只见她对着话筒从容回答："因为我们村西边有一条小河，大人下地干活和学生上学都要蹚水，给生产和交通带来不便。所以我立志，将来长大成人，要在小河上建一座桥梁，让来往行人永远不用再蹚水过河！"

范老师等石榴说完，把话筒移到自己嘴边，面向大家说："同学们请看顾石榴这张桥梁图，这五个半月形桥洞，上沿剪得非常圆滑，看不出一点行剪的痕迹，这说明顾石榴同学用剪的功夫已经很成熟。再看这桥栏杆上的菱形图案，非常美观，显示她的巧妙构思和剪技高超。特别是桥上的来往行人剪得神态各异，栩栩如生，显示出顾石榴的美术功底扎实厚重。更值得表扬的是，顾石榴的作品反映了她热爱家乡、立志将来造福家乡的良好愿望，我祝愿顾石榴同学的理想能够实现！"

几个评委也流露出满意的表情，场下响起了一阵热烈的掌声。石榴兴奋地扑闪着一双明亮的大眼，眼珠像晶莹的宝石，波光流转，石榴花似的红唇挂着灿烂的笑容。

范老师说："顾石榴同学请回！"

石榴对范老师和评委说声"谢谢老师"，又转身给观众行了个礼，才迈着轻盈的步子风度翩翩地走下讲台。

石榴的作品展示成功，给范老师挽回些面子，可是范老师毕竟年轻，又是头一次当主持人，心里还是很紧张。她又担心杜豪杰的才艺展示演砸了，那她这六年级班主任的脸面就更挂不住了！但是事到如今，也没什么办法呀，范老师只好又硬着头皮，大声宣布："请杜豪杰同学上台展示才艺！"

就见杜豪杰手里掂着一个肥料袋，大摇大摆地走向讲台。大家正纳闷，这家伙袋子里装的是啥玩意儿？

范老师迎上前问："请问杜豪杰同学，今天要展示什么才艺？"

杜豪杰从肥料袋里徐徐拿出一只唢呐来，说："我今天要用唢呐给大家吹一支校园歌曲——《让我们荡起双桨》。"

范老师立刻高兴地拍着巴掌说："同学们鼓掌欢迎！"

杜豪杰在一片掌声中吹响了唢呐。这个曲调大家都非常熟悉，所以同学们都不约而同地跟着唢呐声哼唱起来。杜豪杰才十二岁，中气不足，吹出的声音也不圆润，还断断续续，不过他坚持把曲子吹完，已累得满脸通红！同学们都忘情地唱起歌来，所以对杜豪杰吹得哪里跑调、哪里不该断的断了也没注意。总之，大家心情很愉快！曲子吹完了，歌也唱完了。同学们都兴奋地鼓起掌来。

范老师更高兴，她拿着话筒问杜豪杰："吹唢呐是跟谁学的？"

杜豪杰自豪地说："我爷爷就会吹唢呐，我奶奶会吹笙，我爹也会吹唢呐，我娘会吹笛子，我姐姐会吹萨克斯。因此家里有唢呐，我经常吹着玩，慢慢就学会了。"

范老师高兴道："你原来出身于音乐世家，你一家就可以组成一个乐队了。同学们请再次为我们的小音乐能手杜豪杰鼓掌！"

杜豪杰跟大家摆着手，那神态好像是参加国家级的乐器比赛得了大奖，扬扬得意地走下讲台！

连续两个同学展示出彩，这时范老师心里也不慌了，她又大声宣布："请盛方砚同学上台展示才艺，大家鼓掌欢迎！"

只见盛方砚昂首挺胸，右手拿着一杆大毛笔和一瓶墨汁，左手拿着一卷纸，表情庄严地走向讲台。其实这盛方砚平时不苟言笑，总是一副大义凛然的样子。许多同学都不愿接近他，可是他依然我行我素、自以为是。

范老师见他拿着笔和纸，知道他是要展示书法艺术，便说："盛方砚同学酷爱书法，今天他要展示他的书法艺术，同学们鼓掌欢迎！"

盛方砚走到讲桌后面，在桌子上展开纸张，把毛笔蘸饱了墨汁。然后双脚叉开，身向前倾，右手挥笔在纸上写了几个大字。接着双手扯着那张纸，举起来，向观众展示。

大家一看，写的是"学无止境"四个大字。那字有课本那么大，虽然笔力还显稚嫩，间架结构还不够严谨，但字体端正，四个字大小也能搭配下来。这让河娃和马好学都有些吃惊，心想这盛方砚，也没见他练过大字呀，怎么写得恁好？

范老师指着盛方砚写的四个大字问："同学们，看盛方砚的书法练得怎么样？"

下面的学生齐声回答："写得真好！"

面对同学们的掌声，盛方砚还是一脸的严肃，但他颇知礼节，先对范老师和评委说声谢谢，然后又面向观众鞠了个躬，才摇摇摆摆地走下讲台。

接着是五年级的学生曹蕴香展示才艺。在学校里，曹蕴香是出了名的小歌唱家，经常在学校举办的大型活动中演唱。今天她唱了一首经典歌曲——《十五的月亮》。她那嘹亮的嗓音、婉转动听的旋律，配着优美的音乐，一下子就让全体同学陶醉在歌曲营造的美妙意境之中。

曹蕴香之后，还有三年级一位叫余巍的同学表演的武术也很精彩。他一上场，先来几个空翻，接着又打了几路拳脚，最后以一个漂亮的蹲叉结束，赢来了一阵热烈的掌声和叫好声！剩下的表演，有唱歌的，有跳舞的，还有用橡皮泥捏小动物的，但水平都一般，并不出彩。每个小同学展示完才艺，范老师都带头鼓掌表示祝贺，学生们也都很有礼貌地跟着鼓掌。

才艺展示结束，评委也打完了分，然后汇总，评出了一、二、三等奖，其余的都是优秀奖。那证书预先已经填写好了，只差一个获奖人名没写。所以评选结果出来后，几个教师一起填写人名，很快就把证书填写完毕。然后由教导主任颁发证书。

范老师大声宣布："六年级学生顾石榴的剪纸获才艺展示一等奖，请顾石榴同学上台领奖！"

就见石榴在一片掌声中，快步走向讲台，先给教导主任敬了个礼，然后双手从教导主任手中接过奖状，又给范老师鞠了个躬。范老师说："你不要走，先站在讲台右面，等颁奖结束还要合影。"

接着范老师又宣布："五年级同学曹蕴香的歌唱获才艺展示一等奖，请曹蕴香上台领奖！"

同学们又自觉地鼓起了掌。曹蕴香也模仿石榴走向讲台，先给教导主任敬了个礼，然后双手从教导主任手中接过奖状，又给范老师鞠了个躬，便也站在讲台右面等着拍照。

这顾石榴和曹蕴香都穿着整洁的校服，两个亭亭玉立的女孩子，一个宛如一朵盛开的石榴花，光彩照人；另一个像一株芳香四溢的君子兰，清秀文雅。两个人站在台上，使讲台熠熠生辉！

接下来三年级余巍的武术表演也获得了一等奖；六年级杜豪杰的唢呐演奏和盛方砚的书法分别获二等奖和三等奖。其余参加展示的同学或获二等奖，或获三等奖，最差的也给个优秀奖。

最后教导主任做了总结。他说："由于同学们准备得充分，这次才艺展示会取得了鼓舞人心的成功。尽管同学们的才艺还很稚嫩，但发展前景不可限量。许多才艺绝伦的大艺术家、大发明家，都是从稚嫩的萌芽开始的，同学们今天虽然还是一株嫩苗，但只要沿着自己的兴趣爱好发展下去，将来定能长成一棵棵参天大树！今后我们学校要不定期地举办这样的活动，希望有更多的同学参与到这种活动中来，让所有同学的兴趣爱好都能得到良好的发展。最后我祝同学们，努力学习，全面发展，健康成长，取得更骄人的成绩！谢谢大家！"

教导主任讲完，把话筒递给范老师，范老师宣布，才艺展示大会到此结束，请六年级班干部到台前来帮助老师把桌子送回教室，其余各班同学把自己坐的凳子送回去，就可以放学了。范老师最后还补充一句话："请马好学同学在办公室门口等我一会儿，我有点事跟你商量。"

这时摄影师拿着摄像机，走近讲台，让校长、教导主任坐在前排中间，教师分列两旁，获奖学生站立在教师后面，然后拍了照。

马好学把自己的凳子送回教室，他见杜豪杰和盛方砚还有石榴都获了奖，特别是杜豪杰喜形于色，还一脸不屑地瞥了自己一眼，这更使他心情懊恼。马好学也不理别人，独自来到办公室门口等着范老师，他心里知道，范老师一定是让他领着去找他的老爹进行家访的。

不大一会儿，就见范老师走过来。她见马好学脸上还带着难过的神情，便说："好学，耽误一次展示的机会，看着是个坏事，但也是个好事，因为通过这事，我知道你爸爸对你有误会。咱们去做他的思想工作，把你爸爸的思想说通，他以后对你的制作活动不阻挠了，说不定还会对你大力支持，你说这不是件好事吗？"

马好学听范老师这样一说，心里也不那么难过了。他点点头说："能说服我爹，以后就好办了。"

范老师从办公室推出自行车，和马好学出了校门，忽然"丁零零"一阵手机铃响，范老师忙让马好学扶住自行车，她掏出手机走回学校门里，见没有人，才按下接听键，就听她的男朋友在电话里说："宝贝，还没放学呀?"

范老师压低声音说:"刚放学,我还得去学生家里一趟,你再等我一个小时好吗?"

电话里说:"你快点呀,一会儿天就黑了!"

"我知道,我给学生家长说几句话马上回去。"

范老师挂了电话,才走出校门,骑上了自行车,又招呼马好学坐在后座上,沿着林荫大路往寺西村驶去。寺西村离学校只有二里路,自行车穿过一块玉米地就看到前面有一片色彩斑斓的树林,走到近前才发现是一座杂树环绕的小乡村。进了村口,见路北一扇大门敞开着,马好学说:"这就是俺家。"

范老师和马好学同时下了车,把自行车一掉头,就进了大门。见院里没人,范老师把车停在院子里。马好学就喊:"爹,俺老师来家访啦!"

就见马好学的娘从屋里走出来,她一看到范老师,就满脸堆笑地说:"老师,看您整天教孩子,为孩子操碎了心,咋又抽空来家访了?快快坐到屋里喝水吧!"

范老师说:"嫂子呀,我早就想来和您见见面,说说话,咱们共同商量怎样才能教育好孩子,让孩子少走弯路、健康成长。"

马好学的娘心想,一定是好学这孩子在学校又调皮捣蛋了,老师管不住他,想让他爹来教训他哩!幸好他爹没在家,他爹如果在家,好学又免不了要挨打。马好学他娘心疼马好学挨打,所以就想赶紧给范老师说些好话,把范老师打发走了完事。她把范老师让进屋里,请范老师坐在小凳子上,又给范老师冲了碗白糖水。范老师平常不喝糖水,但出于礼貌,她还是喝了几小口。这时好学他娘不等范老师开口便说:"老师呀,好学这孩子,让他奶奶从小惯得不懂事,总是调皮捣蛋,您教他可没少费心!"

范老师放下水碗说:"咱好学这一段时间表现得很好,上课也知道认真听讲了,做作业也比以前进步了。"

马好学他娘一听就纳闷了,心想既然孩子表现良好,老师还跑到家里来干啥呢？她转念又一想，老师跟家长谈话，对孩子的表现总是一分为二，先表扬几句，接着才提他的错误。这样既让家长明白孩子的过失，又显得老师通情达理，给孩子和家长留个面子。想到这里，她又说："好学这孩子经常惹是生非，他要是犯了错误，老师您就直说吧，我和他爹会狠狠教训他哩！"

马好学在一旁见他娘总往歪里猜，忍不住对范老师说："你看看，老师，我娘和我爹都是这样，就不把我当好人！"

范老师笑着说："嫂子呀，您别误会，咱好学啥错误都没犯。我这次来家访，主要就是今天学校开了个才艺展示会，学校还给参加才艺展示的同学发了奖。因为咱好学这孩子心灵手巧，动手能力很强，所以一开始他就报名要参加才艺展示。今天才艺展示会一开始我就点名咱好学，让他上台展示作品。谁知他号啕大哭，我一问他，才知他辛辛苦苦制作的蝈蝈楼被他爸爸一脚给踏坏了。我想这是一场误会，孩子又不敢跟他爸爸说理，所以我来给您和他爸爸谈谈，以后对孩子的兴趣爱好要进行扶植和支持，千万不要打击他动手的积极性。"

马好学他娘听了范老师这番话，才闹明白范老师来家访的目的。正好马好学他爹这时也从外边回来，马好学他娘就冲着他说："你看看你冒冒失失的，咱好学制作那蝈蝈楼是老师让做的，他要参加学校今天的才艺展示会，结果昨天被你一脚跺扁了，还打了孩子一巴掌，你说孩子挨这打，冤枉不冤枉？"

马好学他爹一听，心里也后悔了。但他还是强词夺理地看着好学说："好学，你参加才艺比赛为啥不给我说明呀？你要说是老师布置的任务，我怎么也不会给你踏毁呀！"

听爹说这话，好像他跺毁了自己的蝈蝈楼还蛮有理由，马好学心里更不服气。要在平时，爹说啥话都是圣旨，马好学从不敢吱声。可是今天有范老师撑腰，他的胆子大了起来。马好学愤愤地说："你啥时候给过我讲理由的机会呀？总是不由分说，上来就是几巴掌！"

范老师也帮着好学说："大哥，你太性急了，孩子就是犯了错，你也不能上来就打；应该问清原因，看到底是咋回事，要帮他分析错误的原因，给他指出改正错误的方法。这样孩子才能对你心服口服呀。"

马好学他爹这时也自知理亏，但他对好学平时不好好学习、总爱捣鼓些小玩意儿，打心里深恶痛绝。他想，谁摊上个这样不争气的孩子不苦恼哇！我正是爱他，恨铁不成钢才忍不住打他呀！因为有这些委屈，马好学他爹心里还是转不过弯来。他说："我就这一个儿子，他要是平时好好学习，不贪玩，我也不舍得打他呀。再说他总爱捣鼓些小玩意儿，不耽误学习吗？将来考不上学，还不是跟我一样面朝黄土背朝天，吃苦受罪一辈子！"

范老师说："大哥，我理解你的心思，你想让孩子考上学，学好本领，将来找个好工作，变得有出息。老师和你的目标是一致的，都是想培养他成为有用的人才。以前咱好学这孩子确实是有些贪玩，学习不吃苦，学习成绩很差。可是这一段时间，他通过老师的教育和同学的帮助认识到以前的错误了，现在他上课认真听讲，作业也能独立完成，这就是可喜的进步呀！咱家长和教师要密切关注孩子的表现，发现他有微小的进步就要及时表扬，让孩子获得成就感，鼓励孩子进步，这样孩子才能顺利成长；如果孩子认识上刚想求进步，家长不分青红皂白地一顿猛批，就会挫伤孩子的积极性，把孩子心里想努力向上的萌芽一下给掰掉了，那可是把孩子往自暴自弃的道路上逼呢！"

马好学他爹说："老师你说的道理我也懂，他要是在家看书、做作业我会打他呀？我就是一看他捣鼓这些玩意儿，就无名火起，忍不住怒气就想抽他！"

范老师说："大哥你看，你家的电灯泡，这是爱迪生发明的，他就是动手捣鼓了无数遍才创造出电灯的；现在的拖拉机、电话，哪一样不是人动手捣鼓出来的呀？袁隆平捣鼓杂交水稻，养活了几亿人。要是没有人勤动手爱捣鼓，就没有发明创造，没有发明创造，人类恐怕至今还过着原始状态的生活呢。我们现在享受的物质文明就是无数人动手捣鼓出来的。孩子如果只会些书本知识，没有相应的动手能力，他就不能把知识应用到实践中去，不能解决生产中的实际问题，那他就是个书呆子，书呆子是不能适应现代社会的。所以现在国家的教育标准，是既要让学生掌握文化知识，又要培养学生的动手能力，还要培养学生的社会主义价值观，使学生全面健康发展。咱好学这孩子动手能力强，这不是他的缺点而是他的长处，他爱动手才能把科学知识应用到实践中去。从这方面来说，这孩子是一个有良好发展前途的苗子，咱要努力培养他这方面的才能，让他的爱好继续发展下去，将来才能成为对社会有贡献的优秀人才！"

马好学他爹听了范老师这一席话，才认识到，他的儿子爱捣鼓玩意儿不是缺点，而是搞发明创造必备的基本素质。于是他转怒为喜，拍了一下自己的后脑勺不好意思地说："我以前总认为只有看书才能长本事，不知道动手能力的重要性，今天您这一说，我才明白。以后我也要转变教育孩子的方式，遇事要问明白，再做处理。还要支持好学搞小制作，让他的动手能力顺利发展。"

马好学他娘说："还是范老师学问大，懂得多，以后范老师您常来开导开导俺俩，俺俩在教育孩子时才能少走弯路！"

范老师说："嫂子，咱们都是一条心，想把孩子教育好，以后咱多交流多沟通，有啥难题咱共同商量，争取把孩子的教育工作做好。今天你和大哥的思想都通了，咱就谈到这里吧。"

范老师说着就站起身来，好学他娘拉住范老师的手说："范老师您不能走，天快黑了，您就在这里喝汤吧！"

范老师笑着说："谢谢嫂子，你不知道，我爸妈还在家里等着我呢，回去晚了她老人家惦记。"

马好学他娘见范老师一定要走，便和马好学他爹还有马好学一直送到村口，看着范老师骑上车走远了才回家。

范老师离开寺西村，太阳已经落山。西天仅剩的一抹晚霞，也渐渐被苍茫的夜色淹没。她先回到学校，进了自己的办公室，拉开电灯，对着镜子用梳子把秀发梳理整齐，才离开小学，骑车往乡中学的路上驶去。

原来范老师名叫范玉薇，她的男朋友名叫陈灿，在乡中学任教，他俩本是高中同桌，日久生情。高考后范玉薇考上了一所师范专科学校，陈灿则考取了另一所师范大学。范玉薇在师专读书两年就毕业了，分配到大庙小学教书，现在已经有三年教龄。陈灿因读本科四年才毕业，所以比范玉薇晚上班两年。不过他俩在上大学期间电话往来不断，虽然两地分隔，却没有耽误谈情说爱，两人的关系倒是越来越亲密。

范玉薇刚走没多远，就见对面驶过来一辆摩托车，那摩托车开着灯，照得她看不见路，范玉薇急忙从自行车上下来。这时摩托车已驶到跟前停住，车上的人下了车说："小薇，你让我等得好苦哇!"

范玉薇见是她的男朋友陈灿来接她，心里高兴，她停住了自行车，假装生气地怼他一句："看你那车灯开得贼亮，照得人家睁不开眼，要是遇见外人，不骂你才怪呢!"

陈灿赔着笑脸说："对不起，宝贝，明天我去换个小灯泡，再迎接你就不会刺激你的眼睛了!"

范玉薇心软，被陈灿一个"宝贝"叫得骨头都酥了，就反嗔为喜地说："该说对不起的是我，让你久等了!"

陈灿却笑着说："我都等得走火入魔了，真是风吹竹声疑是金佩响，月移花影疑是玉薇来啊!"

范玉薇听了陈灿这句充满感情的话，觉得心里比吃了砂糖还甜，她向陈灿递了个媚眼说："我在你心里，真的有那么大的魅力吗?"

陈灿说："我的心现在装的满满都是你，你就是我的命根子! 一天不见你，我就像丢了魂，失了魄!"

范玉薇跟学生在一起，能说会道，但跟陈灿这个中文本科生一比，就显得不善言辞。实际上她也有满腹的情话，在电话里她也会倾诉衷肠，但是和陈灿面对面，她就不好意思说了。她喜欢和陈灿默默地对视，贪婪地欣赏陈灿那火辣辣的眼神，或者伏在陈灿那宽大的胸膛上，静静地听他那咚咚的心跳。

这时，一轮明月悄悄从黑黝黝的树林里升起，月光斜照在玉薇那洁白的额头上，看上去像一朵玉兰花在静静地开放。陈灿停住了摩托车，走近玉薇，用两只手捧住她的脸庞，先是仔细地欣赏一阵，见玉薇那明亮的眸子也含情脉脉地注视着自己，心里便觉得有一股暖流涌起。他情不自禁地在玉薇那香喷喷的红唇上吻了一下，又说："小薇呀，刚才还是夜色朦胧，咱俩一相会，明月喜盈盈出来为咱掌灯，清风乐滋滋忙着为咱执扇，田野也被月光镀成一片琼瑶世界。小妹宛如月宫仙子，温顺地偎依在我的身旁，你说此情此景，怎不令人心醉神迷呀！"

玉薇闭上眼睛，仰起脸来，嘟起红唇在迎接陈灿那倾情一吻的瞬间，她的身体像被电流击中了似的，顿时浑身都松软了。她静静地听着陈灿那撩拨心弦的诗一般的情话，就像喝醉了酒，灵魂轻飘飘的，仿佛进入了缥缈的神仙世界！

玉薇唯恐从这梦幻般的仙境中跌落下来，她张开双臂紧紧地抱住陈灿的腰，她觉得陈灿的腰粗壮结实，好像能顶天立地。玉薇已参加工作三年了，虽然学校领导和同事对她都很好，学生也令她喜爱，可是她毕竟已二十出头，到了该谈婚论嫁的年龄了。每当夜深人静，她独自躺在床上都倍感寂寞，特别是遇上了烦心事，她不敢让别人知道，总是积压在心里。自从陈灿来到乡中学任教，玉薇才感到有了靠山，时常把自己潜藏在心底的秘密向陈灿倾诉。

过了一会儿，她抬眼看着陈灿那棱角分明的脸庞。她觉得陈灿外表刚毅、内心温柔，知冷知热，对自己百般体贴，跟陈灿在一起既甜蜜又有安全感。

玉薇心神都陶醉在甜蜜的温柔乡里，她口里喃喃地说："灿，我总觉得这明媚的月亮在悄悄地远离我们，良辰美景转瞬即逝。我好害怕我的容颜渐渐变老，到那时你还爱我吗？"

陈灿听着玉薇那细如柔丝的声音，感觉到玉薇像一朵稚嫩的黄花，正需要自己用爱情去浇灌与呵护，于是深情地说："宝贝你不要怕，我和你心相知、情相通，海枯石烂心不变，我俩要白头偕老，相伴终生！"

玉薇听了陈灿这信誓旦旦的话，心里踏实多了。此刻她觉得陈灿是天底下最完美的男人，是老天赐给她的最珍贵的礼物，是她可以托付终身的伴侣。玉薇闭上眼睛，在细细地品尝爱情的甜蜜。她想，自己多么幸运呀，陈灿从高中就追她，到大学更是电话不断，一到假期就来陪她游玩。他俩在一起花前月下，谈爱情，谈理想，谈人生，谈哲学……陈灿的博学善谈让她佩服，陈灿的体贴入微使她感到温暖。二人相处六年了，陈灿爱她的心从没动摇过，而且越来越强烈。

这时陈灿又伏在她耳郭上轻声说："薇，你知道今天是什么节吗？"

"是中秋节呀，你看月亮又大又圆！"

"中秋节也叫团圆节，我老妈早就盼着到中秋节，让我把媳妇领进家门，全家在一起赏月呢！"

玉薇抬起头来看着陈灿说："老人有这个心愿，你咋不早告诉我呀？"

陈灿说："现在也不晚，我骑摩托车带着你，二十分钟就到家了。"

"那咱也得给老人家买点礼品呀。"

"什么也不用买，你就是最贵重的礼物！再说过节用的东西，我上一周就买好了。"

于是玉薇跟着陈灿先来到中学，把自行车放在陈灿的宿舍里，她坐在摩托车后座上。陈灿驾驶着摩托车，向陈官屯驰去。

月光如水，道路清晰。玉薇说："你就把车灯关了吧，别照得对面的人睁不开眼！"

陈灿说："关灯可不行，摩托车速度快，对面来了车辆和行人，人家远了看不见你，近了躲闪不及，眨眼工夫就撞上了！咱开着灯，对面的人相距一公里就发现咱了，人家好早做准备。"

玉薇听他说得有理，便打趣地说："我是坐船的，你是纤夫，纤绳怎样拉，由你说了算！"

玉薇的话让陈灿想起了《纤夫的爱》那首歌，便故意问："宝贝，《纤夫的爱》有一句歌词我只记得上半句，下半句怎么就忘了呢？"

玉薇心有灵犀一点通，她知道陈灿想说的是"只盼日头它落西山沟哇，让你亲个够"那一句歌词。但是她假装糊涂地说："哥问的是哪一句

才艺展示会

03

歌词呀？"

陈灿说："只盼日头它落西山沟哇，后面的歌词是什么？"

玉薇从后面紧紧搂住陈灿的腰，把脸贴在他后背上，"咴咴"地笑个不停。

陈灿见她笑而不答，又催促她说："现在都日落西山头好一会儿了呀，妹妹的承诺该兑现了吧？"

玉薇笑着说："刚才不是已经兑现了吗？"

陈灿说："刚才那只是蜻蜓点水式的飞吻了一下，离歌词里说的'让我亲个够'还差十万八千里呢！"

玉薇把陈灿的腰抱得更紧了，她好想把自己和陈灿的身体融化在一起，嘴里却笑着说："哥哥真坏！"

两颗年轻的心都沉浸在幸福和欢乐的情绪中，一路说笑着，不知不觉已到了陈官屯。陈灿家住在一条胡同里，摩托车一拐进胡同，一条大黄狗就从胡同里的一个门楼里蹿出来。它一下扑到陈灿腿上，吓得玉薇一声尖叫。陈灿停住摩托车喝道："趴下！"

就见那畜生立刻匍匐在地，抬着头望着陈灿，尾巴还摇来摇去，表现出一副乖顺的样子。原来这是陈灿家养的狗，它一听街上摩托车响，就知道是陈灿回来了，马上飞奔出家门来迎接陈灿。

陈灿见玉薇害怕狗，就让玉薇走在摩托车前头。他推着摩托车，那只狗跟在他腿后面，摇头摆尾地进了院里。

这时，从堂屋里走出一个身材丰腴的年轻媳妇和一位老太太。明月正在中天，照得院子里如同白昼一般。那年轻媳妇看见玉薇，上前拉住玉薇的手，亲热地说："小薇，可把你盼来了！"

玉薇一看，这年轻媳妇原来是乡政府的妇联主任陈雪玲。玉薇听陈灿说过，陈雪玲是他亲姐姐，便也两手握住雪玲的手说："陈主任，您好！"

雪玲笑着说："我是陈灿的姐姐，你到咱家了，咱就该论亲情了，还是叫姐吧！"

雪玲一只手拉着玉薇，又回过身来对跟在自己身后的老太太说："娘，这就是弟弟的女朋友，叫玉薇，她也是大学毕业，现在大庙完小教书呢！"

玉薇急忙向前，搀住老太太说："姨，您老身体可好？"

"我的身体可结实，从没生过病，一辈子没有打过针！"陈灿娘一边说一边端详着玉薇，见玉薇身材高挑，面皮白嫩，忽闪闪一双大眼，一说两笑，喜得老太太合不拢嘴！老太太又问："孩子，你娘和你爹身体都还好吗？"

玉薇说："他二老身子骨也很结实，还能在地里干些杂活呢！"

这时雪玲说："娘，快让玉薇屋里坐吧，站在院里别着凉了。"

于是玉薇搀扶着老太太，雪玲和陈灿在后面跟着进了屋。玉薇见当门厅里已摆好一张大方桌，周围放了四把椅子，桌子上放着茶壶和茶杯。原来陈灿早就给他娘打了电话，说今天要带玉薇回家。老太太喜不自胜，又忙不迭地给雪玲打电话，让雪玲过来照料，故而雪玲就早早地来了。

玉薇扶老太太到上首坐下，老太太又招呼玉薇坐在她的身边。雪玲倒上了茶水，让老太太和玉薇喝着茶，她就和陈灿去厨房张罗晚饭了。

屋里只剩下老太太和玉薇两人。老太太在灯下仔细打量玉薇，见她比刚才月光下看着更添一股清秀脱俗的气质！老太太不由得打心眼里喜欢上这位没过门的儿媳妇。她想，陈灿这孩子真有本事，竟然领回家这么一位如花似玉的大美女，这也是俺老陈家的福分呀！

原来陈灿的娘三十多岁死了丈夫，她一个人拉扯陈灿和雪玲两个孩子，出门像男人一样在地里干活，回到家教育孩子读书，尝尽了人间的艰难困苦。可是老太太性格坚毅，她在人前总是有说有笑，从不流露出可怜的样子。她不愿孩子出门被人瞧不起，自己省吃俭用，总是把两个孩子收拾得干干净净，想尽办法供陈灿和他姐姐读书。两个孩子也为娘争气，先是姐姐中专毕业后考取了公务员，接着陈灿大学毕业又当了教师，现在老太太成了左邻右舍最羡慕的人。

陈灿的娘早就盼着陈灿结婚生子，她想趁着自己身体还健康，给陈灿照看几年孩子。就怕过几年自己身体衰了，抱不动孩子，到那时陈灿要添了小孩可就作大难了！再说她看到本村里和陈灿年龄差不多的青年都已经结了婚，生了孩子。人家老婆婆出来都抱着白胖的娃娃，陈灿的娘更心急了！

老太太有这心思，所以和玉薇说了一会儿家常话，不知不觉就转到正题上来。她说："玉薇呀，你一个人吃住在学校多受罪呀，有点头疼脑热的也没人照应，你爹娘也惦记你，还是快点结婚吧。你结了婚和陈灿住在一起，能互相照应，你爹和你娘也就放心了。"

玉薇的爹和娘其实比陈灿他娘还心急，因为闺女大了，长得又漂亮，一人在外工作，还不知多少馋猫盯着她呢！所以老人成天提心吊胆，害怕玉薇遇到不三不四的人，出了什么意外。于是两位老人就经常催玉薇结婚。他们认为闺女一结婚，名花有主了，有丈夫和婆家人保护，其他男人就不敢有非分之想了。

说实话，玉薇心里也迫切想结婚，有几个大姑娘不想早日享受夫妻那鱼水之欢呢？尽管她心里异常骚动，可是她在人前还要竭力保持大姑娘的矜持，怕别人笑她轻浮。

这时玉薇见陈灿他娘提起结婚的事，喜得心里开了花。但她表面不动声色，淡淡地说："我理解您老人家的心情，想早日给我们操办了喜事，您老就心静了。待到下周我和陈灿去见见我爹娘，再征求一下他二老的意见，好吗？"

这时雪玲和陈灿都端着菜盘子走过来，听见玉薇和陈灿娘正说结婚的事，雪玲放下菜盘子也看着玉薇说："咱乡政府计划在元旦举行一次集体婚礼，你和陈灿都是教师，最好能参加集体婚礼，也算响应政府号召，为树立新风尚做点贡献。"

陈灿正想早日结婚，见姐姐这一说，连结婚的日子都定下来了，真是正中下怀。可是他不敢盲目发言，怕玉薇觉得姐姐和自己一唱一和，像逼婚似的。所以陈灿只拿眼看着玉薇，并没表态。

玉薇听了雪玲的话，觉得自己回家跟父母商量可有借口了，就说元旦集体结婚是政府为破除陈规陋习发出的号召，咱是教师，理应带头响应。这是多么冠冕堂皇的理由呀！讲出口来，也不怕妹妹嫂子心里笑话我是急着想当新娘哩！玉薇又和陈灿交换一下眼神，她理解陈灿的心理，这对热恋情人，无须语言交流，只要对视百分之一秒，就能把对方的心思摸得一清二楚！此刻有老娘和姐姐在，他二人不过是心照不宣。于是玉薇就借坡下驴说："我和陈灿都听姐姐的，咱就参加集体婚礼吧！"

04 秋忙假

过了八月十五，农村进入又收又种的农忙季节。有些在外地务工的农民都转回家里抢收抢种。农村小学也放了一周秋忙假。这天河娃刚吃过午饭，忽然听见"轰隆、轰隆"的汽车声响，他知道是爹和娘回来了，便飞奔到街上，果见他爹开着大货车已经停在大门口。

河娃他爹小名叫牤牛，长得又粗又壮，体重九十公斤，虽然天气已经凉了，可是他还穿着短袖汗衫，露出黑黝黝的胳膊，那胳膊比河娃的大腿还粗。

他从驾驶座上跳了下来，看见比去年高半头的河娃向他奔过来，笑得眼睛成了两条缝，大冬瓜脸活像弥勒佛现世。他弯下那牛魔王般的肥腰，两只大手掐住河娃的胳肢窝，就把像瘦猴子般的河娃给举了起来！嘴里还喊着："这小子比去年长了二十斤肉！"等他把胳膊蜷回来时，河娃趁势抱住爹的脖子，偎依在爹的怀里，贪婪地嗅着爹身上浓浓的汗味和烟味，还夹杂着汽油味。河娃觉得爹身上的味道比过年油炸螃蟹那味道还鲜美！品尝爹身上这鲜美的体味，是河娃一年中最奢侈的享受。

河娃他娘也跳下车，河娃他娘名叫扇坠，长得小巧玲珑，但是人很精明。河娃他爹特别爱她，对这位袖珍夫人言听计从，把财政大权全部交给夫人管理。平时牤牛腰包里就不装钱，扇坠则肩上挎着黑皮包，里面装着银行卡和零用钱。两个人来到饭店吃饭，总是扇坠点菜，扇坠算账开钱。有时服务员见牤牛长得魁梧，盛气凌人，以为他是主人，便把菜单递到他面前，让他点菜。可是牤牛把菜单接过来，马上转给扇坠，让扇坠来点，他只在一旁笑眯眯地注视着老婆。扇坠也从来不谦让，接过菜单就点上三个菜一个汤来。其实扇坠知道牤牛爱吃什么菜，所以她点的菜都是牤牛最爱吃的。

和他一起拉货的几位汽车师傅慢慢熟了，知道他们夫妻感情十分黏糊，都和他们两口子开玩笑，称牤牛是"牛魔王"，称扇坠是"铁扇公主"。牤牛和扇坠听到这样的玩笑也很开心，因为他俩认为牛魔王和铁扇公主是一对恩爱夫妻。牛魔王把家里最昂贵的宝贝芭蕉扇交给铁扇公主保管；牤牛把家里最值钱的宝贝银行卡也交给扇坠保管，这不是和牛魔王夫妻一样吗？

牤牛抱着河娃，从兜里掏出一叠人民币来，让河娃随便抽取一张。河娃正缺钱买课外书呢，他就从一叠钱里抽出一张五十元的票子来，装进自己兜里。扇坠右手牵着带轱轮的皮箱，左手还掂着个大皮包，跟在牤牛后面进了大门。

河娃的爷爷和奶奶也迎接出来，俩老人看见儿子和媳妇回来了，喜得合不拢嘴。扇坠到了屋里，右手放下皮箱，然后打开皮包，从皮包里拿出北京的烤鸭，还有哈尔滨的红肠，道口的烧鸡，还有些点心，交给河娃的奶奶，让她放到冰箱里。接着又拿出一个塑料包和一个纸盒子来。那塑料包里面是一身绿色的运动装，纸盒子里面是一双运动鞋。扇坠三下两下就把河娃身上穿的旧衣服扒下来，然后给他换上新买的运动装，又让他把脚抬起来，给河娃穿上运动鞋。河娃的爷爷奶奶见河娃换上的这身新衣裳不大不小正合身，都夸扇坠会买衣服，河娃换上这身新衣服，精神多了！

牤牛心里也暗暗佩服老婆有预见性，因为二人在服装店挑选衣服时，牤牛嫌这一身运动装太大，建议买小一号的。可是扇坠说："河娃现在正长个头，半年不见，肯定长半头了，必须买大一号的衣服才行。"现在看来，幸亏自己听从老婆的主意了，要是不听老婆的话，买小一号的衣服，河娃就不能穿了！

扇坠给河娃把衣服拽平，问河娃穿着舒服吗？

河娃说："还没旧衣服穿着舒服呢！"

河娃他奶奶说："这孩子赁衣裳①，穿身上几个月也不愿意换，身上的衣服都脏得不像话了，你一让他换衣服他就跑。"

扇坠也知道河娃从小就不爱穿新衣裳，他过年从不要衣裳，就知道要鞭炮。大人赶年会回来，只要给他买一捆鞭炮，他就高兴得乱跳。于是扇坠劝河娃说："儿子呀，你现在是六年级的大学生了，要收拾得干干净净，漂漂亮亮，像个学生样。别再要小孩子脾气，穿得肮肮脏脏的，多丢人呀！"

扇坠哪里知道，河娃这一段时间又读了《济公传》，他现在特别佩服济公，觉得男子汉大丈夫就应当像济公一样，不修边幅，外表看着像个叫花子，但肚里有本事，专为民众做行侠仗义的好事。因此他对那些收拾得干干净净的奶油小生非常反感。觉得那些讲究穿戴的奶油小生都是金玉其外、败絮其中的废品！有了这些想法，河娃就更不愿意换新衣服了。他对娘说："学习成绩不好，穿得再漂亮别人也看不起你，你买衣服还不如给我买几本书呢！"

"哎哟，我忘记往外拿了，给你买了好几部小说呢！"扇坠听了河娃的话，急忙又打开皮箱，拿出厚厚一摞书来。

河娃听娘说给他买了好几本小说，喜得心花怒放。他从娘手里接过书一看，有《子夜》《家》《围城》《射雕英雄传》《第二军团》《红与黑》共六部长篇小说，都是他没看过的书。河娃如获至宝，立刻拿进自己的卧室翻看去了。

河娃他奶奶说："小河娃这一年变成书迷了，有时喊他半天也不答应。我还以为他没在家呢，谁知到他卧室里一看，他正趴在桌子上看书呢！"

牤牛说："孩子喜欢读书是个好事，但是要提醒他注意休息，别把眼

---

① 赁衣裳：方言，表示衣服穿身上就不愿意脱，像租赁的。

瞅近视了就行。"

河娃他奶奶又下厨做了两碗鸡蛋面，让牤牛和扇坠吃了。扇坠还惦记着地里的庄稼，便催着牤牛一起去地里察看。他们两口子一出村，见人们都在地里掰玉米。有的开着机动三轮车，也有的开着拖拉机，往家拉玉米棒。只有顾留宝和他的闺女石榴两人，拉着地排车去地里收玉米。

原来牤牛家姓孙，牤牛的祖上和顾留宝的祖上都是在明朝嘉靖年间从山西洪洞县移民过来的。当初两家人来到这条小河旁，商量着在这里定居。顾家人在小河的岸边圈了一小片院子，孙家人见了说："你怎么圈那么小一片院子呀？"顾家人说："就这一小片院子足够俺住了。"谁知一语成谶，顾家在这里住了四百多年，人越过越少，始终没把这片院子住满。到了顾留宝这一辈，就剩他这个单根独苗。顾留宝年轻时老婆又死了，就留下一个闺女。等闺女出了嫁，这顾家祖坟就彻底断了香火！可是孙家却人丁兴旺，院子一扩再扩，现在已发展到几百户人家。

顾留宝和女儿石榴相依为命，家里只有三亩地，一年收入几千块钱，所以也买不起机动车辆，只好拉着地排车去收玉米。顾留宝看到别的人家都人齐马壮，开着拖拉机或机动三轮车轰轰隆隆地下地干活，不由得想起自己的老婆。他想，要是石榴她娘还活着，现在不也熬成热热闹闹一大家子了吗？他后悔自己当年太傻，迷上了赌博，把家产输光，把老婆也葬送了！自己混到今天这般穷困凄凉的境地，也是上天对自己的惩罚呀！

石榴已十五岁了，渐渐懂得人情世故。邻居对石榴娘的死都很惋惜，对石榴爹当年祸害家庭的行径也很气愤。有些好事的娘们故意在石榴面前，讲她爹当年如何痴迷赌博，如何虐待石榴她娘，逼得石榴她娘无路可走，最后投河自尽的糗事。

石榴听了这些话，又看到邻居有娘的孩子生活无忧无虑，吃穿不愁，多么幸福！联想到自己，从小就穿娘遗留下来的破衣裳，生活清苦，家庭冷落凄凉，她不由得暗暗地埋怨老爹！但是她又想起，爹从小拉扯她长大，又当爹又当娘，看到爹不舍得吃、不舍得穿，还供自己上学；再看人家老汉下晌①回家，老婆就做好饭菜，等着男人回来吃饭，生了病老婆端水喂药，知冷知热。可是她爹下晌回来还得自己做饭，生了病除了石榴，再无一人侍候。那日子过得凄凄惨惨。想到这里，她又觉得老爹十分可怜！

有时她无意间提起老娘，就看到爹的脸上现出痛苦悲哀的表情，背过脸去偷偷地抹眼泪。因此石榴心疼她爹的心理又占了上风，她想老爹年轻时轻狂浮躁，铸成大错，也给爹造成了终身的痛苦，我不能再往爹伤口上撒盐，埋怨他也无益。于是石榴就再也不提她娘的事，她还努力帮爹干活，尽量减轻爹的负担，平时对爹嘘寒问暖，十分孝敬。

顾留宝和石榴来到玉米地头，把地排车停在地头的大路边。他吩咐石榴去掰玉米棒，自己操起一把镢头跟在石榴后面铩玉米秆。

顾留宝心疼石榴，从来不让石榴干铩玉米秆的活，因为铩玉米秆一来费力气，二来有一定的风险，他怕石榴一不小心砍伤自己的脚。再说铩玉米秆时要用左胳膊先把玉米棵夹在腋下，然后右手挥动镢头去砍玉米棵的根部。那玉米棵上的尘土和螟虫留下的腐渣，都会沾在衣服上，把衣服弄得满是污渍。所以铩玉米秆这活又脏又累，都是大老爷们去干。除非谁家没有了男人，或者男人不在家，妇女没有依靠了，才亲自去干铩玉米秆的活。

但是掰玉米棒要扎着篮子在玉米地里来回钻，玉米叶子的边沿有细小的毛刺，在脸上擦来擦去，把石榴粉嫩的脸腮拉出一溜溜白痕。石榴是个要强的姑娘，她干活手脚麻利，一会儿就掰满一篮子玉米棒。她用那细小的胳膊扎着几十斤重的玉米篮子，身子被压得歪歪扭扭，从茂密的玉米地里钻出来，走到地排车旁，把玉米倒进车厢里……

再说扇坠带着牤牛到自己的玉米地里转了一圈，见玉米棒子都干苞了，就和牤牛商量着明天来掰玉米。扇坠说："咱俩在儿子五岁时就外出拉货，把儿子留给爷爷奶奶看管，现在都过去八年了，一年也跟儿子见不了几回面，实在太对不起儿子了！我看这五亩玉米咱俩一天就掰完了。

---

① 下晌：方言，下午。

风雨石榴路

咱索性别让儿子跟着干了，让儿子在家看书吧。这也算咱俩对儿子的一点补偿。"

牤牛向来对扇坠言听计从，他马上附和着说："媳妇说得对，咱俩想到一块去了。"

牤牛这句话扇坠早就耳熟能详了，因为扇坠只要拿出主意来，牤牛老是用这句话表示赞同。

看了西地的玉米，二人又来到了北地，北地还种着二亩大豆。扇坠和牤牛离豆田还很远，就遥遥望见豆田那边冒出一股浓烟，因田野里没有风，那浓烟袅袅上升，千米之外都能看见。他俩来到地的南头，见大豆叶子都落净了，只剩下一串串金黄色的豆角像鞭炮似的挂在豆棵上。地的另一头挨着一条大路，几个割草的孩子把篮子放在一边，正在路上燃着一堆豆叶，然后放上几把豆棵烧毛豆吃呢。所以老远就看见这里在冒烟。扇坠和牤牛蹚着豆棵，从地南头走到地北头。来到几个孩子的跟前，那豆叶已经燃烧完，毛豆角也都烧得炸开了皮，豆粒崩了一地。有的豆粒烧成了红铜色，有的豆粒烧成了黑炭色。几个孩子蹲成一圈，正低着头从灰烬里捡那没烧焦的豆粒吃。

牤牛忽然大喝一声："你们这几个家伙，不好好割草，就知道吃！"

几个孩子抬起头来，见是牤牛，都有些不好意思，因为他们烧的是牤牛家的豆子！一个年龄稍大的孩子不吃他吓唬，跟牤牛犟嘴："牤牛叔，你去年还摘过俺家的西瓜吃呢，俺吃你地里几棵豆子不应该呀？"

牤牛见这孩子挺会找理由，心里也喜欢他，便笑着改口说："谁说不应该了？但你也得让老子吃几粒呀！"说着便也蹲下身子，和那几个孩子争着捡豆粒吃。

扇坠站在一边，看见牤牛不一会儿吃得手上嘴上都沾满了黑灰，便说："你恁大个人了，跟孩子争啥嘴吃？看一会儿吃成个猪嘴头了！"

牤牛听扇坠批评他，就站起身来，扇坠从包里拿出一卷卫生纸，撕下一片递给牤牛。牤牛一边擦嘴，一边恋恋不舍地看着那灰烬里的豆粒说："好多年没吃过这烧毛豆了，现在一吃，还是恁香！"

扇坠轻轻地在他背上拍了一巴掌，笑着说："别出那馋相了，看孩子们笑话你！"

牤牛和扇坠刚离开，一个孩子愤愤不平地说："牤牛这家伙吃得贼快，只一会儿就让他把好豆粒都捡完了！"

另一个孩子说："他在家怕老婆，饭都不敢吃饱，出来跟咱争嘴吃呢！"

扇坠和牤牛走到一片玉米地边。牤牛见路上没人，就把胳膊搭在扇坠的肩上。扇坠说："这里可不是大城市，你在街上搂搂抱抱的也没人管；在这里要是碰上人，大家不用唾沫星子淹死你才怪呢！"

扇坠话没说完，突然呼啦啦一阵声响，就见扎根他爹和他娘一前一后从玉米地里钻了出来。扎根他娘一看，牤牛一只胳膊搭在扇坠肩上，喜得"哈哈，哈哈"一阵狂笑！她弯着腰拍着巴掌说："看看牤牛把你宠的，走着路还搂着你，都跟你过恁些年了，还怕媳妇走丢了不成？牤牛要真怕媳妇走丢了，干脆把扇坠揣怀里多好哇！"

扇坠急忙笑着从牤牛胳肢窝下挣脱出身子，她反守为攻，指着扎根他娘说："四嫂子，你也忒风骚了吧，夜里侍候四哥还没侍候够？大白天地跑进玉秫黍棵里干啥去了？还有脸说别人！"

原来扎根他爹排行老四，所以扇坠叫扎根他娘四嫂子。扎根他娘知道扇坠伶牙俐齿，不是个好惹的，也不敢再戏谑她了。再说农村媳妇到一块儿开个玩笑是见面礼，剩下的时间就该亲亲热热地拉呱了。于是扎根他娘走上前，扯住扇坠的手亲热地说："扇坠你一走半年不回来，嫂子可想你了。今天晚上去我家搓麻将吧，嫂子给你煮花生吃！"

扇坠也握着扎根他娘的手说："我也天天想嫂子呀，在家时天天跟嫂子搓麻将，到嫂子家又吃又喝，说说笑笑，玩得多开心！自从跟牤牛拉货，风里来，雨里去，长年累月地在公路上跑，身体都落下毛病了。你说为了挣俩钱，受这份洋罪真的划不来呀！"

扎根他娘说："兄弟媳妇你别烧包了，现在咱村的婆娘都羡慕你呢，这几年你看押着牤牛，走京下卫^①，大城市都逛了，好山好水也转遍了，钱袋子也撑得满满的。你说你不比谁有福？再看你这小脸保养得又白又嫩，看你这手，跟'嫩麻知了'似的，比十年前还漂亮呢！你再看看我这张脸，还是个脸不？跟个霜打的茄子一样，又黑又紫，都蔫了！"

牤牛在一旁插嘴道："四嫂子，你快用面膜往脸上敷吧，再不敷面膜，四哥就去找小三啦！四哥要找着小三，永不陪你睡觉，到夜里你可坐床上搁住脚脖子哭吧！"

扎根他娘瞥了扎根他爹一眼，笑着说："他有本事找去吧，别说找小三，就是找小五、小六我也不怕！"

扇坠也乘机逗扎根他娘："四嫂子怕啥，就凭你这性感的肥臀，暗恋你的男人多着呢，捉几个相好的野狼，那还不是手到擒来吗！"

扎根他娘是个好说好笑的女人，无论谁跟她开玩笑，她从来不会恼，如果哪一天没人跟她逗乐，她就心里不爽。她最爱享受的是几个男人抬住她的胳膊和腿打"夯墩"，每次打完"夯墩"，她会兴奋得半天都收敛不起笑容。

扎根他爹是出了名的好脾气，媳妇跟别人闹着玩，他也不管不问。因而他家成了个人场，邻居老老少少都喜欢去他家玩，扎根他娘就索性弄了两副麻将，开起了麻将馆。

扎根他娘听了牤牛两口子跟她逗乐的话，笑得前仰后合。扎根他爹说："别说疯癫话了，该回家烧汤了，咱喝不罢汤，打麻将的人就上场了。"

这时就见石榴拉着一地排车玉米棒走了过来。

扎根他娘心疼地说："石榴恁小个孩子，拉这么大一车玉秫棒，把孩子累得一头大汗，你爹干啥去了，为啥叫一个小孩拉车呀？"

石榴喘着粗气，停下来说："俺爹在地里锊玉秫黍秆呢。"

牤牛上去把石榴从车辕里拉出来说："闺女歇歇吧，换我拉车！"

扎根他娘在路边拾了一棵玉米秆，照牤牛背上抽了一下说："看这大牤

秋忙假
04

---

①下卫：外地人去天津。旧时语言。

牛光吃料不干活，养着他干啥？这膘肥得都走不动了，快快用力拉，减减肥吧！"喜得几个人都哈哈大笑，连牤牛也忍不住笑着说："我这一个牤牛拉不动车，再把四嫂子这小牝牛也套上吧，她在我前面跑哨，我就拉得快了！"

石榴忍着笑，在后边一面推车，一面说："谢谢牤牛叔！"

扎根他娘假装生气地说："石榴这闺女咋恁不懂事呀？怎么能光谢谢牲口，不谢谢我这掌鞭的呢？"

石榴也忍不住"扑哧"一声笑了，她只好又补充一句："谢谢四婶！"

牤牛那一大堆肥肉把车辕填得满满的，他拉着这一车玉米就像屁股上挂了个铃铛，毫不费力地就拉走了！

扎根他娘手里挥舞着玉米秆，真像个掌鞭的在赶着牲口，还边走边吆喝。几个人说说笑笑，嘻嘻哈哈，一会儿就来到石榴家。车停在院子里，石榴卸下荆笆，又要往下扒玉秫棒，就听牤牛高声说："站一边去！"

石榴急忙撤到车厢的左边，牤牛两手搦住地排车杆，往上一举，那地排车厢一下子直立起来，车厢里的玉米棒扑通扑通都被掀在地上。牤牛又把车杆放平，车厢卡在两个车轱轮的横杠上。他又搦住车杆双臂抖了几下，那车尾也跟着上下颠簸了几下，把剩在车厢里的几个玉米棒又簸了出去。牤牛这一招，前后只用几秒钟，就把一车玉米棒卸得干干净净。石榴看了连连夸奖："牤牛叔真是大力士呀！"

牤牛得意地说："这算什么，那打场的石磙我一只手能掀得翻俩筋斗！"

石榴急忙去屋里掂出暖壶，要给他们倒水喝。扎根他娘说："闺女赶紧烧汤吧，一会儿天就黑了，俺们要赶紧走喔。"

几个人水也没喝，摆摆手都走了。

牤牛和扇坠走到家，河娃他奶奶已烧好了汤，见儿子和媳妇回来了，就把馏好的烤鸭还有馒头端到小饭桌上，又去厨房盛了两碗米汤。这时扇坠也进了厨房，忙说："娘，你坐那边吃去吧，我来端汤碗。"说着两只手端了两碗米汤回堂屋去了。河娃他奶奶又盛了一碗米汤，端着碗也来到桌旁。

牤牛说："娘，河娃呢，叫他也出来吃饭呀？"

河娃他奶奶说："他看了一下午书，我怕他把眼睛毁了，叫他出去玩一会儿，谁知他一走就没影了，天黑了也不知道回家喝汤！你俩该吃吃吧，别管他，他啥时候回来啥时候吃。"

扇坠让她婆婆坐在桌子北边面朝南，扇坠和牤牛分坐东西两侧。牤牛又问："我爹呢，咋也不出来吃饭？"

河娃他奶奶说："他打麻将去了，有时就在麻将馆里吃哩！"

扇坠一边吃饭一边说："河娃都十二岁了，再过五六年就该定亲了，咱这破堂屋，人家相亲的人一看忒寒酸了，要不咱收拾完就置买砖瓦，趁天不冷把堂屋翻盖成楼房吧？"

牤牛马上接着说："你说得对，咱俩想到一块去了！"

河娃他奶奶也想让河娃早点结婚，她想在有生之年看看孙子媳妇长啥样，所以也赞成扇坠的主意。她说："扇坠想得真周到，咱就是该盖楼了，插好棱笼鸟才往里飞呢，咱这破屋子，谁家女孩愿意来呀？"

牤牛是个大大咧咧、欢欢乐乐，又不爱操心的汉子。他胃口特别好，一吃起饭来脑子啥也不想，就是狼吞虎咽。他吃完三个馒头，端起汤碗正要喝，又见扇坠放下筷子一本正经地问他："牤牛，你看石榴这闺女长得怎么样？"

牤牛喝了一大口米汤，咽下去，顺口答道："石榴那姑娘挺俊。"

扇坠接着说："我看石榴长得细皮嫩肉的，一双水灵灵的大眼，又精明，又懂事，真是个难得的好闺女！"

牤牛又夹了一筷子烤鸭肉塞进嘴里，一边吃一边含混不清地顺着媳妇的意思说："我看她也是个好闺女。"

扇坠接着说："我想，咱河娃要是能娶石榴做媳妇有多好哇！"

河娃他奶奶一听扇坠想让石榴做儿媳妇就急了，她说："万万不可让石榴做咱河娃的媳妇，石榴那丫头是个孤独命，从小就把她娘给'独'①死了，到现在就有一个爹，再无别的亲人，娶她做媳妇就是娶来个丧门星，咱可不能要她！河娃要娶媳妇得挑那父母双全的，有爷有奶的，有叔有伯的，还得兄弟姊妹多的，'十全'的闺女才行。那命里'十全'的媳妇后代人丁兴旺，能发三代人呢！"

扇坠听了婆婆这番话，虽然并不全信，但也对石榴的命运不好产生了忌讳，再说河娃年龄还小，也不到说亲的时候，她又不愿跟婆婆顶嘴，所以就不再提这事了。

牤牛吃完了饭，打了个饱嗝，扇坠又递给他一片餐巾纸，牤牛擦了嘴，还没站起来呢，就听见手机铃响。牤牛掏出手机接听，原来是二猴子他爹邀他去打麻将呢。二猴子他爹名叫孙兴邦，就听兴邦说："快来吧老弟，再晚一会儿就没位子了！"

牤牛说："好的，我马上到！"然后关了手机看着扇坠说："走吧，咱去麻将馆摸两把！"

扇坠一边收拾碗筷，一边说："你先头前走，我刷了锅再去。"

河娃他奶奶从扇坠手里抢过碗筷说："你俩一起去玩吧，锅我来刷！"

牤牛也拽住扇坠的手，边走边说："锅让咱娘刷吧，去得晚了就没位子了！"

两个人来到麻将馆，还没进屋就听人们热热闹闹在说话。牤牛推门一看，果然两张麻将桌都坐满了人。原来农村这几年实现了机械化，拉庄稼都用机动车辆，打场、犁地都用拖拉机，耩地用播种机，用人工干的活不多了。往夕三秋是大忙季节，现在也不很忙，人们轻轻松松就把秋收秋种的任务完成了。所以尽管是秋忙季节，年轻人白天下地干活，晚上照样玩麻将。像河娃他爷那些老头不用下地干活，就在大白天也照玩不误。

---

① 独：迷信的说法，相当于"克"。孩子少时丧失父母，当地人认为是她的出生带来晦气和灾难，害死了父母。同理，也可能害死别人。

扎根他娘是老板，一般情况她不坐场，但刚才有一桌"三缺一"，那三个人又急着玩，就拉她上场配桌。这时她听见门响，回头一看，见牤牛两口子来了，急忙站起来拉住牤牛的胳膊说："汽车老板来了，快坐下，我替你启的牌你看看，多好！"

牤牛也不客气，就一屁股蹾在麻将桌前的椅子上，压得那破椅子咯吱咯吱响！扎根他娘从后面拍了他一巴掌，笑着说："你个大肥牛，别把俺的椅子给压塌了！"

牤牛回过头来，怼她一句："嫂子是二百五还压不塌呢，我还不足二百斤，就会压塌椅子了?!"

这时二猴子他爹兴邦正坐在另一桌上打牌，顾不得和牤牛打招呼。牤牛见同桌的三位牌友都停下来等着他呢，便上来就开始启牌。任凭扎根他娘再说啥也没有工夫搭理她了。扎根他娘是个爱热闹的人，嘴闲不住，她见牤牛顾不得说笑话了，就又拿扇坠开心："扇坠呀，你领着牤牛逛商场，腰里挎着钱包，牤牛跟在你屁股后头，你就像个女老板，牤牛就像你的保镖。可是现在牤牛八面威风地往这一坐，你站在他身后陪着，活脱脱就像牤牛在大城市里拐来的一个小三！"

扇坠脑子来得快，性格又好胜，开玩笑从来不肯吃亏。她马上反唇相讥："四嫂子，你天天不是站在这个男人背后看，就是站在那个男人背后看，咱村的男人都让你黏过来了，啥男人的味你没闻过呀？你说你当了多少男人的小三？你那相好的要都一齐来，早把你这堂屋给撑爆了！"

扎根他娘被扇坠骂得还不过嘴来，只乐得哈哈傻笑！

麻将打了一圈，几个人动手"哗啦哗啦"地洗牌。一个叫三挠子的年轻人犯了烟瘾，他想牤牛在外开车发了财，衣锦还乡，肯定要带几盒好烟。于是心生一计，便从腰包里掏出一盒铁塔烟来，抽出一支递给牤牛说："牤牛叔，抽支孬烟吧！"

牤牛知道这家伙是在"钓鱼"，故意拿他的孬烟做诱饵，换自己的好烟吸呢。不过这也给自己一个显摆的机会。其实牤牛平时也吸孬烟，只是在临回家时特地买了几盒"大中华"，就是为了见个人掏出来显示自己的阔气！让家乡的爷们都看得起自己。他认为，男人嘛，在世上混，就是混个脸面！所以这时牤牛就从腰包里掏出大中华香烟来，抽出一支，撂了过去说："小子，别吸你那垃圾烟了，吸一根'大中华'吧！"

这时桌子上另外两个人也齐声夸奖："还是牤牛财大气粗，看看人家这烟，多高的档次呀！"

牤牛听了这赞美的话，心里美滋滋的，于是又抽出两支烟来，给这两个人一人一支。

谁知另一桌上的人也打完了一圈，听见牤牛在撒"大中华"，便一起跑过来给牤牛讨要。牤牛觉得脸上特别有光，那感觉就像高祖还乡！他又抽出四支烟来每人发给一支。谁知这一帮人都是牤牛最要好的朋友，其中就有兴邦，他们平时在一起不分彼此，可以说除了老婆不能分享，剩下啥好宝贝，大家只要见了都要分一半！所以他们接了一支还不满足，把那一支烟夹在耳朵上，又给牤牛讨要。牤牛撒出去七支烟了，自己嘴上还叼着一支，盒里就剩十二支，这打麻将才开始，发得多了一会儿自己都没烟吸了，所以牤牛抓着烟盒，说啥也不给他们发了。

其实这几个人胃口更大，他们想，牤牛腰里说不定还装着一盒呢，所以几个人按住牤牛，兴邦就往腰包里翻。他们这一招牤牛来时早就料到了，腰包里只带一盒烟，就是怕这几个家伙把整盒都掏跑了，弄得最后自己招待人也没好烟，那可难看了！兴邦翻遍了牤牛全身，一根烟也没搜出来，只好把牤牛嘴上叼的那根烟揪了去。回到麻将桌上洗着牌还抱怨："牤牛这家伙真老鳖，出来打麻将就带一盒烟，明天去他家搜一搜，搜出来给他一锅端了！"

牤牛赔着笑说："哥们呀，我啥时候有好东西不给咱弟兄留着呀？这次真的没有烟了，你打死我牤牛，我也给你拿不出烟来呀！"

"牤牛你构上麦不许走，得到集上请请客，咱哥们痛痛快快唱俩曲，再划几回拳，过把瘾才释放你！"兴邦是这一伙人的老大，他说的话这一帮小弟兄都不敢不从。

牤牛信誓旦旦地说："放心吧大哥，我不把你灌得肚脐眼冒烟，绝不离开鹌鹑店!"

那些人又开始启牌，就顾不得说话了。在场的八个人都点燃了香烟，一会儿屋里就烟雾缭绕，呛得扇坠直咳嗽!

扎根他娘说："扇坠，咱别在这里吸二手烟了，回我屋里说话吧。"

扇坠跟着扎根他娘来到里间，坐在扎根他娘的床上，扎根他娘端出一馍筐煮熟的花生来，放在床前的桌子上。两个人一边吃花生，一边又拉呱起来。

扎根他娘说："扇坠呀，你白天在地里跟我说随牤牛外出拉货，身上都落病了。我当时觉得有男人在，怕你得了妇科病，不方便说，所以也没好意思问你，你身体到底落下啥毛病了呀?"

扇坠说："嫂子不知道，也没落下啥稀罕病，就是因长期在汽车上坐着，屁股上生了痔疮。"

扎根他娘说："痔疮不算大病，可是粘身上人受罪呀，我过月子那年生了痔疮，后来去医院做手术。你不知道，手术后疼得我整天趴床上不敢翻身，特别是换药时疼得我鬼哭狼嚎，扎根他爹还说我能多疼呀，裹住忒带样子吗?"

扇坠说："嫂子，出门在外的一大便就带血，特别是便秘时疼得我蹲在厕所里哭，多受罪呀!"

扎根他娘说："要不，兄弟媳妇，你就别跟着牤牛押车了，在家用药调理调理，症状慢慢就轻了。"

扇坠说："我早就不想跟着车跑了，可是我怕牤牛一个男人成年累月地在外面跑，他憋急了找小三呀! 他要万一跟小三跑了，剩俺娘俩，河娃还小，这日子可咋过呀?"

扎根他娘说："我看牤牛实实诚诚，不是那仨猫六个眼的人，他办不出来那坏良心的事!"

扇坠说："傻嫂子耶，男人没一个好东西，有几只猫不吃腥的呀? 你看四哥多老实，他要出去挣了钱，有小姐勾引他，他照样变坏!"

扎根他娘想了想说："兄弟媳妇，你说的也真是。俺那老头子，看着老实巴交，我跟他赶集上会，他看见那漂亮女人就发呆，你说他不是心里在想好事吗？咱就得好好监督着男人，千万不能让他出了轨！"

扇坠与扎根他娘在里间叽叽咕咕地说了两小时的贴心话。扇坠一看墙上的挂钟已到晚上11点了，便说："嫂子，明天还得掰玉秫棒呢，我要回去睡觉哩。"

扎根他娘说："兄弟媳妇，你不叫牤牛一起走哇？"

扇坠说："我叫牤牛走，他这会儿要是正赢牌，人家说你赢了钱就走，是个精细小儿；他这会儿要正输牌，人会说我怕老公输钱不让他玩了。反正咋做都不是，还不如我自己走，让他在这里玩呢！"

扎根他娘说："兄弟媳妇就是想得周到，咱当个女人真难，管得多了也不好，管得少了又怕男人不着调。我看只要抓住大事不放，小事就别管他了。"

扇坠离开麻将馆，回到家里，又拐到河娃屋里看看，见河娃已经睡着了，才回到自己的卧室里。躺在床上，可是她翻来覆去地睡不着觉，原来扇坠和牤牛多少年来都是一起睡觉，扇坠非要头枕在牤牛胳膊上，嗅着他身上那特殊的体味，听着他那闷雷般的呼噜声，才能安然入睡。今晚牤牛没回来，扇坠觉得像少了靠山，没了鼾声，屋里静得可怕。她孤零零的，怎么也不能入眠。扇坠焦急地等啊，等啊，一直等到了凌晨2点，牤牛才喘着粗气进了卧室。

扇坠这时面色潮红，凤眉微蹙，如怨似嗔，嗲声嗲气地说："你个没心肝的，咋才回来呢？人家等你等得好心急呀！"

牤牛那眼皮已经睁不开了，根本没理会扇坠的表情，没精打采地说："我多会就犯困了，想回来，那几个货说啥也不让我走，熬得我都晕乎乎的了！"

牤牛说完扑通一声，像推倒了一堵墙，歪床上就睡。扇坠本来盼着牤牛回来亲热一会儿，然后自己躺在牤牛那毛茸茸的怀里，让牤牛抱着，头枕在牤牛胳膊上甜蜜地入睡。现在却见他侧着身子，脸朝外，给自己一个大凉屁股和脊背，也不脱衣裳，就呼噜呼噜地睡着了，十分扫兴，满怀的激情和期待化为怨恨。扇坠狠狠地照牤牛屁股上打了两巴掌，牤牛还是一动不动。扇坠心里生气，她想你给我个脊梁，我也给你个脊梁！于是也翻过身去，背对着牤牛睡觉。可是她两只眼放光，一点睡意也没有。待了一会儿，实在熬不下去，只好又转过身来，一只胳膊抱住牤牛的腰，把自己的一条玉腿翘起来，压在牤牛那长满黑毛的粗腿上，又将自己饱满的胸脯紧紧地顶住牤牛的脊背，鼻子挨着牤牛的脖颈，嗅着牤牛那浓浓的体味，才觉得心里熨帖些，过半个时辰就慢慢地睡着了。

第二天早上 8 点钟，河娃他奶奶做好了早饭，来到牤牛的卧室门口，听见卧室里还鼾声如雷。心想昨晚小两口打麻将不知啥时候才散的场，反正现在的农活很轻松，年轻人瞌睡大，就让他们睡个够吧。到了 9 点，扇坠醒来，她见阳光已经照到床边，想起今天还要掰玉米棒，便抓住牤牛的肩膀用力推搡。

好一会儿牤牛才翻过身来，又打了个哈欠，伸了个懒腰，眯着眼问："几点了？"

扇坠怕他赖床，就故意制造紧张空气，大声说："快 10 点了，太阳晒住屁股了还不起！"

牤牛起来后，和扇坠简单洗漱一下，又匆匆吃过饭，就往汽车上撂了两个大篮子，然后跳上驾驶室。这时河娃他奶奶跑到河娃卧室里，见河娃趴桌子上正在看书，便催他说："快跟你娘下地掰玉秫黍穗去吧，下了晌再看书！"

河娃听奶奶喊，还以为是爹娘在车上等着他呢，便扤了个篮子也跑到车前要往车上爬。扇坠给河娃摆摆手说："你在家看书吧，乖，那几亩玉秫黍不够我和你爹一天掰的！"说完"哐当"一声就把车门关上了。

河娃见娘不让他去，心里高兴。他想《家》那本小说，我才看了百十页，正不知下文是啥呢。幸亏老娘开恩，不让我下地喽，我今天就继续看书呗！

河娃又一口气看了百十页，觉得头闷眼花，累得看不下去了。他就把没看完的那一页折住，想跑到村外遛遛腿。河娃顺着大路往西走，穿过了一片桃树林，前边就是小河。最近一月没下雨，河里本来没有水。可是小河上游通着一条灌溉水渠，因快种麦了，渠里浇罢地剩余的水，就放进了这条小河里。那水很浅，也不宽，但因农用三轮车反复碾轧，水里的路都被轧成泥浆了！

这时，就见石榴拉着一车玉米棒从河里过，走到水中间车轮就淤进稀泥里拉不动了。河娃看见了，就飞跑到河边，脱了鞋，挽起裤腿，手掂着鞋，跳进水里，把鞋撂到车上，两手扳住车厢帮石榴推车。两个人共同使劲，就把那陷进泥里的车给拉出来了。车子刚拉出水面，石榴突然"哎哟"一声，就弯下腰，把车把放在地上，坐车把上，两手抱住脚不敢动弹了！河娃跑到石榴跟前一看，石榴的脚底板在滴血！河娃知道石榴是踩在玻璃碴上了。他说："你用力捏住伤口，我给你找荠菜芽（小蓟）去！"

河娃跑到附近豆田里，薅了几棵荠菜芽，用手揉了几下，把荠菜芽揉成泥状，荠菜芽叶内的汁都渗出来了，看上去湿漉漉的。原来农村孩子都知道荠菜芽的汁液有止血的作用。所以谁在地里划伤了手脚，都是用荠菜芽来止血。

河娃把揉好的荠菜芽糊在石榴脚底的伤口上，嘱咐石榴用手摁着。他又跑到一片红薯地里，薅了一根红薯秧，把叶捋掉，绕着石榴带伤的脚缠了几圈，又系了个死结，把荠菜芽固定在伤口上。然后又扶石榴坐上车，河娃吃力地拉着车，往村里缓慢地走去。

石榴不好意思地说："这一车玉米棒就够沉的了，我又坐上车，你这样小的个头，拉得动吗？"

河娃一边弓着腰拉车，一边喘着粗气说："你别看我个头小，尿泡虽大无斤两，秤砣虽小压千斤，我像孙悟空，力大无穷！"

石榴见河娃虽然嘴硬，步子却愈走愈慢，知道他快没力气了。

石榴有些心疼他，便说："河娃呀，停下车，咱歇歇说说话好吗？"

河娃也实在拉不动了，听石榴要求停下车说话，便借坡下驴，吟了一句"停车何必枫林晚"，就把车停在大路边上，将半个屁股坐在车帮上休息。石榴见河娃累得喘不过气来还有心情吟诗，觉得好笑，便打趣地说："你真是个苦吟诗人哪，累成这个样子，还有心吟诗！"

河娃说："洒家吟的是上联，请姐姐大才女对下联吧！"

石榴读五年级时虽然考过双百分，那是因为她读过一次五年级，中途休学了，后来又复读一次五年级，所以对课本知识掌握得好。但她对文学并不偏爱，看的课外书也不多，听到河娃让她对下联，真的犯了难。

她沉吟良久，看到自己的伤口不流血了，便顺口说道："止血还是荠菜芽。"

石榴觉得自己这顺口溜实在俗得掉渣，正等着河娃无情地嘲笑自己是个大草包呢，谁知河娃喜得拍着巴掌夸奖石榴："对得妙哇，姐姐果然名不虚传，真是大才女呢！"

石榴笑着说："你啥时候学会溜须拍马了？你以为我不知道自己的顺口溜难登大雅之堂吗！"

河娃却一本正经地说："我哪里有意给姐姐拍马呀？姐姐句子的开头是'止血'，和我那一句开头的'停车'都是动宾词组，对得就很工整嘛！姐姐这一句中间的'还是'是肯定的意思，我那句中间的'何必'是否定的意思，这两词也对仗非常工整。就是句末的荠菜芽跟枫林晚对仗有点问题，但也说得过去。所以我才夸姐姐对得妙哇！"

石榴听了河娃的一番宏论，真的打心眼里佩服他了，不由得竖起大拇指称赞他："河娃，你的知识真渊博呀，什么'动宾词组'啦，'对仗'啦，我怎么没听老师讲过呀？"

河娃见石榴一双明亮的眸子流露出钦佩的眼神，毕恭毕敬就像一个小姑娘在虔诚地向一个有学问的大哥哥讨教，突然获得了渴望已久而又从未获得过的尊严。因为石榴一向在自己面前扮演着大姐姐的角色，虽然河娃总想在石榴面前露一手，树立男子汉的威严，有时甚至大发雷霆想镇服石榴，可是石榴从来没有认真对待过自己的能力和愤怒，总是付之一笑。石榴那种带着蔑视的宽容和大度，使河娃既生气又无可奈何。在石榴面前，河娃那种大男人的自尊心从来没有得到满足过。可是今天河娃发现，石榴的眼神已经失去了往昔那种大姐姐哄小弟弟似的表情，石榴的神情显然已降格到小妹妹面对大哥哥般的服服帖帖！

河娃的心态也不自觉地飘飘然起来，他用居高临下的口气说："石榴姐你还是课外书看得少哇，往后多看课外书，知识自然就丰富了！"

其实在上学期，河娃在石榴心里就是一个不懂事的小弟弟，尽管他看了不少课外书，说话爱操小说中人物的语言，不过石榴认为他是沐猴而冠，喜欢卖弄。所以石榴虽然心里喜欢河娃，但并不佩服他。自从这学期范老师读了河娃的作文，石榴听了大吃一惊，河娃那语言如行云流水，非常通顺，而且意思完整，让人听着津津有味！从那以后，石榴就对河娃刮目相看。加上河娃对石榴的态度也变得尊重了，现在石榴不仅从心眼里喜欢河娃，而且还佩服河娃知识的丰富。石榴见河娃今天说的话都很有水平，更加想了解他学习进步的秘密了。于是她就问河娃："你这几天都看的啥书呀？"

河娃说："我正看大文学家巴金的名著《家》呢。"

"你看完了也借给我看看，行吗？"

"怎么不行？我看完马上给你送去！"

河娃歇了不大会儿，便又拉着车往村里走。进了村不远就是石榴家的头门，可是河娃来到石榴家门前没有往里进，而是拉着车继续前行。石榴以为河娃又想起小说的情节走了神，忘记拐弯了，便说："河娃你想把我拉哪里去呀？怎么过了俺家门还往前走呢？"

河娃说："我拉你去卫生室，给你包扎伤口哩！"

"我的脚已经不流血了，还包扎什么呀？"石榴嘴里这样说，但心里觉得河娃心眼真好，要是有个这样关心和爱护我的亲弟弟多好呀！

"你的脚不流血了，但是沾了泥水，容易发炎。伤口要是发了炎，你才痛呢！还是让医生上点药、包扎住好得快。"

河娃这番诚心诚意的话让石榴感动得鼻子都酸了，她心里热乎乎的，真的把河娃当成亲弟弟了！

到了卫生室门口，河娃放下车杆，扶石榴从车上下来，又搀着石榴进了卫生室，让石榴坐在椅子上。卫生室的刘医生一看石榴脚上缠着红薯秧，就知道她是扎伤脚了。他吩咐河娃把红薯秧解下来丢到垃圾箱里，用镊子把粘在伤口上的荠菜芽捏下来，然后用药水把伤口洗净，又上了消炎药，再用纱布包住，外面打上胶带。刘医生嘱咐石榴，回家好好休息，不要走动。过两天再来换一次药，再歇几天就好了。

石榴忽然想起自己身上没有带钱，便对医生说："我兜里没有钱，等俺爹下晌回来，让他把钱送来吧。"

谁知河娃这时从裤兜里掏出一张五十元的人民币，递给了刘医生。石榴急忙说："刘医生，别接他的钱，俺家有钱。河娃把我拉到这里就帮我大忙了，哪里能再让他垫钱呢！"

河娃却对刘医生说："你先收下吧，我和石榴家住得近，回去俺两家算账。"

刘医生听河娃说得有理，一边夸奖河娃是个助人为乐的好学生，一边接了他的钱，又找给他四十五元。

河娃搀扶着石榴上了车，拉着车一直把石榴送到家。

05 牤牛请客

一日河娃看完了《家》，他惦记着石榴的脚伤，不知好了没有，又想起石榴也想看《家》，于是就拿着书来到石榴家。一进头门，见石榴坐在院里正剥玉米苞呢。石榴见河娃手里拿着书过来，急忙站起身，把自己坐的小机凳让给他。河娃看着石榴的脚说："姐姐的脚伤好了吗?"

石榴脱了鞋让河娃看，河娃见石榴脚上的纱布也撤了，那伤口已经愈合，但是在那嫩笋般的脚心上却留下一溜紫色的伤痕。河娃看着石榴这洁白细嫩的脚，美得像一副白玉雕塑的艺术品，他心里暗想，这伤痕刻在如此珍贵的艺术品上太残忍了! 还不如把伤痕挪到我的脚上呢!

石榴见河娃盯着自己脚上的伤疤，便说："伤口彻底好了，一点也不疼了。"

石榴说完就坐在玉米堆上，把袜子和鞋穿上，然后从河娃手里接过书来又说："你看得好快，这么一大部书几天就看完了!"

河娃说："我看书是囫囵吞枣，不求甚解，远没有姐姐看书仔细!"

石榴想起河娃以前跟自己讲话总是自称洒家，而且气壮如牛，没想到这学期说话就变成文绉绉的乖宝宝了! 便取笑他说："你这梁山好汉，啥时候学会谦虚了?"

河娃也笑了，他说："姐姐还记着我的过呀? 我以前看《水浒传》，看得走火入魔了，老是模仿花和尚鲁智深说话，跟姐姐犟嘴，现在想起来好后悔! 再说姐姐是考过双百分的大才女，在你面前我拼命地自吹自擂，还比你矮半截呢，哪里顾得谦虚？说实话，我看书并不是想求学问，不过是对书里的内容觉得好奇，总想探个究竟，看得多了，就上瘾了！"

石榴说："你是无心插柳柳成荫，这小说看着看着就长学问了！我以后还真得向你这梁山好汉学习哩。"

二人正在说笑，就见石榴她爹从外边回来。他看到河娃，就从兜里掏出五元钱来递过去，并对河娃说："谢谢你，河娃，前几天你把石榴拉到卫生室，给她包扎了伤口，又给她垫上药费。我正说这几天去你家，把钱还给你呢！"

河娃急忙把手放到背后，并对石榴她爹说："我给石榴姐拿几元药费，是应该的，大伯别太认真了！"

石榴她爹见河娃不接钱，就把钱硬塞进他兜里。河娃掏出钱来又扔在地上，转身跑到街上去了。

河娃走到街上，正碰上他爹开着大货车，河娃他娘就坐在副驾驶座上，货车厢里还站着兴邦和四柱子等几个男人。河娃他爹给河娃摆摆手，没有停车就开走了。原来牤牛今天约他的几个好友去大顺集喝酒。扇坠管着钱袋子，去酒店玩耍，自然少不了要她跟着。

汽车开到大顺集郊外的桃源湖边停了下来。只见那烟波浩渺的桃源湖中心有一片陆地，陆地上生长着一片桃林，这片桃林只有正南一条竹桥与大路相连。牤牛领着大家来到竹桥边，又见桥头立着一个招牌，上边写着"桃花岛酒店"。

一行人穿过竹桥，进入桃林，但见那桃树已经是枝疏叶稀，遍地落叶被秋风吹得在地面上飞旋。桃林深处隐现几间草厅，草厅里传出一阵阵歌声。这时一位年轻漂亮的女服务员走过来，彬彬有礼地说："先生好，请到'蟠桃厅'落座吧。"

众人跟着服务员来到一间草厅前，见那门额上写着"蟠桃厅"三个大字。原来这家酒店有十余座草厅，每个草厅都有名号。一来给客人一种高雅的感觉，二来服务员按厅名上菜，不至于上错了饭菜。

几个人在蟠桃厅里坐下，兴邦看见厅的后面还放着音箱和话筒，知道这厅里还能唱歌，便走到音箱前拿起话筒，先对着话筒吹几口气，就听扩音器里传出"呼呼"的声音。他便说："弟兄们半年没在一块儿坐了，今天好不容易凑到一起，为了哥们喝个痛快，玩个痛快，我先给大家唱一段大平调助助兴！"

原来在鲁西南地区，以前流行一种戏曲叫"大平调"，那大平调唱腔平缓而悠扬，特别是"红脸"的调门，给人以苍凉、豪迈的感觉，深受当地百姓喜爱。只是后来随着电视的普及，人们坐在家里，什么文艺节目都可以看到，谁还去看戏曲？所以戏曲迅速衰落。大平调戏班也垮台了！但是人们还是可以从唱片里学到大平调唱段。

兴邦操红脸调，唱了一曲《大登殿》选段。他的喉咙沙哑，唱腔也走调，但是他唱得很卖力。一曲唱完，他觉得心胸痛快淋漓，意犹未尽，还想再来一曲。这时服务员拿来菜单，等着大家点菜。牤牛从他手里夺过来话筒说："大哥点菜去，换我弄一段！"

牤牛喜欢唱"花脸"调，但是他的唱腔也不怎么标准，就是业余水平。他唱了一曲《呼延庆打擂》中的选段，自我感觉良好，回过头来问大伙："我唱得怎么样？能扣住花脸虎吧？"

花脸虎是平调剧团中的名角，早就去世了，牤牛听过他的唱片，平时早晚爱模仿两句。但是他唱的不仅走调，有些词都唱错了！四柱子实在听不下去，又不敢扫他的兴头，就说："牤牛哥你自己吼没意思，还不如跟嫂子对唱一段《纤夫的爱》呢！"

其他人也都想听扇坠唱，所以一致要求扇坠与牤牛对唱！扇坠在上初中时就是班里出了名的"小音乐家"。初中毕业后没考上中专，曾在歌厅里唱歌，是歌厅里的走红歌手。要不是结婚太早，她说不定能在歌坛打拼出名堂来呢！扇坠一开始就想亮嗓子了，只是觉得这么多男人争着唱，自己是个妇女，不好意思跟他们争。现在见大家要求她来唱，正中下怀。扇坠喜滋滋地拿起另一个话筒，与牤牛合唱了一首《纤夫的爱》。

扇坠一开口，屋里的男人就都安静下来，瞪着眼睛注视着她，动情地欣赏她那嘹亮婉转的歌声！

一曲终了，大家还不过瘾，齐声要求扇坠独唱。牤牛知道自己的歌喉配不上扇坠，大家不想听自己的哑巴嗓子胡吼了，他知趣地放下话筒，坐椅子上当听众去了。

扇坠又唱了一曲《十五的月亮》，大家听得荡气回肠，如醉如痴，哪里能止得住？纷纷要求她继续唱。扇坠也唱得兴起，她满面红光，喜笑颜开地说："再给各位兄弟送上一首《路上的野花不要采》吧！"

大家听完，又鼓起掌来，要求扇坠再唱一首。这时菜上齐了，牤牛见大家还揪住自己的老婆不放，便说："谁再说听歌，罚酒三杯！"

一伙人这才放过了扇坠，都回到座位上来。

牤牛见大伙都入座了，便打开一瓶洋河大曲，给每人面前的酒杯都斟满酒，然后端起杯来对兴邦说："大哥，这几年小弟出门在外，家里的事大哥没少费心，小弟先敬大哥一杯，以表谢意！"

兴邦是村委会主任，为人热心，办事公道，特别是对村里留守的老人和孩子，他经常嘘寒问暖，帮助解决困难，因而深受村民拥护。当下他接过杯来说："老弟，咱一家人别说两家话，咱弟兄哪个人不在家，我当大哥的都该照顾！"说完，举杯一饮而尽。

牤牛又倒上一杯说："小弟这几年不在家，耽误了多少次酒宴，今天我给大哥再敬三杯，补补课！"

兴邦见牤牛把自己当成了主攻对象，心想这酒宴才开始，我别早早地让这家伙给灌醉了呀！于是他反守为攻，质问牤牛："牤牛，你又不是不懂咱酒摊上的规矩，要想让别人喝酒，必须自己先喝三杯买路。你一杯也没喝，根本就没资格执瓶，你还是换扇坠倒酒吧！"

牤牛说："大哥不知道哇，我还开着车呢，喝酒事小，大家的安全可是头等大事呀。"

四柱子在一旁插嘴说："牤牛哥开着车呢，不能喝酒，你也别执瓶了，干脆换嫂子倒酒吧！"

其他几个人也纷纷表态，要求换扇坠倒酒。牤牛没办法，只好把酒瓶递给扇坠。

扇坠大大方方地接过酒瓶，先满满倒上一杯，然后双手捧杯，递到兴邦面前说："大哥点我倒酒是看得起我扇坠，我先敬大哥三杯，以表谢意！"

兴邦没想到，扇坠又先从自己头上开刀，便把身子扭到左边说："你们两口子今天怎么回事？牤牛刚给我倒罢酒，你又给我倒，是不是看你哥这光头好剃呀？"

扇坠说："大哥怎能这样说话？我先给大哥倒酒有三条理由，请大哥细听：第一，我倒酒是大哥点的将，我扇坠知恩图报，所以先给大哥倒酒；第二，这一班弟兄大哥年龄最大，按年龄也该先给大哥倒酒；第三，大哥是村委会主任，大哥能领头先喝三杯，剩下的人谁也不敢不喝，因此为了倒酒工作顺利进行，我也得先给大哥倒酒！"

兴邦被扇坠这一席话说得无话可答，再说自己是大辈子哥，按农村规矩，大辈子哥不该跟兄弟媳妇胡搅蛮缠。因而兴邦只好认栽！便接过杯来挤着眼，一口喝干了，然后说："我今天点你倒酒犯了大错，不知道兄弟媳妇嘴这么厉害！"

扇坠又给他连倒两杯，兴邦摆出一副豁出去的样子，仰起脸来"咕嘟，咕嘟"都灌进肚里去了。扇坠夸奖他一句："到底是大哥，办事利索，喝酒也利索！"

扇坠收拾完兴邦，又倒了满满一杯酒端到四柱子面前说："大哥带头喝了三杯，你是小弟，可不能充孬呢，快快干杯！"

四柱子本来就喜欢喝酒，但他更喜欢跟扇坠开玩笑，因此他故意刁难扇坠说："你说出大哥有三条必须喝酒的理由，大哥无言以对，才连饮三杯。你要也能说出我四柱子必须喝酒的三条理由，我就喝；如果说不出三条理由来，你自己喝！"

扇坠马上说道："你是个男子汉，说话可得算数，别等我说出让你喝酒的三条理由，你再耍赖！"

四柱子听扇坠称自己是男子汉，心里非常高兴，便拍着胸脯说："嫂子放心，男子汉说话岂能跟小女人一样，不讲信用！俺老四一言既出，驷马难追，言必信，行必果！"

扇坠见他口吐狂言，便冷笑一声说："好吧，你小子听着：第一，这几个弟兄数你年龄小，大哥带头喝三盅，你敢少喝一盅，就是对大哥的不尊重；第二，我是个妇女，又是你的嫂子，给你倒酒，你要不喝是看不起妇女，也是对嫂子的不尊重；第三，家有家法，酒有酒规，前边大哥带头喝了，后边必须照喝不误，你要敢乱了酒摊的规矩，就该罚酒十杯！"

四柱子也不是个省油的灯，马上反驳扇坠："嫂子说这三条理由，一条也不能成立。第一，大哥喝三盅，是大哥有水平，我是小弟，长幼有别，小弟岂能跟大哥攀比？第二，嫂子是妇女不错，但现在时代变了，男女都一样，如果男人倒的酒可以不喝，妇女倒的酒就必须喝，那不是不把妇女当人看吗？第三，家有家法也不错，所以年龄小的不能跟大哥攀比呀；酒有酒规，哥喝罢了就该嫂子喝呢，嫂子不喝，我四柱子怎么敢喝？"

扇坠看透四柱子的油嘴滑舌，不来点硬的他不会喝酒，于是走到他跟前，一伸手拧住了四柱子的耳朵，四柱子的耳朵根子硬，扇坠的手柔软滑腻，所以四柱子的耳朵虽被扇坠拧住，其实并不是很痛，但他故意装着痛得受不了的样子，杀猪也似的号叫！

扇坠喝道："张开嘴！"

四柱子乖乖地把嘴张开，扇坠一下子就把一杯酒倒进四柱子嘴里。四柱子伸伸脖子咽了下去。扇坠威胁他说："乖乖地喝，要是从嘴角漏出一滴酒，罚你十杯！"

四柱子在扇坠的胁迫下，连喝了三盅。然后往椅子上一躺，头歪到一边，装模作样地说："嫂子这手真狠呀，比老虎钳夹的都疼！"

其余的人见扇坠如此厉害，谁也不敢打"官司"了，都顺利地喝下三杯酒。

兴邦说："扇坠辛苦倒一圈了，再说耩上麦你们两口子又该走了，我代表咱弟兄几个，给扇坠敬杯酒吧！"

牤牛见兴邦要让扇坠喝酒，急忙插言说："大哥你不知道，我们种上麦，还要翻修房子呢，近两个月内不打算出去了。"

兴邦听忙牛说要翻修房子，便说："忙牛弟，现在没有盖平房的了，都是盖楼房。你们两口子这几年也挣下不少钱，干脆翻盖成楼房吧？"

扇坠说："我打算就照大哥家那座楼房的标准盖呢！你盖那座楼花了多少钱呀？"

兴邦说："我那座楼是上下两层共六间，宽八米，长十三米，墙高六米，起脊，前出厦，包工包料，共十五万元。"

扇坠说："大哥帮我联系一下那家建筑队的老板，好吗？"

兴邦马上掏出手机，给陈集建筑队的陈老板拨通了电话。二人在电话里先寒暄两句，兴邦就把话转上主题："陈老板呀，现在我又给你揽了一个大活，你有时间干吗？"

电话里传出陈老板的声音："赵主任呀，咱弟兄这交情不是一天两天的了！你老兄交代的事，有空也得干，没空也得干哪！有什么任务，你就说吧。"

兴邦说："是这样的，陈老板，我兄弟要盖一座楼房，规格和价钱都依照我那座楼的标准，老弟看能行吗？"

"你那楼是两年前建的呀，赵主任，现在建筑材料涨价了，工人工资也比以前高了，所以现在照你那座楼的标准建，十五万元还赔本呢！"

"那你和我兄弟媳妇聊聊吧！"兴邦把手机交给了扇坠。

扇坠接过手机，和陈老板讨价还价，最后确定包工包料，十八万元建成。动工的日子定在十月初八。先预付十五万元用于购料，待主体工程完工，再付剩下的三万元。

四柱子见扇坠大包大揽，也不跟忙牛商量，就把工程定了，心想忙牛这男人也忒窝囊了！怎么连参政议政的权力也没有啦？于是他故意撩拨忙牛："忙牛哥，这楼造价十八万元，有点贵呀？"

忙牛说："你觉得贵，就十八万元包给你吧，你给我找建筑队好了！"

其实四柱子知道，十八万元造价现在不算贵，他不过想看看忙牛敢不敢跟扇坠犟嘴。谁知忙牛不但不跟扇坠顶嘴，反而将了自己一军！没办法，四柱子无可奈何地说："我见过怕老婆的，没见过像忙牛哥这样在老婆面前心甘情愿当奴才的!"

扇坠见四柱子一脸的坏笑,知道他是在挑拨离间,想看他们两口子的笑话,便说:"四柱子,谁不知道你在家天天跪搓衣板呀?那天你老婆拿出搓衣板让大家看,那搓衣板上的牙都让你跪平了!你见了老婆就像老鼠见了猫,吓得光想钻地洞,还觍个脸笑话旁人!"

大家见四柱子想看牤牛的笑话没看成,反而惹了一身骚,被扇坠埋汰得一钱不值,都乐得哈哈大笑起来!这时兴邦出来打圆场:"算啦,算啦!咱鹌鹑店自古就出模范丈夫,怕老婆是咱的光荣传统,谁也别笑话谁了!"

扇坠乐得鼓掌大笑:"还是大哥有水平,说话让人心服口服!来,来,来,我再敬大哥三盅!"

兴邦见扇坠又双手捧着一杯酒走到自己跟前,急忙摆摆手说:"兄弟媳妇你别忙,我的话还没说完呢。"

扇坠捧着酒杯,一脸虔诚地说:"大哥有话请讲,扇坠洗耳恭听!"

兴邦掰着手指算账:"兄弟媳妇呀,人家十月初八开工,咱九月底就得开始扒旧房呀。下房砖瓦没人要,你还得运到西大坑里,把场地弄干净了人家才能进料呢。照我说,咱在座的弟兄们,后天都到扇坠家集合,帮扇坠家拆旧房。谁有当紧事,现在请假,没有当紧事,不许迟到!"

四柱子和那几个人听了兴邦一声令下,都齐声说:"大哥放心,现在麦子种上了,家里都没有大事,我们保证后天一早就到!"

扇坠和牤牛见大伙这样热心帮忙,乐得心花怒放,两口子轮流把盏,频频给大伙敬酒。兴邦是个酒场"老油条",见牤牛和扇坠拼命劝酒,怕被他们两口子灌晕,就假装大醉,嘴里说着胡话,躺到桌子底下去了!

牤牛和扇坠以为兴邦真的醉了,就把他搀扶到沙发上让他睡觉。然后两口子集中精力劝四柱子和剩下的几个人喝酒,最后把四柱子和另外几个人都灌得酩酊大醉才收摊。扇坠结了账,服务员把酒具和菜盘子都撤了,这时兴邦站起身来,帮助扇坠和牤牛扶着几个醉汉上了车。扇坠和牤牛才知道兴邦是装醉。

扇坠佩服地说："大哥好有把握呀，我还以为大哥真醉了呢！"

兴邦自鸣得意地说："兄弟媳妇呀，你大哥大江大河都经过了，还能在你这阴沟里翻了船？"

牤牛开着车，把几个喝醉的弟兄一个一个地送到家，他们家里的女人少不了要说些抱怨的话。尤其是四柱子的老婆，最恨四柱子喝酒，今天见四柱子又喝得东倒西歪，人事不省，就气冲冲地怼扇坠："你有钱扔大坑里多好哇，看把他灌成这样，又折腾得我一夜不能睡！"

兴邦害怕扇坠和四柱子媳妇吵起来，急忙上前赔不是："兄弟媳妇你别急，这事不怨扇坠，都怪我。扇坠是好心帮忙送他的，你应感谢人家才对呢！"

其实扇坠心里明白，谁家的女人都不愿意老公喝醉，一来伤身体，二来醉汉回到家，有的耍酒疯，摔盆子打碗，有的还骂人，闹得一家人睡不好觉。再说那年轻媳妇白天忙碌了一天，就盼着夜里和老公秀恩爱呢，结果老公喝得像病猫，啥好事都耽误了！俗话说，"良宵一刻抵千金"，你白白浪费了人家的"良宵"，那小媳妇不恨得牙根疼吗？所以无论谁家媳妇说难听话，扇坠都不愠不火，笑脸相迎。

第二天，扇坠和牤牛刚吃过早饭，就见兴邦领着顾留宝过来了。兴邦一进门就说："牤牛呀，明天一拆房子，你全家就没地方住了，我跟留宝哥商量一下，他家人少，房子多，你们今天就搬到留宝哥家住吧。"

牤牛说："大哥考虑得真周到哇，我正跟扇坠发愁没地方住呢！"

留宝也说："我把三间堂屋给您腾出来，我和石榴住东屋就行。"

扇坠急忙插话："留宝哥，那可不行，我们不能反客为主，把您的堂屋占了，俺们几口住您东屋才是。"

兴邦也对留宝说："让他们几口住东屋就行，哪有把主人撵到偏房、客人入住主房的？再说咱是尽邻里之情，又不是租房给他。"

当下几个人商量妥了，兴邦和留宝就帮助牤牛搬家。先把床上的被褥和衣服装到车上，又把锅碗瓢勺也装到车上。扇坠说："柜呀橱呀这些木制家具都不要了，等盖好楼一律换新的！"

可是河娃他奶奶非要牦牛把她的一副老柜橱搬上车不可。牦牛在扇坠面前百依百顺，跟他老娘说话却敢耍横："这副老古董都掉漆了，疤疤癞癞的，板子也开缝了，还要它干啥？扔了算了！"

河娃他奶奶怒气冲冲地说："这是当初你姥娘的嫁妆，后来我成人，又陪嫁给我，你把元宝扔了我都不管，我这嫁妆一定得给我搬走！"

扇坠见婆婆摆出了拼命的架势，急忙上前赔着笑脸说："娘说得对，这老柜橱有纪念意义，是咱的传家宝，啥都可以不搬，唯有这传家宝不能不搬哪！来，牦牛，咱俩把柜橱抬到车上。"

牦牛听扇坠发话了，也顺水推舟地说："还是你和咱娘考虑得周到，应该把这传家宝先搬走。"

06 认干亲

　　牤牛全家五口人搬进了顾留宝家东屋里，牤牛两口子睡一张床，河娃的爷爷和奶奶睡一张床。两小间东屋共十八平方米的面积，放了两张大床，还有老婆婆的柜橱，屋里已没啥空间了。顾留宝喜欢河娃，他见河娃没地方睡，就叫河娃跟自己睡在堂屋东间，石榴住在堂屋西间。

　　堂屋当门安放着一台黑白电视机。扇坠见那电视机是12英寸的，就对顾留宝说："你家这台电视机太小，还是黑白的，把俺家那台彩电安放在你堂屋里吧？"

　　顾留宝当然愿意，就把那台小黑白电视机撤了，换成扇坠家的大彩电。一到吃过晚饭，河娃家五口人还有顾留宝父女二人就都坐在堂屋当门看电视。以前顾留宝和石榴看电视，父女俩都不作声，屋里冷冷清清。现在忽然添了五口人，大家看着电视还议论纷纷，比以前热闹多了！

　　有一天牤牛高兴了，拿出一瓶酒来，顾留宝端出一碗花生，两个人就着花生，边喝酒边拉呱。牤牛说："留宝哥呀，以前你和咱石榴住得多宽敞啊！也没人吵闹，安静又舒适。现在俺全家都挤进来了，整天闹闹腾腾，没个安生的时候，把你的生活都搅乱了！"

　　顾留宝说："牤牛弟，你说得不对！老弟住在我家不是搅乱了我的生活，而是给我带来了欢乐！以前我和石榴待在家，整天也说不上两句话，屋里空落落的，心情也没着没落的，觉得活得都没劲。现在添了你们这五口人，家里热热闹闹，欢天喜地，非常快活！我也比以前有精神了，好像年轻了五六岁！"

扇坠调了一盘凉白菜，端过来让他俩下酒，在一旁听了顾留宝这番话心里非常感动，她放下盘子说："留宝哥热情好客，石榴善良懂事，在你家住这几天，比在亲戚家住着还舒心呢！"

顾留宝听扇坠说出"比在亲戚家住还舒心"的话，心中暗想，我顾留宝在鹌鹑店是单门独户，连个近门的也没有，多孤寂呀！要是能和牤牛家结成亲戚，遇事也有个帮手哇！想到这里，顾留宝半开玩笑半认真地说："我就一个闺女，也没儿子，我看咱河娃这孩子聪明伶俐，心眼又好，让河娃认我跟前吧？"

在鲁西南农村，认干亲戚是很普遍的现象，还有一种说法是，给孩子认个干爹更能成材，所以扇坠和牤牛都同意两家结成干亲戚。几天后顾留宝去集上给河娃买了件新衣服，扇坠就让河娃改口叫顾留宝"干大"，这认亲戚的事就算定妥了。后来扇坠对牤牛说："留宝哥家做饭还是烧柴火，又慢又脏，要不把咱这个单煤气灶连煤气罐都送给留宝哥家吧，咱再去集上买个双灶的。"

牤牛也嫌那单煤气灶"做饭不能炒菜，炒菜不能做饭"太耽误事，于是就开着汽车和扇坠去集上买了个双料煤气灶，又买了两个煤气罐。因河娃早就要求给他买自行车，扇坠就又捎带着买了一辆自行车。

牤牛和扇坠开着车回到顾留宝家，顾留宝、石榴和河娃都来帮着卸货。河娃看见那辆崭新的自行车，高兴得蹦了起来！他卸下自行车就叫上石榴，一起出去学习骑车。石榴跟着河娃来到村后的篮球场上。石榴双手扶住自行车后座，让河娃骑在车上。河娃掌握不住车把，身子左歪右扭，随时都有歪倒在地上的危险。石榴拼尽全力，扶住车座，不让车身歪倒，还得用力往前推动车子行走。尽管石榴努力扶着车，可是走不上几步，那车把一拧，河娃控制不住重心，连人带车就摔倒在地上！

等石榴把压着河娃一条腿的自行车扶起来，河娃才爬起身来。石榴停住自行车，又给河娃拍了拍身上的土，关切地问河娃："摔伤了没有？"

河娃说："啥事没有！"

石榴看见河娃额头右侧磕出一个大红疙瘩，上面还沾着土，急忙掏出手帕一边轻轻给他拭擦脸上的土，一边心疼地说："看，都磕出大疙瘩了，还说没事。都怪我没扶好，把你摔成这样！"

河娃却调皮地做了个鬼脸，笑着说："谁学骑车不摔几个疙瘩呀？这叫交学费，姐姐懂吗？"

石榴见他如此顽皮，也不由得笑了。

河娃又骑上车，石榴扶着后座，在操场里转了几圈，虽然又摔倒了两次，但他慢慢能挺住腰了。河娃骑行到操场的尽头，拐不过弯来，便把一只脚点着地，从车上下来。他回头一看，见石榴累得气喘吁吁，洁白的额头像被阳光晒化了的雪人一般大汗淋漓，鬓边几缕湿漉漉的秀发穿过白里透红的脸颊，散乱地贴在石榴花般的嘴唇上。

石榴见河娃盯着自己看，便用手理了理脸颊上的乱发。

河娃说："看到姐姐脸上粘着的秀发，我想起一首词来！"

石榴疑惑地说："你是在笑话我的狼狈形象吧？"

河娃说："姐姐给我扶车，累成这样，我哪里还能笑话姐姐呀？我是看到姐姐脸庞上粘着几缕秀发，忽然想起了'鬓云欲度香腮雪'的名句来！"

石榴有些不好意思，假装生气地说："你这分明是借名句来笑话我呀！"

其实石榴心里明白，河娃是在赞美自己，绝无讥笑人的意思。因此心里喜滋滋的，她后悔不该怎快就把乱发给撩到耳后，要是再让河娃多看几眼才好呢！

河娃怕把石榴累坏了，就说："我累了，姐姐，咱歇会儿好吗？"

石榴也确实累得够呛，于是两人就在球场一侧的土岗上坐下休息。

这时二猴子和扎根也骑着车来到球场，原来今天是星期天，他俩没上学，就带着篮球来玩。二猴子见球场上停着一辆新自行车，又见石榴和河娃在一旁坐着休息，就知道他俩是在这里学骑自行车。二猴子停住自己的车，便对石榴说："来，我给你扶住车座，你练习骑车吧！"

石榴说："我太累了，你给河娃扶住车，让河娃练习吧。"

河娃这时并不是很累，他见二猴子和扎根来了，心中大喜。他想这两个伙计有的是力气，抓住他俩扶车，赶紧练习一会儿吧！想到这里，河娃就说："猴哥来得正及时，那就辛苦大圣了！"

河娃说完又骑上了车，二猴子在后面扶着，绕着球场转圈。这二猴子力气大，跑得快。加上河娃身体慢慢能适应骑车了，虽然摇摇晃晃，但摔倒的频率愈来愈低。最后二猴子快跑两步，用力把车座往前猛一推，就撒手不管了。河娃还以为二猴子在后面推着车呢，他不知道自己已经能独立骑车行走了！他摇摇晃晃地骑到球场的北头，就一头撞到一棵大柳树上！

河娃重重地摔倒在地！好一会儿爬不起来。石榴心里一惊，不由得"哎哟"一声。她担心河娃摔伤了，赶快跑到河娃跟前，扶起河娃问："摔得怎么样啦？"

河娃这一次虽然没有摔伤骨骼，但腿上被自行车擦伤一块皮，疼得像火燎似的。幸好那伤口被裤腿遮着，石榴看不到。河娃忍着疼说："没事，一点伤也没受！"

二猴子和扎根见河娃摔了个跟头，一起捧腹大笑。二猴子大声说："没事的，小毛驴出了汗，在地上打个滚，身上沾点土，还能防感冒呢！"

河娃和二猴子、扎根平时爱打闹取笑，所以对二猴子这嘲弄自己的话一点也不在乎。他走到球场外边，在一片有树荫的地上坐下来，苦笑一声说："大胆泼猴！敢讥笑师父，恼了我念起紧箍咒来，让你疼得在地上打滚！"

扎根见河娃坐在地上，知道他摔得很疼，不打算马上练习骑车了，便对石榴说："石榴姐姐，河娃不练习了，换你学习骑车吧！"一边说着，一边把那自行车推到石榴面前。石榴就骑上自行车，扎根在后面扶着车座。二猴子也在前面，帮石榴扶着车把。有他俩保驾护航，石榴尽管在车上东歪西扭，可是不会摔倒。就这样练习了两个钟头，石榴渐渐地也勉强能掌握住车把了。

再说河娃和石榴推着新车走后，牤牛和扇坠在顾留宝的帮助下，从车上卸下新买的煤气罐和煤气灶，安放在院里的棚子里面，又把原来那旧煤气罐和煤气灶搬进顾留宝的厨房。顾留宝要给扇坠钱，扇坠说："留宝哥，你也忒见外了！这是一套旧煤气灶，你要嫌孬，就扔到大坑里去！哪里能收你的钱？"

牤牛也说："留宝哥，你家人少，这一个单灶，凑合着用一段时间吧，你那钱留着以后买新的。"

顾留宝见他们两口子是诚心诚意地想送给自己，觉得再拒绝就不好看了，便说："多谢老弟和弟妹，这下我做饭也现代化了，往后再不会因做饭慢耽误孩子上学了！"

当晚，顾留宝就用那个单灶煮了一锅红薯和花生，扇坠则用她家的双灶做了一锅玉秫黍糁粥，又炒了几盘菜，两家人就凑到一起共进晚餐。扇坠见石榴坐在河娃他爷爷身边，河娃他爷爷有帕金森病，头摇手抖，用筷子夹菜困难，石榴就不停地给他往碗里夹菜，有时老爷子嘴里淌出口水，石榴也不嫌脏，就用手帕给他擦拭，看上去就像亲闺女在侍候老爹！扇坠看了这情景，心里更加喜爱石榴。她又瞥了一眼河娃，见河娃嘴里吃着花生，两眼注视着电视机，根本就不管别人吃不吃！扇坠心想，还是闺女好哇！看石榴多懂事，侍候老人多有耐心！石榴要是自己亲生的闺女有多好！到自己老了的时候，她一定能细心地照顾自己。可惜自己没福气，就生了个傻小子。看河娃那马马虎虎的熊样，将来自己不会动了，躺床上就是渴死，他可能还不知道给自己送碗水呢！

扇坠想到这里，就想趁机教训教训河娃，说："河娃，你睁开眼看看，你姐姐在做什么呀？"

河娃看了一眼石榴，便说："我姐姐在给爷爷夹菜呢！"

扇坠说："你爷爷和奶奶成年累月地侍候你吃，侍候你穿，你也十几岁了，怎么就想不起来给你爷爷夹菜呀？"

河娃说："娘你批评得对，我虚心向俺姐姐学习，好吧？"说完就站起来先给奶奶夹了一筷子菜，又给爷爷夹了一筷子菜，嘴里还说："爷爷多吃菜能补充维生素，身体才健康！"

河娃爷爷喜得满脸皱纹都笑开了花，夸奖河娃说："俺孙子真孝顺！"

顾留宝对扇坠说："兄弟媳妇，你们两口子也甭害怕了，将来你俩老了，河娃会侍候好你俩的！"

扇坠也笑着说："我看还是闺女好，男孩就是石头磨，你推一圈，他就转一圈，你不推，他就不转；你看咱石榴也没谁推她，也没谁教她，她就知道主动照顾老人！"

顾留宝说："那好哇，你喜欢闺女，我喜欢儿子，咱俩换换孩子吧，叫河娃跟我过，叫石榴跟你过！"

七口人围着大饭桌，你一言我一语，一边说笑，一边吃饭，其乐融融，就像一家人一样亲热。

第二天河娃就推着自行车去上学，石榴说："你在球场恁宽敞的地方还骑不稳呢，去路上骑怎么能行？"

河娃说："怕什么？顶多再摔几个跟头呗！"

河娃在大街上怕撞到人，所以不敢骑车。等走出了村口，见路上没有行人，便试着自己骑车。石榴恐怕他摔倒，悄悄在后面给他扶住尾座。但是河娃一用力蹬，自行车跑得快了，石榴脚步赶不上，只好松开手。就见河娃摇摇晃晃地能在路上行驶了，但有时掌握不住车把，一不小心车轮就掉了道，蹿到路边的地里去了。幸好路两边都是新播种的麦地，地面松软，就是摔倒了也磕不伤皮肉，所以河娃摔倒了，马上就爬起来，拍拍身上的土，继续骑车。

河娃骑行了有半里路，回头一看，石榴被落下好远，他觉得自己骑车头前走，让石榴一个人在后面撵，心里很不是滋味，便停下来等着石榴。一会儿石榴赶了上来，她问河娃："你怎么不骑了呢，在这里待着干啥？"

河娃说："我骑车累了，换姐姐骑一会儿吧。"

"我还没你骑车的技术熟练呢，在这路上骑，肯定比你摔得更惨！"石榴嘴里这样说，但心里也想骑上车试一试。

河娃说："没事的，姐姐，这路两边都是刚耩上的麦田，十分松软，摔倒在地上比摔倒在海绵上还舒服呢!"

　　石榴见河娃把自行车推到自己面前,便接过车把,让河娃扶住后座,自己先推着车快跑几步,趁势一迈腿就骑上了自行车。其实石榴身子比河娃还灵活,对自行车的适应能力更强,她骑上车也摇摇晃晃地能行驶了。可是前边不远处大路拐了个弯,石榴骑到那拐弯处,自行车一下子驶进麦田里,车把一拧就连车带人都歪倒了!石榴一只腿被自行车压着,身子躺在软绵绵的土地上,也没摔疼。可能身体有点累,加上躺在松软的土地上也很舒服,石榴就躺在地上迟迟不站起来。河娃在后面看见石榴躺在地上不起来,以为石榴摔伤了,吓得飞快地跑到石榴身边问:"姐姐怎么样?哪里摔伤了?"

　　石榴一边伸出手来等着河娃拉,一边笑着说:"弟弟摔那么多次还没摔伤呢,你以为姐姐的身体是瓷器呀,一摔就坏!"

　　河娃见石榴没有大碍,才放了心,就先把自行车扶起来,又抓住石榴的手往上用力一提,石榴就势站起身来。河娃又给石榴拍拍身上的土说:"姐姐的身体像一棵嫩葱,看着鲜亮,可是一掐就断,怎能跟我比呀?我这身体棒得像篮球,任凭怎么摔打也摔不坏的!"

　　石榴见河娃如此不看重自己的身体,就一本正经地对他说:"人都是血肉之躯,哪有摔不坏的道理?你这样轻贱自己,真让人不放心!"

　　河娃看着石榴那关切的眼神,知道石榴是发自内心地疼爱自己,唯恐自己不小心把身体摔坏了。河娃心里很感动,他也收起了那顽皮相,神色凝重地说:"我知道姐姐担心我出事,我以后骑车一定会小心的。"

　　石榴又说:"不光是骑车,你干什么都要注意安全,咱俩一同上学,你要磕着碰着啦,我怎么向大叔和大婶交代?"

　　河娃听了石榴的话,觉得心里暖烘烘的。他点点头说:"谢谢姐姐关心,咱俩一同上学,一起放学回家,互相照顾,大人也放心。"

　　石榴推着车,也不骑车了,与河娃一边走一边说话。石榴说:"河娃,你这一段时间看书看得不仅语文成绩提高了,你的性格也比以前斯文了许多!"

听石榴提起看书的事，河娃忽然想起来借给石榴的那本《家》，不知石榴看完没有，便问："姐姐，那本《家》你看完了吗？"

石榴说："前天就看完了，我又在看第二遍呢！"

河娃向来崇尚英雄人物，他认为《家》里的三个主要男人懦弱的懦弱，糊涂的糊涂，看着太憋气！所以只看一遍就不想再看了。他听石榴说又看第二遍，便对石榴说："那觉新活得太窝囊，自己的婚姻不能自主不说，连自己老婆的性命都不敢保护，要这样的男人有啥用？觉慧那人脑瓜太迟钝，把个有情有义的鸣凤丫头给葬送了，所以我越看越生气，就不想再看了！"

石榴说："我也是看了心里挺难过，但是我喜欢书里的人物，特别同情鸣凤，她对爱情执着，那样年轻就寻了短见，太可惜了！"

河娃认为觉慧完全可以保护好鸣凤，争取婚姻自主。因为古代就有这种先例，如卓文君和司马相如私奔，最后逼得卓文君的父亲不得不同意他俩成婚！因此河娃特别瞧不起觉慧，他说："是觉慧的昏聩无能导致鸣凤的自尽，我要是觉慧，早就带着鸣凤远走他乡啦！"

石榴听河娃能想出私奔的主意来，心想，我早就觉得河娃长大了是个有本事的人，果然我没看错人呀！你看他现在小小年纪，居然能想出这样高的绝招来！真是聪明过人的少年哪！

两个人说着话，不知不觉就来到了学校。

07 踏雪上学

　　牤牛家的楼房盖好了，牤牛和扇坠想搬进楼房里住。顾留宝说："楼房刚建成，墙壁很潮湿，人住里面会生病的。你们还是在我家住吧，等过了年，您的新屋晾干后再往回搬。"

　　牤牛觉得顾留宝说得在理，他看了看扇坠，那意思是在征求扇坠的意见。扇坠说："既然留宝哥不嫌咱住这里吵闹，咱就再住几个月吧。"

　　其实顾留宝觉得和牤牛一家住在一起，天天说说笑笑，热热闹闹，挺开心的，他还真舍不得让牤牛一家搬走。所以顾留宝就又对扇坠说："兄弟媳妇，你们几口住在这里，咱亲亲热热，和和气气，跟一家人一样，你们要一挪走，我和石榴冷冷清清的，心里还老大不得劲呢！"

　　牤牛和扇坠见顾留宝诚心诚意地挽留，就暂时不打算搬走了。但是牤牛和扇坠又不愿在家待着，两人不顾天气一天天变冷，又开着车出去搞运输了，剩下河娃和爷爷奶奶三人继续在顾留宝家住。

　　顾留宝见河娃天天高高兴兴地骑着崭新的自行车上学，心想石榴肯定也想骑自行车，只是她知道家庭困难，害怕老爹作难，所以宁肯跑着上学也不要求爹给她买自行车。留宝心疼闺女，不愿让石榴受委屈，便卖了几百斤玉米，拿着钱也到大顺集给石榴买了辆自行车，又给石榴买了一件大红羽绒服、一双棉靴、一对棉手套，把石榴全副武装起来。

　　石榴见爹不仅给她买来自行车，还给她买来一整套过冬的服装，自己却没舍得买一分钱的东西，她心疼地说："爹呀，你年纪大了，身体不耐寒，为啥不给自己买件羽绒服呢？"

顾留宝说："我还有旧棉袄呢，用不着买羽绒服。"

其实石榴知道，爹那破棉袄已经穿了好几年、早就该换新的了。可是爹舍不得花钱，没给他自己置买衣服！石榴望着爹那饱经沧桑的皱脸，觉得爹一年比一年衰老，以前那火暴的脾气也变得温和了。石榴有点可怜老爹，她暗暗下定决心，一定要努力学习，考上大学，将来像范老师那样找到一个好工作，自己能挣钱了，要给老爹从头到脚都换成新服装，让老爹暖暖和和地过冬！

老天爷好像有意眷顾石榴似的，老爹没给石榴买来羽绒服时，一直是好天气，暖和得不像冬天。可是石榴添置了羽绒服的那天下午，就刮起了北风，天空彤云密布，夜里就纷纷扬扬下了一场大雪。石榴心里惦记着第二天要考试，所以她一觉醒来看到窗口白亮，就急忙穿衣起床。

石榴打开屋门，忽然一阵寒气袭来，冲得她打了个寒战。她一看，呀，满院里都是白雪！石榴又穿上羽绒服，才觉得身上暖和起来。她想，老爹这羽绒服买得好及时呀，要不今天就得挨冻了！石榴一边心里感谢着老爹，一边戴上手套，又操起门后头的大竹扫帚，从门口开始扫雪，一口气把院里的雪打扫干净了。她见河娃家做饭那大棚上边的苇席已经被风刮掉，锅灶上落了厚厚一层雪。石榴想，天气这么冷，河娃他奶奶怎么在院里做饭？倒不如我把河娃家三口人的饭也做了，大家在一起吃早饭！想到这里，石榴就拎了个桶，走到压井前压水。谁知那压井筒里结了冰，压井上的杠杆也按不动了。石榴去堂屋里拎出一只暖壶，把暖壶里的热水倒进井筒里，使冰凌融化，这才压出水来。

石榴先馏一笼子馒头，等把馏好的热馒头取出来，放进馍筐里，为了保温，又盖上两条干净毛巾，先放到案板上。然后又洗了几只萝卜，切成片，放进锅里，添上十大碗水，下一碗米，打开煤气灶开关，一会儿就又煮熟了一锅米饭。石榴一会儿也不停歇，又从白菜窖里取出一棵白菜，把老白菜帮子除掉，只留白菜心，再用刀把白菜心切成丝，淘洗干净，放进一个盆里，然后加上蒜泥、香油、盐，还有五香调料，搅拌匀了，算是一道凉菜。庄户人家做饭简单，要是往日，石榴和她爹两人吃饭，有这一道凉菜就够吃了。可是今天还有河娃家三口也在一起吃饭，石榴觉得只做一份凉菜，不是待客之道，于是她把饭锅端到一边，把炒菜锅放在灶上，又炒了一盘西葫芦。

这时河娃的奶奶才起床，她打开房门一看，院里的雪已打扫干净，只是在屋顶和她家的锅灶上还覆盖着白雪，窗口下也堆着一大堆雪，那是石榴把院里的雪都扫到一块儿，又用铁锨把雪堆在一起的。

河娃他奶奶知道这是石榴一早起来打扫的。她来到自家的锅灶前，见锅碗瓢盆都结了冰，而且冻在一起，正发愁怎么做饭，就见石榴走过来说："奶奶，我做着你们三口人的饭呢，你不用再做饭了。"

老太太喜出望外，连连夸奖石榴，这闺女心眼真好，处处替别人着想，将来必有福气！老太太返回屋里叫上她的老伴，两人一起来到石榴家堂屋里的餐桌旁坐下。这时顾留宝和河娃也起了床。石榴又用铝盆烧了一盆洗脸水，让河娃和爷爷奶奶还有老爹都过来洗了手脸。

河娃见石榴一人打扫好了院里的雪，又做好了两家人的早饭，心里也很感动，就主动去厨房帮石榴把饭锅、馍筐，还有两盘菜端到堂屋。石榴给河娃爷爷、奶奶盛上饭，放到两位老人的面前。河娃见石榴这样孝敬自己的爷爷奶奶，有点过意不去，就抢过勺子，先给石榴她爹盛上饭，俩手端着碗恭恭敬敬地放在石榴她爹面前，然后又给石榴盛饭。石榴说："你快坐那里吃去吧，我自己盛！"

顾留宝见河娃跟石榴争着盛饭，心里高兴，也夸河娃道："河娃这孩子真懂事，尊敬老人，还帮助姐姐盛饭，将来走到哪里都受欢迎！"

河娃说："干大呀，你应当表扬俺姐姐才对，俺姐姐一人打扫好院里的雪，多累呀！又做好咱两家人的饭，她太辛苦了！"

石榴听了河娃这赞扬自己的话，又见河娃忙着帮自己盛饭，心里感激河娃，觉得这个干弟弟越来越懂事了。她心中暗想，别看河娃外表毛毛躁躁，其实心思挺细密呢！

石榴虽然打心里喜欢河娃，但是被河娃夸奖得有些不好意思，就故意摆出不领情的样子说:"你河娃小小年纪,啥时候学会奉承人了?是跟你那铁哥们马好学学的吧?"

河娃和石榴同学二年,他很了解石榴的脾气。你跟她犟嘴,她从来不恼;但是她脸皮薄,一听到别人夸奖她的话,心里就不自在,脸上马上会泛起红晕。所以河娃明白石榴刚才批评自己"奉承"她,其实是想掩饰她听了赞扬话后不自在的窘态。

河娃从石榴那眼神里也看出石榴对自己非常喜欢,两个人这时心灵是相通的。但是河娃想跟石榴斗嘴,就故弄玄虚地说:"姐姐,你跟我那铁哥们马好学差得太远了!"

石榴听了这句话一时摸不着头脑,又见河娃一本正经的样子,便疑惑地问:"我哪里跟马好学差得远呀?"

"人家马好学听了我赞扬他的话,马上就高兴得手舞足蹈,向我表示感谢,这叫懂礼貌呀;可是姐姐一听赞扬的话就红了脸,不但不感谢我,还反唇相讥,也太不讲情面了吧?"

石榴看着河娃那调皮的表情,也被逗乐了,她笑着说:"我就是不讲情面,谁稀罕你表扬了?"

河娃的奶奶和爷爷见他们姐弟俩一边吃饭,一边斗嘴,心里都很高兴,觉得河娃和石榴相处融洽,就像亲姐弟,真是有缘分哪!

吃过了早饭,石榴和河娃又抢着收拾碗筷,顾留宝因昨晚听河娃说今天要考试,怕石榴和河娃迟到了,就说:"今天路上有雪,不能骑车,你俩赶紧走吧,别耽误了考试。"

河娃他奶奶也催着石榴与河娃快走,于是两人就背上书包上学去了。

两个人来到街上,见街道上的雪已有人打扫过了。可是出了村口,只见遍地白茫茫的一片,已经分不出哪里是路、哪里是麦田了。幸亏路两边有树,可以断定两行树的中间就是路。河娃和石榴就沿着两行树的中间踏雪前行。这时北风仍在飕飕地吹,不时有雪团从摇曳的树枝上簌簌地掉落下来。石榴见河娃没戴口罩,冷风吹得他鼻子都红了。她就解下自己的围巾要给河娃围上。河娃急忙往后撤，摆着手说："我不冷，我不冷，姐姐快自己围上吧！"

石榴上前一步，一边伸手抓住河娃的袄领，一边生气地说："冻得鼻涕都流出来了，还嘴硬！"同时把围巾绕河娃脖颈缠了两圈，又在河娃脑后打了个结，然后把河娃嘴下边的围巾往上提了提，遮住了河娃的口鼻。河娃立刻就觉得脸上暖和多了！

河娃感激地说："姐姐这是下雨天借给别人伞——舍己为人呀！"

石榴说："你没看我的羽绒袄还带帽子吗？我还捂着个大口罩，这围巾我根本用不着，就是给你预备的。"

河娃看着石榴身上裹着大红羽绒服，站在这白茫茫的雪原上，就像雪地里燃烧着的一团火焰，不但十分靓丽，还给自己的身体和心里都送来了温暖。河娃又想，幸亏范老师说服了石榴她爹，让石榴复课了，要不然我自己走在这冰天雪地里，那可就更寒碜了！

二人来到学校，见马好学一人正抡着大扫帚在六（1）班教室门前扫雪呢。石榴说："看人家马好学来得多早，真是我们学习的好榜样呀！"

河娃也感到惊异，心想我这铁哥们一贯迟到，今天怎么日头打西边出来了呢？

石榴来到马好学的面前，见他已累得额头上冒汗，便说："你都出汗了，先歇会儿吧，换我打扫一会儿！"

石榴从马好学手里夺过大竹扫帚，接着打扫院里的积雪。河娃知道教室里除了这把竹扫帚，另外还有一把铁锨。他就去教室里取出那把铁锨，帮着石榴打扫。一会儿杜豪杰和高峰也肩上扛着大竹扫帚来到学校，原来今天该他俩值日，他俩都知道班里只有一把大竹扫帚和一把铁锨，所以来时都带着扫雪的工具。

杜豪杰见石榴和河娃已经快把六（1）班卫生区里的积雪打扫完了，很是感动，由衷地赞扬他俩："你俩真是学雷锋的好榜样呀！"

高峰又看见马好学在一边站着看，心想这家伙平时总是迟到，今天来得早一回，也不打扫雪，愣在那里跟个傻瓜似的，实在可恼！便批评他说:"你马好学没长眼哪?看人家河娃和石榴都打扫雪,你就站在那里跟个石头人似的一动不动!"

石榴听高峰批评马好学,急忙替马好学辩护:"人家马好学是第一个打扫雪的,我和河娃刚来,我见马好学累得出汗了,才从他手里抢过扫帚!"

河娃也替马好学打抱不平,对高峰说:"你这劳动委员不了解情况,就乱放炮,真是个糊涂官呀!"

高峰听他俩这么一说,才知道自己冤枉了马好学,但是高峰觉得自己冤枉马好学也是事出有因,谁让他马好学平时常迟到?如果他一贯表现良好,我会冤枉他呀?想到这里,高峰说:"马好学就像那个爱说谎的孩子,平时放羊总喊:'狼来了!狼来了!'我被他骗的次数多了,也就不相信他了,谁知今天狼真的来了呢!"

马好学听了高峰这一谬论,气得肚子都鼓起来了!他暗暗骂高峰:"你这货就是隔着门缝看老包——贬看大臣!"

石榴也觉得高峰是强词夺理,便批评他说:"对是对,错是错。人家马好学以前的表现不好,那是过去的事了;他今天有进步了,你就应当表扬呀!怎么能老是揪住人家过去的小辫子不放呢?"

其实高峰也知道自己错了,他刚才那样说不过是给自己找个台阶下。现在见河娃和石榴都替马好学说话,自己反而被孤立了,他脑瓜灵活,马上就转过话来:"好吧,我刚才没调查清楚,就乱放炮,我向马好学承认错误。等会儿范老师来了,我向她汇报,今天咱班第一个扫雪的劳动模范,就是马好学,让马好学上黑板报!"

说完,高峰和杜豪杰也都开始打扫积雪。四个人不一会儿就把剩下的积雪打扫成堆,然后用铁锹把雪都堆积到墙角里。

预备铃响了,同学们都坐在自己的座位上,准备好钢笔、草纸,等着老师发卷。这时就见刘老师戴着眼镜,抱着一沓试卷走进教室。马好学坐得笔直,两眼注视着刘老师那两片眼镜。因为镜片太厚,他看不清刘老师的眼神，只能从刘老师的嘴形来判断他的表情。他观察刘老师的嘴角，既不上翘，也不下弯，这是不喜不怒、也无风雨也无晴的表现。接着刘老师一面令正副两位班长发试卷，一面宣读考场纪律：第一是发下试卷后先放桌面上不要去看题，等上课铃响，才允许做题；第二是做题时不许左顾右盼；第三是不许抄袭别人的答案；第四是做题时不许交谈，保持安静。

以前马好学最讨厌考前公布纪律，因为他觉得这考场纪律都是为他马好学一人量身定做的！可是今天他已经不打算抄袭河娃的答案了，所以对刘老师公布考场纪律也不那么反感，反而认为很有必要。这时，马好学的脑海里又忽然闪出高峰那句话来："等会儿范老师来了，我向她汇报，今天咱班第一个打扫雪的劳动模范，就是马好学，让马好学上黑板报！"一想到今天要被登报表扬，马好学就兴奋得脸上放光！他想，我要再考出个好成绩，一下子麻雀就变成金凤凰了！让全班同学都对我老马刮目相看！

上课铃响了，马好学打开试卷开始做题。一开始那几道计算题做得还算顺利，可是后面的题越来越难！他听着身旁河娃的钢笔"沙沙，沙沙"的写字声，急得汗都出来了。他想，我打扫雪累出了汗，石榴来接替我打扫；可是这考试，我再出汗也没谁敢接替我呀！这时，他深刻体会到劳动模范好争取，想考好成绩可真难呀！

河娃见马好学手里的笔不动，知道他又遇到困难了，就主动把试卷往马好学那边挪一挪，好让马好学偷看。可是马好学仍然皱着眉头思考，眼睛就是不往河娃试卷上瞅！

再说刘老师，别看他眼睛高度近视，他戴上眼镜看得比望远镜还要清晰。他发现河娃身子向马好学靠拢，试卷放在马好学的视线以内，就知道河娃想让马好学偷看他的答案。

刘老师轻轻走到河娃身旁，用手指捏住河娃的试卷往外扯了扯。河娃抬头一看，是刘老师站在自己身边，知道自己的鬼把戏被刘老师看穿了，脸一红，就把身子也往外挪一挪，跟马好学拉开了距离。

马好学今天是下定了决心，宁肯考不及格，也不偷看河娃的试卷，他这样沉下心来思考就比心里老想着偷看的解题效率高多了！再说他通过多次考试的磨炼，也总结出一些应试经验来。比如他遇到不会的难题，就先放下，拣那容易的题解。还有那判断对错的试题，不会解就通通打叉，这样也能碰上几道选对的。最后剩两道应用题，他实在解答不出来，没有办法，只好空着。到打下课铃时，老师过来收卷，马好学也做好了百分之八十的试题。下了课，他信心满满地对河娃说，这次考试保守估计，也能拿他六十多分！

第二节课考语文，范老师笑容满面地走进教室。河娃觉得范老师的面容好像比以前更白更嫩了，而且脸上那笑容是发自内心的，掩饰不住的喜悦！他心想，范老师以前走进教室时虽然也面带笑容，但是那笑容是对学生的喜爱，笑得慈祥，笑得端庄。但是今天的笑容是一种发自内心的掩饰不住的笑。范老师以前从没这样开心地笑过！因而河娃判断，范老师一定是遇到什么特大喜事了！这时，他忽然想起范老师去石榴家动员石榴复课那天临走时接的电话，河娃听见电话里说："宝贝，怎么还不回来？"当时范老师脸一红，急忙往外走。那不是范老师的男朋友给她打电话吗？河娃想，范老师今天这么高兴，莫非是她元旦放假时结婚了？

河娃正在盯着范老师胡思乱想，就见范老师笑盈盈地表扬马好学，说马好学今天第一个到校，第一个打扫积雪，并号召大家向他学习！马好学听着范老师的表扬，见大家都投来羡慕的眼光，他感到无比的荣光！马好学饮水思源，心里还暗暗感激高峰，这么快就把自己的模范事迹报告给班主任了，真是个秉公办事的好干部呢！

河娃也暗暗感叹，人真是三十年河东、三十年河西呀！想不到马好学这一段时间好运不断，彻底摘掉落后挨批的帽子了！

在马好学看来，这语文试卷比数学试卷好应付多了。就是遇到不会的题，他也能瞎唬一气，有时碰巧也能拿分！所以考语文，马好学就更不用偷看河娃的试卷了。

再说范老师，确实在元旦时和中学教师陈灿结婚了，所以脸上还带着新婚的喜气，不承想被观察能力强的河娃给发现了。范老师的心虽然还陶醉在新婚的喜悦中，但她很敬业，考试一开始，她就把心思都集中到监督学生考试、维持课堂纪律上来。她早就知道马好学与河娃考场上爱搞小动作，所以她表面上不动声色，但暗地里密切注视着马好学与河娃，唯恐他俩再"暗度陈仓"。可是一节课快结束了，也没见马好学抬头，他始终都在专心致志地做题。范老师暗暗惊奇，心说："马好学这孩子进步挺快，果然是浪子回头金不换哪！"

考完语文，就放学了。这时路上的雪都融化了，雪水渗透在路面上的土里，经来往的车辆碾轧，变成遍地泥泞。所以河娃和石榴都不在路上走，而是走在路外边的雪地里。因路两边的地上没有车辆碾轧，雪还没有大量融化，走在上面还不甚沾鞋。河娃想起石榴在才艺展示会上的发言，他突发奇想，对石榴说："姐姐，你不是说将来你挣了大钱要在小河上建一座桥梁吗？"

"对呀，我将来要能在河上建一座桥梁，咱村的学生上学再也不用蹚水了！"

"你猜我将来要挣了大钱，想做什么？"

"你将来有钱了，就把咱上学这条路修成柏油路呗，让以后的学生上学再也不用踏泥了。"

"姐姐真聪明，你怎么一下就猜中我心里在想什么呀？"

"那还用猜，这路上都是泥泞，你行走遇到了困难，心里自然会想到把这条路修成柏油路多好！"

河娃听说过，修一里长的柏油路，花费的成本得是面值十元的人民币铺在路面上摆一里长。那得多少钱哪？想到这里，河娃说："姐姐呀，咱俩也别吹牛了，没听人家说吗？理想是丰满的，现实是骨感的。我恐怕八辈子也挣不来修一条柏油路的钱呀！"

"我知道我一辈子也挣不来修一座现代化桥梁的钱。但是我修不起用钢筋水泥做材料的大桥，我可以修一座木桥呀。所以我不觉得我是吹牛！"石榴仍然信心满满地说，"咱们的想法不一定能实现，但人总不能没有理想吧？"

河娃听了石榴的话很是佩服，他说："姐姐说得对，人可以没有成功，但是不能没有理想。但愿咱俩的理想将来都能实现！"

二人踏着雪来到三岔路口，见二猴子与扎根正站在路口向他俩招手呢。二猴子模仿电影里的大人物高声喊："同志们辛苦了！"

河娃说："看猴王脸冻得像个紫辣萝卜，还不忘撒欢呢，活像刚从五行山下蹦出来的！"

二猴子等到河娃和石榴走到跟前，神秘兮兮地说："你知道本王为什么高兴吗？"

石榴笑着说："河娃刚才不是说了吗？你刚从五行山下蹦出来，能不高兴吗？"

"石榴，你别听河里的小妖瞎说，我告诉你个秘密，你的范老师元旦被俺的陈老师娶走！现在成了俺陈老师的花媳妇了！"

河娃也笑嘻嘻地插嘴说："我说范老师今天怎么笑得那样滋润，原来她当上新娘子了！"

石榴见河娃说话嬉皮笑脸，不够庄重，就撂下脸来，批评他说："不许拿范老师当笑料！范老师辛辛苦苦地教育咱们，费了多少心血？她结婚，咱也应该表示祝贺才对！"

河娃马上收敛了笑容，一本正经地说："我听姐姐的，你说怎么表示吧？"

石榴沉吟了一会儿说："要不这样吧，我给范老师剪个窗花，咱明天贴到范老师的办公室玻璃窗上吧。"

河娃高兴得拍手叫好。

扎根说："人家都结婚四五天了，您这不是下罢雨送伞吗？"

二猴子说："下罢雨送伞，也是学生对老师的一番敬意，范老师见了也高兴。"

08 石榴当上班长

暑假过后，范老师教的这个六年级班全部升入初中。河娃和石榴被分到了初一（3）班，杜豪杰和高峰被分到了初一（2）班，马好学被分到了初一（4）班。

初一（3）班的班主任是陈灿。大概是范老师给他介绍了石榴的情况，开学第一天，陈老师就委任石榴当临时班长，负责班里的工作。等过半个学期后，班里的同学都熟悉了，再民主选出正式班长。一般情况下，老师指定的班长只要不犯错误，都能被选为正式班长。

与河娃同桌的是一位女生，姓吕，名叫春叶。她是从吕庄小学过来的，在吕庄小学学习成绩优秀，从一年级到六年级，一直当班长，有丰富的管理经验。当班干部习惯了，来到中学忽然脱离领导岗位，心里未免会产生失落感。她想，陈老师为什么点名让石榴当班长呢？莫非石榴跟陈老师有亲戚关系？或者石榴有什么强大的背景？吕春叶百思不得其解。她见河娃和石榴熟悉，知道他俩是一个村的，便悄悄问河娃："石榴在读六年级时是班长吗？"

河娃不知道吕春叶的心思，顺口回答："不是班长。"

吕春叶心想，石榴在小学没当过班长，对班干部工作一定生疏，你说这陈老师怎么不了解了解学生的情况，就盲目指定班长呢？吕春叶转念又一想，石榴没当班干部的经验，今后处理班里的事务难免会出错，过一段时间同学们见她表现不佳，心里不佩服她，在民主选举时她很可能落选。

我这一段时间努力团结同学，慢慢在班里树立威信，争取民主选举时当上班长！

可是过了几天，吕春叶见班里的同学对石榴都很尊重，特别是那些男生，对石榴是言听计从，甚至唯唯诺诺，这令吕春叶心里非常不满。她想，石榴的表现很一般，没啥出色的能力呀！凭什么她就能赢得同学们的支持？

一次，石榴去陈老师办公室里送作业，陈老师说："石榴，你的剪纸技术不错呀！"

石榴知道陈老师是看了她贴在范老师办公室窗户上的剪纸，那是石榴精心设计的"鸳鸯并蒂莲"。范老师当时就夸她："真是心灵手巧！"

石榴跟范老师熟了，在石榴眼里，范老师就像自己的亲娘一样关心爱护自己。听范老师夸奖的话也习惯了，所以她并不感到难为情。可是她跟陈老师还不熟悉，听了陈老师夸奖她的话，便有些不好意思地说："谢谢陈老师夸奖，我是刚学剪纸，剪得不好！"

"听范老师说，你不但手工好，学习上也是尖子生，还考过双百分呢！"

石榴禁不住陈老师的赞扬，白净的脸庞飞起两朵红霞，一双水灵灵的大眼含着羞涩说："那是偶然一次考了个好成绩，现在咱班里同学都很优秀，我一放松就会落后的！"

陈老师打量着眼前这位亭亭玉立、宛如一株含羞草的姑娘，心想，怪不得玉薇常夸石榴是个优秀的学生。看她的举止和言行，谦和稳重，一定能受到大部分同学的拥护，我选她当班长没看错人！

石榴离开陈老师的办公室，在校园里碰见二猴子和扎根，原来他俩听说石榴升入初中，就结伴来找她。二猴子看见石榴，兴奋地说："终于把你盼来了！"

"可惜我已经迟到二年，怎么也赶不上你俩了。"石榴十分惋惜地说。

扎根安慰石榴："有学上都不算晚，凭你的智商，将来必能后来居上！"

"谢谢你的鼓励，我现在就'居上'了呀。"石榴指着教室门口的牌子自我解嘲，"你看俺那班级的牌子上不写着'一'吗，你俩的班级门牌上写的是'三'，比我低两个等级呢！"

二猴子和扎根都喜得鼓掌大笑。二人看着石榴那明媚的大眼睛，听着石榴说话那甜美的声音，觉得和她在一起特别有趣。

二猴子又关切地问石榴："你上这几天课，觉得适应吗？"

"有点适应不了，一天上好几门课，心里有点乱呢！"

"那没事，我们刚升入初一时，也感觉课太多，有点应付不了，但过一段时间慢慢就适应了。"

这时上课铃响了，三个人慌忙分头向各自的教室跑去。二猴子边跑边对石榴喊了一句："下午放了学，我参加球赛，你别忘了去球场给我当啦啦队队员啊！"

"好的，我一定去！"

可是今天该石榴所属的小组值日，放了学，石榴又和小组长董林领着同学打扫教室。吕春叶也是这个组的成员，自然也得参加打扫。她见石榴并不指挥旁人，而是身体力行，拿着扫帚扫地，就觉得石榴这人没有官气，挺好共事的。但她也发现由于石榴只顾自己干活、不管别人干不干，这就出现有人累得满头大汗、有人在那里玩耍的不合理现象。吕春叶心想，石榴这班长还是"嫩"呀，指挥能力太差。如果搞全班大扫除，有干的，有玩的，慢慢地那些劳动积极的同学也会变得消极起来！你一个班长有多大力量呀，调动不起来大家的积极性，光靠一个人干，累死也完不成任务！

这时又见河娃拎来一桶水，用毛巾在水里沾湿，爬到窗台上擦拭玻璃。河娃手里的毛巾很快沾满了泥，他站在窗台上，把毛巾递给站在窗台下的吕春叶，让吕春叶把毛巾在水里涮一下。吕春叶不情愿地接过来毛巾，在水里涮了，然后又递给河娃。她心里嫌河娃积极，就半开玩笑地说："你恁卖力气，是想当班干部哪？"

春叶是看着河娃面相憨厚，才敢揶揄他。其实河娃面憨心不傻，他一听吕春叶的话音，就知道她是想打击自己的劳动积极性。但是河娃觉得刚刚开学，石榴才当上班长，还是要以团结同学为重，所以只是淡淡一笑，说："打扫卫生是咱们的共同任务，快点打扫好才能去看球赛呀！"

打扫完室内卫生，同学们都离开教室，小组长董林抱怨有两个同学干活偷懒，光在那里说话，就不打扫卫生！石榴说："你看今天打扫卫生，哪几位同学表现积极？"

董林说："当然是咱俩出的力最大啦！"

"不算咱俩，还有谁出的力比较大？"

"还有河娃和李昆干得比较踏实。"

"嗯，我看也是他俩干得比较多些。"石榴赞成董林的看法，就又对他说："你写一个简短的表扬稿，把他俩的良好表现报告给陈老师，好吗？"

董林说："好哇，我现在就写，还有那两个贪玩的滑头也写上吧？"

"表现不好的就不要写了，咱把模范人物一表扬，那两个落后的同学就会很不自在的，下次他们就不好意思耍滑头了！"

董林当下就写了一份表扬报告，递交给了陈老师。陈老师看了表扬稿，马上就把河娃和李昆的良好表现登在了黑板报上的醒目位置。

球场上，初三（2）班的球员正和初三（1）班的球员进行激烈的角逐。二猴子是初三（2）班的中锋，他生龙活虎的英姿受到许多围观女同学的青睐。吕春叶打扫完卫生，就急急忙忙跑过来看球赛，她见二猴子长得膀大腰圆，穿着白背心，配天蓝色的裤头，肩膀上和大腿周围的肌肉格外突出，在众多球员中显得鹤立鸡群。她心里暗暗称奇，那眼球就一直随着二猴子的身影打转。

二猴子在球场上一有空就往周围扫视，见观众中没有石榴的身影，心里好生失望。前半场初三（2）班以14:20负于初三（1）班。短暂休息之后，开始进行后半场比赛。

这时，二猴子忽然发现石榴站在球场的右边，她是女同学中的金凤凰，那高挑的身材、白皙的脸庞、乌黑发亮的秀发，配着那双水灵灵的大眼睛，往人群里一站，便令那些女同学都黯然失色！二猴子见石榴到场，顿时来了精神，这时初三（1）班的球员正从空中运球，二猴子纵身一跳，从空中抢过球来。他迅速带球前进。初三（1）班有个大个子球员双臂张开，截住他的去路。只见二猴子把手里的球往左一送，对方急忙往左扑去，谁知二猴子是虚晃一招，他迅速从对方右边带球通过。接着二猴子左冲右突，连破初三（1）班球员几道防线，然后一个漂亮的三步上篮，把球扣入篮中。围观的人群爆发出一阵雷鸣般的掌声！二猴子不忘偷偷看了石榴一眼，见石榴双手举过头，正拼命地为他鼓掌，他高兴极了！

下半场由于二猴子精神倍增，发挥出色，接连投中几个球，最后初三（2）班以45∶38取胜。

球赛结束，吕春叶见石榴跑到二猴子面前，向他表示祝贺。吕春叶心里有点酸溜溜的。她回来的路上，又见一群同学正围着教室东边的墙壁看黑板报，原来那黑板报是刷在墙壁上的。出于好奇，她也走到黑板报前。一看黑板报上登的是表扬河娃和李昆积极打扫卫生的消息，吕春叶的脸面就有些挂不住了，因为全组共八个人，除了班长和组长，就剩六个同学，又表扬两个同学，那没受表扬的就只有四个人了，而自己就在这四个没受表扬的同学之列！所以她就不好意思再看了，灰溜溜地离开人群，往女生寝室走去。

吕春叶边走边琢磨，想不到石榴看上去很单纯，竟然还有这种手段。在她手下混，还真得小心点呢！她转念又想，陈老师把这鸡毛蒜皮的小事登黑板报，也太小题大做了，教室里天天都要打扫卫生，你难道能天天登报表扬不成？吕春叶觉得这事儿对自己将来竞选班长十分不利，她闷闷不乐地回到寝室，见室内无人，就躺在自己铺上胡思乱想。

一个风和日丽的下午，初一（3）班上体育课。体育教师把大家带到操场，先学习健身操。一开始老师做示范，让同学们跟着学。石榴长得苗条，身体柔软，是个跳舞的好苗子，所以她很快就熟练掌握了健身操的动作。后来老师见石榴的动作比较标准，就叫她站在前面领着大家练习。

同学们看到石榴不仅动作熟练，而且姿势优美，都打心眼里佩服她，唯有吕春叶心里生出几分忌妒。

做过健身操，老师又指导学生练习跳高。同学们按个头高矮列队，高个子同学排在前面先跳，矮个子同学后跳。因石榴已经十六岁，是全班同学的老大姐，个子也不低，所以排得靠前。吕春叶个子矮，排得也靠后。前面最高的男同学跳出了 1 米的好成绩。轮到石榴，老师觉得她是女同学，弹跳能力不能和男同学比，所以就问她："给你把标准降低些吧？"

谁知石榴信心满满地说："不用，我也能跳 1 米高！"

就见石榴向标杆冲去，到了杆前纵身一跳，就越过了标杆。那动作堪称完美！老师带头为石榴鼓掌，同学们也都一片叫好声！轮到吕春叶跳了，吕春叶本来就不喜欢跳高运动，又见大家都为石榴捧场，她情绪低落，虽然这时标杆已放到 0.8 米的高度，但她因动作失误还是碰掉了标杆。而她在落地时又不慎崴了脚踝，疼得坐在地上站不起来了！

石榴第一个跑过来，关心地问她："摔伤哪里了？"

老师也走过来，问她："摔得怎么样？还能站起来吗？"

吕春叶拽着石榴的手，用一只脚站了起来，另一只脚却不敢挨地，她说："左脚脖疼得厉害，不敢站。"

石榴就对体育老师说："让我背着吕春叶，到学校对门的诊所去看看吧！"

体育老师见吕春叶脚脖肿得不厉害，估计没有骨伤。因他还得领着全班同学上课，不能分身，就让石榴背着吕春叶去了诊所。这诊所的医生原本是个捏骨匠，专治跌打损伤一类的病。他反复捏了捏春叶的脚脖就说："你是扭伤了筋，骨头无大碍，我给你按摩几次，休息几天就好了。"

那医生手重，给吕春叶按摩时，疼得吕春叶龇牙咧嘴，但吕春叶性格好强，她咬着牙不让自己哼出声来。按摩以后，吕春叶就觉得轻松了许多，医生又给她开了些活血通络的药。吕春叶身上也没带钱，石榴就掏出五元钱替她付了费，然后又背着春叶把她送回寝室。

春叶和石榴睡的是一个上下床。春叶在上铺，石榴在下铺。石榴先把春叶放在别人的床上，她对春叶说："你的脚崴伤了，不能爬上铺，咱俩换换铺位吧，你睡下铺，换我睡上铺。"

石榴说着，就把春叶的被褥从上铺拿下来，又把自己的被褥卷起来，撂到上铺。然后给春叶铺好了褥子，才搀扶着春叶，让她躺在床上休息。春叶感激地说："我崴了脚，可把你给累坏了，谢谢你，石榴！"

春叶又想起石榴替她付药费的事，便让石榴帮她从挂钩上摘下她的提包来。春叶从包里掏出五元钱要给石榴，石榴说："你还得按摩几次呢，你带的钱不一定够用，等你的脚伤好了，下次从家里带来钱再说吧。"

石榴说完就跑出寝室，上课去了。春叶叹了口气，自言自语地说："石榴真是个好人哪，看来她的班长位置是不可动摇的了！"

吃晚饭的时候，石榴右手端一碗稀饭，左手端一碟咸菜，咸菜上放着一个大馒头，给吕春叶送到寝室。吕春叶说："石榴你还没吃呢，先给我把饭送来，真不好意思！"

"我回去吃不晚。"石榴把饭碗和菜碟放到个小凳子上，又把小凳子挪到吕春叶床前。

吕春叶说："你快回餐厅吃去吧，别等会儿没饭了！"

石榴走后，吕春叶那脚脖还有些疼，她又回忆起在小学时被老师宠爱、同学尊敬，自己在班里一言九鼎，何其威风！可是进入中学以来，受到老师冷落、同学忽视，没谁看得起自己，想到这里，她不禁伤心落泪！

吕春叶正难过呢，忽听门外有脚步响，她急忙用手抹去眼泪，就见石榴端着饭碗，拿着夹了咸菜的馒头，又返回寝室。石榴进来，就坐在吕春叶对面的床上。她看见吕春叶眼里还噙着泪，就说："我就怕你一个人在寝室里难过，才返回来陪着你一起吃饭。你脚脖还疼得厉害吗？"

吕春叶知道自己掉泪被石榴看出来了，她还担心自己那天打扫卫生表现消极、石榴记恨在心呢，所以跟石榴说话心存芥蒂，心里的话哪里敢对石榴说？只推说："脚脖疼得厉害，又有点想念俺娘，所以心里难过。"

石榴对她的话信以为真，听她说想娘，不由得联想到自己从小就没了娘，也不禁伤感地说："春叶，你还有个老娘在家惦记着你，到星期天回家就可以看到亲娘了，多幸福呀！"

吕春叶听石榴话里有音，就问："石榴姐姐，你星期天不也能见到娘吗？"

石榴听她这一问，眼圈都红了，神情凄然地说："我从小就没娘了！"

吕春叶怕引起石榴伤心，就不敢再问了。石榴也觉得正吃饭呢，怕自己的伤心再传染给吕春叶，让她也吃不下去饭，便急忙转了话题说："今天是星期三，我明天和后天再送你去诊所按摩两次，估计到星期六就好了。星期六下午你就可以回家见老娘了。"

吕春叶见石榴亲亲热热，说的都是贴心话。她感到石榴待她是实心实意的好，对自己没有任何成见。慢慢地，吕春叶说话也放得开了，两个小姑娘边吃边聊，关系越来越融洽。

半个学期过去了，班里一直没有举行选举，石榴也一直当着临时班长。期中考试成绩公布了，董林考了 600 分的好成绩，名列第一；河娃考了 595 分，名列第二；吕春叶考了 580 分，名列第三；石榴考了 570 分，名列第四。

吕春叶心想，石榴考试成绩不突出，会严重影响她在同学中的威信的。现在如果进行民主选举，石榴说不定会落榜。那董林虽然考试成绩第一，但他平时说话难听，得罪了不少同学，估计他也得不到多少同学支持。而河娃这个家伙，性格不合群，有空就跑图书馆看书，很少跟同学交流，所以选他的票也不会很多。吕春叶思来想去，觉得现在如果选班长，自己胜算的可能性很大。于是她开始对公共事务积极参与，平时和同学热心交流，努力树立自己的良好形象。果然没几天，陈老师就宣布选举班长，选举实行不记名投票方式。

吕春叶为了争取河娃这一票，就抢先在票上写了"孙河娃"三个字，又故意把票推到河娃面前让他看到。谁知河娃瞥了一眼，微微一笑，就在他的选票上飞快地写出"顾石榴"三个字。这令吕春叶十分恼火，她想，怎么碰上个如此不识抬举的家伙，我选他，他不选我，让我白搭给他一票！可是吕春叶满肚子怒火，也不敢发作呀，自己的用心毕竟不纯，要是让别的同学知道了，那可就威信扫地啦！

投票结束，陈老师让董林唱票，吕春叶监票，河娃在黑板上写票。计票结果出来了，全班 56 张选票，石榴竟然得了 54 票。另外河娃得了一票，吕春叶得了一票。吕春叶知道，河娃那一票是自己选的，而自己那一票是谁投的呢？她想石榴不会选她自己，而别的同学都没得票，所以自己那一票肯定是石榴选的。想到这里，吕春叶脸面忽然就红了！她想石榴那么聪明，她略一动脑子，就能判定我吕春叶没有选她！你说她待我那么好，关键时刻我背叛了她，她能不生气吗？

09 二猴子的喜与悲

2001 年，二猴子和扎根初中毕业，双双考入了技校。二猴子学的是酒店管理专业，扎根学的是烹饪专业。技校没有升学压力，学员轻松多了。二猴子和扎根晚上经常去歌厅唱歌，或者去舞厅跳舞。这技校里设有美容美发班，还有舞蹈班、音乐班，所以女生很多，称得上美女如云。那些男同学年龄都在十七岁以上，年龄大的已经二十挂零，不少男同学上技校还带着一个不可告人的目的，就是想在学校里谈个对象，到毕业时争取抱得美人归！

在男生寝室里，最热门的话题是品评女生的颜值高低。学校里有位名叫钱溪清的女同学最漂亮，被男生们评估为一百分，暗地里称她是"大仙女"。另外还有个女同学叫邹美君，颜值仅次于钱溪清，被评为"二仙女"。还有五位女同学，被依次评为"三仙女""四仙女""五仙女""六仙女"和"七仙女"。

大部分男生都是背地里对女生品头论足，当着女生的面却不敢喊她们的绰号，都害怕女同学拉下脸来，给自己弄个下不来台！尤其是扎根，因个子矮，脸皮黑，不被女生看好。扎根也有自知之明，跟女同学说话十分拘谨，从来不开玩笑。二猴子却是个例外，他在学校里是出了名的大帅哥，很受女生的喜爱。那些看上去非常传统的女生，一碰上二猴子，立刻就放下架子，喜笑颜开地跟二猴子说笑。就连大仙女钱溪清和二仙女邹美君都争着当二猴子的舞伴。所以二猴子身旁，经常有美女围着转。

一次扎根和二猴子在操场散步，迎面碰上钱溪清和邹美君，钱溪清和邹美君老远就给二猴子招手。扎根一看，这两位仙女是找二猴子呢，估计不是邀二猴子去歌厅唱歌就是邀二猴子去舞厅跳舞。如果走到跟前，俩美女把二猴子架走，把自己撂在那里，多尴尬呀！还不如先退避三舍，免得受她们的冷落。扎根一看左边有一副单杠，他就跑到单杠前独自玩去了。

只见钱溪清跑到二猴子跟前，亲热地说："大圣，在这散步多没意思，咱去舞厅玩吧？"那声音像银铃一般悦耳动听！

"前天跟大圣老师学了几步，这两天又忘得差不多了，今天老师再领着俺俩复习复习吧！"

这是二仙女邹美君娇滴滴的声音。她平时见了扎根都是大模大样的，摆出一副冷面孔来，想不到一见二猴子，竟然如此没有尊严。都是同学关系，二猴子再帅，也不能低三下四地喊他老师呀！

扎根装模作样地盘杠子，但两只耳朵却聚精会神地听他们说话，还不时地扫两个美女一眼，心里暗暗骂邹美君："犯贱！"

可是二猴子并不买两位仙女的账，还卖关子："你们这俩徒弟太笨，我没闲工夫训练你们，两位仙女另请名师吧！"

二猴子这家伙被女生捧得上了天，仙女们越喜欢他，他越骄横！但大仙女和二仙女好不容易逮住了二猴子，怎肯善罢甘休？两人各抓住二猴子一只胳膊，往后一拧，二猴子那货也十分乖巧，不等两位仙女用力，就主动把胳膊伸到背后去了。两位仙女就像民警押着一个歹徒，嘻嘻哈哈地往舞厅走去。

扎根望着二猴子和两个仙女的背影，心想二猴子真是艳福不浅，被两个仙女抓着胳膊，强迫去跳舞，那是何等的荣耀和幸福呀？要是换上别的男生，你就是请客吃饭，人家女生还不赴宴呢！

扎根心里那滋味就像喝了一罐子陈醋，酸溜溜的，盘杠子的兴趣也没有了！

一个星期六的下午，二猴子和扎根骑车回家。那天天气炎热，两个人来到小河旁，都想洗澡。可是他俩都长成大人了，河两旁有干农活的妇女，两人不好意思下水。他俩就顺着小河往东走，来到一片柳树林，这里河两岸都是树，没有耕地，所以也没人来这里干农活。以前村里人修房盖屋都来这里拉土，时间长了，把这里的河道挖成了一丈多深的大潭坑。这潭坑一年四季水没干过，地方又偏僻，是男人们洗澡的好地方。

他俩来到坑边，停住自行车，脱得赤条条的，"扑通扑通"两声，都跳进河里。两人好久没有游泳了，钻进水里先扎个猛子，然后浮出水面。二猴子又来一阵狗刨式游泳，农村孩子没接受过正规的游泳训练，他这狗刨式游泳还要两只腿乱扑腾，所以游得没多远就累了。二猴子就换"仰凫"。仰凫是最省气力的游法，就是肚皮朝上，两只胳膊伸开，轻轻地向后划水。扎根则喜欢花样游泳，其实他的所谓花样游泳，就是手脚并用，在水里乱扑腾！

两个人游了一会儿都累了，就上了岸，躺在沙滩上休息。二猴子两只手放在脑后当枕头，脸朝上，他看着天上缓缓移动的白云，回忆起一年来在技校被女同学缠绕的快乐生活，脸上露出了惬意的笑容。他看了扎根一眼，见扎根也在面朝天，眨着眼睛，不知在想什么，便问扎根："老弟，觉得上技校快乐吗？"

"快乐什么？说实话，上技校的学生是'月儿弯弯照校园，有人欢乐有人烦'。我就是那常心烦的人，你二猴子就是那常欢乐的人！"

"你小子上这么多年学，没学多少真本事，倒学会多愁善感了，你是看《红楼梦》看多了吧？"

二猴子其实知道扎根在学校受女生冷落，心情很不好受，但他假装糊涂，还挖苦扎根。

"我不是看《红楼梦》看多了，我是看仙女们和你打情骂俏看多了！你还装糊涂，到毕业时你把大仙女抱家去了，你多光荣啊！你多幸福啊！"

二猴子见扎根满肚子牢骚，还担心自己毕业时会把大仙女领家里去，心里很不高兴。他说："你看中大仙女了？我还真没看中她呢，我嫌她那倒三角形的脸，下巴太尖，她黏我我还不要她哩！"

扎根有些惊讶，他说："难道猴哥相中二仙女了不成？"

二猴子心想，扎根真是燕雀不知鸿鹄之志呀，他根本不理解我的择偶标准。想到这里，二猴子很豪气地说："咱学校那七仙女都不完美，没有一个人能入我的法眼！"

扎根听二猴子说出如此狂妄的话来，觉得他是在故意卖弄，炫耀他自己的清高，便气愤地说："你小子别把天吹破了，七仙女你都相不中，你难道想娶王母娘娘不成？"

二猴子这时却扭过脸来，看着扎根很神秘地压低声音说："你是我的铁哥们，要是别人打死我也不告诉他，我心里早有意中人了！"

扎根听二猴子说他心里早有意中人了，不由得心里"咯噔"一声，他浑身神经不由得紧张起来，因为他预感到二猴子心里的意中人很可能就是自己魂牵梦萦的姑娘！扎根急切地问："你那意中人到底是谁？"

"你要先答应我，不许对别人说！"

"那还用你嘱咐，我啥时候不给猴哥保密啦？"

二猴子这才把嘴凑近扎根耳朵说："我觉得咱技校那些美女都多多少少有些缺点，跟石榴差得远着哩！石榴你不管从哪个角度看，都是风姿绰约、光彩照人。特别是她的五官，处处精致，给人一种添一分多余、除一分欠缺的感觉。"

扎根一听，二猴子暗恋的果然是石榴。可是石榴早就是自己的梦中情人了呀！他又想，凭着二猴子的长相和他家中的经济条件，与自己竞争，自己怎么也不是二猴子的对手！在扎根眼里，石榴美得脱俗，她才是真正洁白无瑕的仙女。石榴那么高洁，那么完美，要真让二猴子给霸占了，真是暴殄天物呀！二猴子除了有一副好皮囊，学习成绩在班里都是倒数第几名，无论哪一科我都比他考得好哇！再说二猴子思想庸俗，满脑子低级趣味的东西，平时就会讨论女同学的隐私，你说石榴要嫁给他，那不是一棵白菜被猪拱了吗？扎根想着想着，那脸都变色了！

二猴子说着说着发现扎根的脸色很难看，忽然想到：石榴是我梦中的情人，很可能也是扎根心中的偶像呢！你看我一提石榴，这小子脸都发青了！二猴子脑筋转得快，他又想，我今天给扎根挑明了也好，免得这小子到时候跟我竞争。我要让他明白我的绝对优势和他自己的劣势，迫使他知难而退，不用再枉费心机了！于是二猴子又瞎编一套谎话忽悠扎根："俺爹都给石榴她爹说好了，将来石榴要嫁给我，俺爹要给石榴家盖一座楼房，再给石榴家买一辆轿车。石榴她爹可满意了，还对俺爹说，石榴和我是郎才女貌，天生的一对！"

二猴子这一套谎言真把扎根给唬住了，扎根霎时觉得天都暗淡下来。自己最喜欢的姑娘已经名花有主，他几年来的美好愿望一下子破灭了！而且戳破自己美梦的不是别人，正是自己的好朋友二猴子，你说这怎不令扎根妒火中烧？扎根又想，你二猴子自然条件优越，技校的仙女随便你挑，你要为本村的光棍汉们着想，就不应该再祸害本村的姑娘了呀！

想到这里，扎根用近乎哀求的腔调说："二哥呀，你是女生们心中的偶像，技校的仙女你相不中，将来你在城里找到工作，城里那美女成群结队，就凭二哥的长相，找媳妇那还不是一抓一大把？俗话说，'兔子不吃窝边草'，二哥是英雄好汉，何必跟咱村里的小伙伴争媳妇呢？"

二猴子听了扎根这番话，知道扎根果然也暗恋着石榴呢！他心想，扎根这小子不自量力，也不撒泡尿照照自己的脸，看看哪里能配得上石榴？真是癞蛤蟆也想吃天鹅肉，心高妄想呀！我得把话给他讲清楚，别让他漫地里烤火——面热，万一得了相思病，岂不毁了他的前程！

于是二猴子心平气和地说："扎根弟呀，为咱哥俩多年的友情，哥愿意把石榴让给你。可是你想过没有，就你的相貌而言，能在咱村里排到第几位？我说句不中听的话，除了我，石榴再在咱村里挑十个八个小伙，也挑不到你呀！你喜欢石榴，人家石榴不喜欢你，你犯单相思，不是瞎子开灯——白费电吗？俗话说得好，没有金刚钻，就别揽那瓷器活。我觉得人还是务实点好，老弟也别做春梦了，你就好好学你的厨艺，等毕了业，我在大酒店当了大堂经理，我聘你去掌勺。酒店里有那长得差不多的女孩，到时候我给你介绍一个，能跟你熬成一家人就算了。"

扎根人长得丑点，可是心里不傻，听二猴子这貌似关心自己的话，其实句句都在埋汰自己，把他扎根贬低得狗屁不是！扎根气得肚皮都鼓起来了。但是他又觉得二猴子的话虽然难听，却也基本符合事实。村里除了二猴子，帅小伙还多着呢，怎么想石榴也轮不到自己娶呀！但是扎根还是要尊严的，他恼火二猴子对自己的诬蔑，赌气地说："我娶不上媳妇就打光棍，用不着你操心！"

正在这俩小伙自作多情、为争石榴大打口水仗的时候，却不料石榴她爹走了过来。原来这河两岸是石榴她爹承包的土地，柳树也是石榴她爹栽种的。石榴她爹急着花钱，想来看看哪一棵柳树比较粗，打算刨出来卖钱呢。谁知来到河边，正听到二猴子说石榴要嫁给他的话。

石榴她爹不由得勃然大怒，他想二猴子这小子太损了，竟然编出如此恶毒的谎言败坏俺的闺女，这话要是传出去，外人还以为俺闺女和这小子偷情了呢。这不是污人清白吗？今天要不给这小子点厉害看看，他以后还不知怎么造谣生事呢！可是石榴她爹走了两步，转念又一想，俺闺女今年已十八岁，也到了找对象的年龄了，石榴要真是跟二猴子有那意思，倒也是一门好亲。再说二猴子他爹是村委会主任，在乡邻里威信不低，家里过得也好。二猴子这孩子长得又帅，俺闺女要真嫁到他家也算有福了。一想到这里，石榴她爹的火气就消下去大半。他蹲下身子，又听到俩小伙净说些不庄重的话。他想，我必须揭穿二猴子的谎言，不然这俩狂小子到处传说石榴的谣言，把石榴的名誉就败坏了！作为人父，我有责任捍卫女儿的清白！

石榴她爹大步走到二猴子和扎根躺的地方，二猴子正满怀优越感地教训扎根，忽听岸上有脚步声，他痉挛一下打了个滚爬起来，抬头一看，是石榴她爹满脸怒气地站在面前。二猴子那脸唰地红了，他知道自己刚才与扎根的对话都被石榴她爹听见了！面对他梦中的岳父，二猴子羞愧得无地自容。他慌忙穿上裤头，两只胳膊下垂，耷拉着脑袋等着挨骂！扎根这时也穿上了裤头，低头立在二猴子身后，不敢吱声。

"二猴子你多大了？"石榴她爹声音低沉，但很严厉。

"我十九岁！"二猴子声音低得连自己都听不清楚，他大气也不敢喘！

按说二猴子身高一米七六，平时又爱运动，论武力，他一拳能把石榴她爹打趴在地。可是人怕输理，狗怕夹尾，二猴子自知说话亵渎了石榴，被石榴她爹抓了个现行，所以心里已经崩溃了！再说二猴子暗恋石榴，做梦都想着娶石榴为妻，他把石榴她爹当成自己的老泰山一般尊重，平时巴结他老人家还找不到机会呢，哪里敢在他面前耍横！

其实石榴她爹知道二猴子已经十九岁了，他问这话是想逼着二猴子认识到自己已是成年人了，再说这亵渎女孩子的话是要负法律责任的！

"你这么大人了，枉披一张人皮，怎么不说人话？"

"我错了，大伯！"

二猴子低着头，额头上渗出豆粒大的汗珠。此刻他恨不得一头扎进地缝里！

"我告诉你，二猴子，以后再散布流言蜚语，伤害石榴，我知道了，嘴给你打歪！"

"我再也不敢了，大伯饶我这一回吧！"二猴子带着哭腔，可怜兮兮地说。

扎根站在二猴子身后，虽然也害怕，但他觉得自己说的话远没有二猴子说的性质严重。看到刚才还神气活现、优越感无与伦比的二猴子，一眨眼工夫变得如此狗熊，心里反倒有几分幸灾乐祸。他想，谁教你二猴子吹牛了？看看话没落地就"杆草捆老头——丢了大人"了吧！

这时顾留宝看着二猴子头上直冒汗，心想这小子心性并不顽劣，他是心里真的喜欢石榴，一时鬼迷心窍，编些谎言在意淫哩！再说顾留宝打心里也喜欢二猴子的帅气，他还真愿意将闺女嫁给这小子呢，他今天恼的是二猴子不该背地里胡说八道！所以顾留宝也不愿意太伤了二猴子的心，便把语气放得缓和下来："你这孩子勇于认错，是个好孩子。以后记住，好好学习知识，别再信口开河，伤害别人！"

二猴子连连点头，表示一定记住大伯的话，要痛改前非，努力学习本领，重新做人！

顾留宝走了老远，二猴子才敢抬起头来，他浑身瘫软，一屁股坐在沙滩上，伤心地哭了起来。他并不是为今天挨骂而伤心，而是觉得自己说的话被石榴她爹听见，石榴她爹生了他的大气，他想娶石榴做老婆的美梦一下子彻底没有希望了！想到这里，他万分后悔，自己千不该万不该，不该在扎根面前胡说八道。这一下在石榴她爹心里留下恶劣的印象，再怎么也不能挽回了呀！二猴子越想越生自己嘴的气，他抡起巴掌照自己嘴上连抽几下，恨恨地说："我是骡子卖个驴价钱——都坏在嘴上了！"

扎根看着二猴子这疯癫模样，心里有些可怜他，便劝他说："谁和谁成一对是前世注定的，石榴不是你的菜，你再生气也白搭！天涯何处无芳草，二哥堂堂仪表，凛凛一材，还愁讨不上个漂亮老婆？别吊死在石榴这一棵树上好不好？心里想开点，说不定将来能娶个大学生老婆呢！"

二猴子听了扎根的话，心想扎根这家伙表面上同情我，装模作样地劝我不要生气，骨子里却是想让我放弃追求石榴，以便他乘人之危，坐收渔翁之利！二猴子想到这里，那犟脾气又上来了，他忽然抹了一把眼泪，昂起头来，悲壮地说："我二猴子今生今世，非石榴不娶！"

扎根见二猴子忽然化悲痛为力量，情绪激昂起来，就想再杀杀他的兴头："二猴哥，这找媳妇可不是打篮球，你凭血气之勇，奋力拼搏，就能挽回败局。现在石榴她爹已经认定你是个道德败坏的大流氓，你任凭怎么蹦跳，人家就不把闺女许配于你，你不是干急不出汗吗？"

二猴子听了扎根这挖苦人的话，腿肚子都气得抽筋！可是他仔细一想，扎根说的也不无道理。自己通过努力拼搏，在球赛时可以转败为胜，但这找媳妇的事可是浑身的勇力都用不上啊！石榴她爹对自己已经深恶痛绝，他还会把闺女许给我吗？一想到这里，二猴子就像泄了气的皮球，头又耷拉下来了！但他还不忘回敬扎根一句："你别忘了，你说的损话也不少，石榴她爹也不把你当好人看！"

两个小伙伴在河沿闷闷地坐到了日落，水面上的晚霞渐渐收尽了余晖，田野都笼罩在苍茫的夜幕中。扎根叹了一口气说："用尽黄河水，难洗好汉满面羞。咱俩趁着夜色回家吧，在这里坐到天明，也买不来后悔药！"

二猴子知道扎根说这话，表面上看是他很惭愧，实际上是在讽刺自己呢。但二猴子这时已无心和扎根打嘴仗，便忍气吞声、垂头丧气地往家里走去。一进屋，二猴子娘见二猴子像霜打的茄子，没精打采，以为他生病了，急忙关切地问："二小，你哪儿不舒服呀？"

二猴子不耐烦地说："哪儿都舒服！"说完就"噔噔"爬上楼，一头钻进自己的卧室，"砰"的一声关上门，又插上插销，便歪床上睡觉去了。任凭他娘怎样叫门，二猴子就是不开！二猴子他娘心里似油煎火燎，跑下楼，见二猴子他爹兴邦从外边回来，便抓住兴邦的手说："老头子，你快上楼，叫开咱二小的门，看看孩子是怎么了？"

兴邦当了多年村委会主任，遇事向来不慌不忙。他不为老婆惊慌失措的样子所动，若无其事地一屁股坐在沙发上，从腰里掏出烟盒来，抽出一支烟嗑在嘴上，又掏出打火机从容不迫地打着火，点燃了香烟，深深地吸了一口，然后悠然自得地吐出一圈圈浅蓝色的烟雾来。

二猴子他娘见二猴子他爹还是那漫不经心的样子，气得差点掉下泪来，她带着哭腔说："孩子生病了你一点都不关心，难道二猴子不是你亲生的？他就是我带来的孩子，你这个后爹也得给孩子看病呀！"

兴邦又吸了一口烟，再吐出一团烟雾来，才瞥了二猴子他娘一眼，慢吞吞地说："二小生了啥病？"

"我哪里知道哇，孩子以前回来都活蹦乱跳，今天回来垂头丧气的脸都青了！"

"你问问他哪儿不舒服呀？"

"我问他了，人家不理我，钻进屋里，从里面插上了门，我怎么叫也不开！"

"那就是没有病，你就别瞎咋呼了。"

"孩子都带病样了，他连晚饭都没吃呢。你硬说孩子没病，要是耽误了给孩子治病，你会后悔一辈子的！"二猴子他娘急得直跺脚。

"你是个糊涂虫，孩子要是真有病，他肯定会告诉你的。他不愿意理你，独自钻进屋里睡觉，是他在外边遇到了不顺心的事情，心情不好，想独自思考一会儿，所以在这个时候你最好不要打扰他。"

二猴子他娘听兴邦这样一说，心想刚才看着二猴子那样，就像在外边遇到了烦心事，特别是他关门时"咣当"一声震天响，不像是有了病少气无力的样子。可是二猴子都快二十岁了，长得五大三粗，谁敢欺负他呀？于是二猴子他娘又说："你说是咱二猴子在外边受人欺负了吗？"

"那也不一定，孩子大了，要是在学校谈了个女朋友，人家不愿意了，你想他不也会苦恼吗？"

二猴子他娘好像恍然大悟，拍了二猴子他爹一巴掌说："对，对，还是老头子想得周到，我看他那神色，也像被女朋友抛弃了，所以带着一肚子气，连我也不愿意搭理。"

二猴子他娘端来饭菜和馒头，然后坐在兴邦对面，陪着他吃饭。二猴子他娘一边吃，一边替兴邦夹菜。她打心眼里喜欢自己的老头子，觉得自己这一辈子没有嫁错人。因为兴邦当年也是个大帅哥，二人结婚后第一次回门，二猴子他娘的女友们都来看新客，见二猴子他爹比她们的对象长得帅，都眼红得不得了！有个姑娘气得回家，蒙头盖肚地睡床上不起！

兴邦能说会道，在请新客的宴席上表现得大大方方，语言随和又得体，赢得大小舅子和陪客的人一致好评。这令二猴子他娘非常自豪，她娘家人也觉得很有面子！后来二猴子他娘发现兴邦不仅长得帅，心里还十分清亮，办事稳重，遇到天大的事，他都能轻松化解。跟着他过日子，外事不用自己操心。有兴邦这个大靠山，二猴子他娘心里很有安全感。所以她爱兴邦爱得死去活来！

前几年她总怕兴邦不要自己，再娶新欢，便对他百依百顺。家里屁大点小事她也不敢做主，要先请示，后汇报。可是自从她生下大猴子和二猴子以后，觉得自己为老公家传宗接代立下大功，资格老了，在家里遇事就慢慢地敢说敢当。现在大猴子大学毕了业，在大城市里工作，自己谈了个对象，又结了婚，去年还生下个孙子来。二猴子他娘觉得，自己在家庭中的地位已经是不可动摇了，所以有时还敢跟老公大吵大闹。

兴邦心大量宽，对于老婆撒娇式的吵闹从来不放在心上。他心里明白，老婆在自己面前拘束了半辈子，年轻时连撒娇也不敢，现在孩子大了想抬抬头、翻翻身，就遂她的意吧！

再说二猴子心里烦躁，虽然歪倒在床上，却没有一点睡意。他在反复回忆石榴她爹训斥他的话，认真评估石榴她爹每一句话的分量。他觉得石榴她爹头两句话态度确实很凶，照那两句话的意思，自己追求石榴的事几乎没戏了！可是石榴她爹最后说的一句话却又留下了活动的余地。他最后说我"能承认错误是个好孩子"，这说明他对我整体认识还是不错的。我以后如果努力去讨好他老人家，还有取得他谅解的希望。自古好事多磨嘛，我千万不能一遇挫折就放弃对石榴的追求呀！

二猴子想到这里，又恢复了信心。他开始盘算以后怎样讨好石榴她爹。他想，石榴家没有机动车辆，往场里拉庄稼，往地里送粪，全靠人力。我以后收庄稼时就开着三轮车去给他帮忙，放假了我去帮他干活，用我的真诚和汗水慢慢感动他老人家。人心都是肉长的，他见我对他孝敬，加上我家庭条件好，人也长得帅，不怕他不动心！

二猴子刚才由于心情郁闷，内分泌都失调了，食欲受到抑制，所以不觉得饥饿。现在把事想开了，心里也舒服多了！他的肠胃也开始工作了。二猴子忽然觉得肚子里咕噜噜乱响，他才想起自己还没吃晚饭呢。于是打开灯，蹑手蹑脚地下了楼，见厅里已熄了灯，知道爹娘都睡觉了。

二猴子瞎摸着打开厨房门，开了灯，又掀起锅盖一看，锅里还有半锅剩面条。二猴子就拿来一个琉璃盆，把锅里的饭倒进盆里，又在饭里加几滴香油，浇上醋，还剥了几瓣蒜，他端起盆子就着蒜瓣，一会儿工夫就把一盆子凉面条喝完了。二猴子觉得肚子里还不踏实，他又从馍筐里拿出一个大花卷，就着生葱吃进肚里。

第二天，二猴子一觉睡到上午10点钟。他爬起来时爹娘都已下地干活去了。二猴子吃过早饭去街上游逛，见石榴拉着地排车从家里出来。二猴子忙走上前问石榴："你拉着车干啥去呀？"

石榴说："我爹卖了两棵柳树，树干被买树的人拉走了，剩下的树枝我去拉回来。"

二猴子心想，这可是我立功赎罪的好机会，马上对石榴说："两棵柳树的树枝挺多哩，你用地排车拉，恐怕得拉四五趟还拉不完呢。你把地排车送回家去吧，我去开俺家的三轮车，一趟就拉回来了！"

石榴性格刚强，她不愿意让别人帮忙，急忙摆手说："不用了，不用了！没多少树枝，我两趟就拉完了！"

二猴子哪里肯放过这个讨好的机会，他不理会石榴，掉头就往家里跑去。跑到院子里，跳上三轮车的驾驶楼，开着三轮车就上街了。石榴正拉着地排车急匆匆地往小河边走，忽听后边"轰隆隆"地有车开来，她回头一看，果然是二猴子开着车撵上了她。石榴就拉着地排车靠到路右边站住。二猴子把车开到石榴跟前停下来，说："把地排车撂三轮车上，你也坐车上，咱一块走！"

这时石榴也不好意思再拒绝了，等二猴子跳下车，两个人就把地排车厢先抬起来，放到三轮车上。二猴子要在石榴面前显示本领，他又把足有七十斤重的地排车辁轮举过了头顶，然后轻轻一撂，就把它"咣当"一声扔进三轮车厢里。

石榴果然十分佩服，她用一双妩媚的大眼看着二猴子，笑着说："二猴哥真是个大力士！"

听了石榴的赞扬，二猴子像被注射了一支兴奋剂，浑身的血液都活泛起来，他心里高兴，飞身一跃，像只敏捷的猿猴一样跳上驾驶楼，然后回头满面春风地招呼石榴上车。石榴双手攀住三轮车厢，脚蹬住三轮车辁轮，一纵身也跳上三轮车。二猴子一加油门，那三轮车又"轰隆，轰隆"地朝西地开去。二猴子心想，将来毕业了，要是石榴嫁给我，我每天开着车，带着石榴下地，两个人说说笑笑，那多幸福啊！二猴子越想越高兴，情不自禁地唱起《纤夫的爱》来。他知道石榴也会唱这首歌，便对石榴说："我自己唱多没劲，妹妹也和我一起唱呀。"

石榴已经是个大姑娘，不像上小学时那样单纯了。她觉得这首歌太肉麻，不好意思唱，就推说："我都把这首歌词给忘了，不会唱了呢！"

二猴子正在催着石榴唱歌，那三轮车突然熄火。二猴子一看油表，原来没有油了。他这才想起来，来时太心急，忘了往油箱里加油。二猴子用巴掌一拍自己的脑门说："真是忙中出错呀，来时忘了加油！让我回家掂油去。"

二猴子说完，下车就往村里跑去。石榴只好一人站在车上等着。这时扎根从地里回来，他老远就看见二猴子开着三轮车，石榴站在车厢里，手扶着三轮车前面的栏杆。看样子像是二猴子开着车要给石榴家干活去。扎根心想，二猴子昨天才挨了石榴她爹一顿臭骂，怎么今天就去给人家干活？这脸皮也太厚了吧！扎根一边想，一边朝三轮车走来。他走到三轮车跟前时，二猴子已经下车，回家掂油桶去了。

石榴看见扎根就问他："你干啥活来着？这么早就回来了？"

扎根说："我没干啥活，就是跑地里转一圈，想捉蝈蝈呢。"

见石榴掩着口"哧哧"地笑，扎根又说："石榴姐姐笑什么呀？"

石榴止住笑说："我笑你一个中专生，还像小孩似的捉蝈蝈玩！"

扎根说："我今天忽然想起小时候烧的蝈蝈肉，特别香，比那大鱼大肉都好吃，所以就想去地里逮几只蝈蝈来烧烧吃。谁知转了几块豆地也没听见蝈蝈叫唤，你说这蝈蝈怎么就绝迹了呢？"

"你还不知道哇？蝈蝈最怕农药，这几年人们为了治豆虫，一季都要打几次药，那些蝈蝈早就绝种了！"

石榴正和扎根说着话，就见二猴子骑着自行车，车把上挂着一只油桶，两只脚蹬得飞快，来到了面前。石榴见二猴子累得满头大汗，心疼地说："二哥辛苦了！"

二猴子做了个鬼脸，说声："身苦命不苦！"飞身下车，从车把上摘下油桶，把自行车撂在地上，就掂着桶给三轮车加油。扎根走上前问："二猴哥，你这是干啥活去呀？"

二猴子还没回答，石榴就在车上抢着说："二哥是帮我家拉树枝去呢！"

扎根就说："那好，我没有事，也给姐姐帮忙装车去。"说完就爬上了三轮车，和石榴并排站在车厢前头，用手扶着栏杆。

二猴子本想独自跟着石榴去拉柳枝，他觉得和石榴单独相处是一种享受，石榴说话的声音温柔甜美，比听音乐都舒心。和石榴私下交流，了解她的心思，触摸她的情感世界，那是多么甜蜜而又惬意的感觉啊！以前虽然也不断和石榴接触，但那时都有河娃和扎根在场，许多心里话都不敢说！今天真是天赐良机，终于捞到一个单独和石榴相处的机会，谁知半路又杀出个程咬金来，弄得二猴子好不心烦！二猴子很想把扎根撵下车去，可是又找不到理由。他看到扎根和石榴并排站着，俩人几乎是零距离接触，这就更令二猴子吃醋。他心里酸不溜地难受，可是当着石榴的面又不敢发作，怕石榴说他气窄量狭，不能团结同学，所以二猴子只好隐忍了！

二猴子把自行车也提到三轮车上，然后开着三轮车来到柳树林边，见地上堆着一大片柳树枝，石榴她爹正在锯树枝呢。俗话说得好，"穷杨树，富柳树"，就是因为杨树看上去高大挺拔，但是除了树干，没有大的树枝，所以卖了杨树干后，主人家剩不了多少树枝。柳树干虽短，但树干头上有几股高大粗壮的树枝，大树枝上又有小树枝。这些大树枝可以做檩条，小树枝还可以做椽子，所以主人卖了柳树干后，剩下大量的树枝，还很值钱呢！

二猴子停下车，从车上跳下来，跑到石榴她爹跟前说："大伯，看你累得都出汗了，你歇会儿，让我锯吧！"

石榴她爹见二猴子这孩子一点也不记恨自己骂他，还开着车来帮忙拉树枝，说话又这样亲热随和，心里很是感动。他便满脸堆笑地夸奖二猴子："你真是个好孩子，热心助人！"

二猴子从石榴她爹手里抢过锯来，一边拉锯一边说："大伯，你年纪大了，以后有啥出力的活，就告诉我一声，我一定来帮忙。比如用车拉庄稼呀，往地里送粪呀，我都能干！"

石榴她爹把锯交给了二猴子，站在一边，掏出毛巾一边擦汗一边说："你正是读书的时候，要集中精力求学，可不要老惦记着我家的事。再说我干农活半辈子了，无论夏收还是秋种都应付得了，不用你们年轻人帮忙。"

二猴子手里拉着锯，一边和石榴她爹拉着呱，一边眼睛还不时地瞅石榴一眼，见石榴正和扎根说着笑着往车上装树枝。二猴子心想，我连人带车来给石榴家帮忙，就是为了能和石榴单独说几句话，谁知道这机会都被扎根这小子占住了！看看扎根那高兴劲，像吃了人参果似的！

二猴子窝了一肚子火，可是石榴她爹就站在身边，正在考察自己的表现呢，小不忍则乱大谋。想到这里，二猴子只好伸伸脖子，把对扎根的火气咽进肚里！

二猴子把分叉的树枝都锯开，又把太长的树枝锯成几段。他把树枝锯完了，扎根和石榴也跟着把树枝都装到车上了。然后二猴子和扎根又用绳索把树枝固定住，免得车在路上颠簸时树枝从车上掉下来。这时车厢装得满满的，上面不能再坐人了，于是二猴子开着车头前走，扎根和石榴她爹，还有石榴在后面步行。二猴子开着车，先从田地里往南行约两百米，就上了东西大路。三轮车掉过头再往东行驶。这时二猴子面朝东，他还不忘往北看了一眼，见扎根和石榴正并肩往南走来，两人还大声地说笑！石榴她爹脚步慢，跟不上他俩，已经落在后面。

10 奇遇

下午放了学，还没到吃晚饭的时间，石榴和吕春叶在球场看球赛，碰上了马好学。马好学问石榴："石榴姐姐，见到河娃没有？"

石榴笑着说："又想你的铁哥们了？你想找河娃不用打听，一准是在阅览室看书呢。"

马好学说："我知道他的毛病，一看起书来谁也不理，我才不去阅览室自找难堪呢！"

石榴说："他看书时不理别人，你是他最要好的朋友，又好长时间没在一起玩了，他会给你开绿灯的！"

马好学说："我也没啥重要的事非要找他，就是心里闷得慌，想跟他说说话而已。咱们在小学读书时天天在一起，多么快乐！自从上了中学，学习任务重了，又不在一个班，一星期也不见一次面。我好想跟老师要求一下，调到你这个班来。"

"你前两年不要求调班，现在都上三年级了，过几个月就要毕业，还要求调什么班呀？"

马好学说："石榴姐你不知道，我们班那个班长心高气傲，瞧不起人，我在他手底下可受气了！"

石榴心想，马好学可能又犯了旧毛病，便劝他说："你遇到不顺心的事情要先查查自身的原因，是不是在班里没遵守纪律？是不是这一段时间学习成绩下滑了？你遵守班级纪律，把自己的学习成绩提上去，别人自然就看得起你了。不要整天抱怨别人对你不公，你越是心中有怨气，别人就会越歧视你！"

其实马好学刚进初中时，还劲头十足，决心做一个优秀学生。可是第一次期中考试他考了个倒数第一名，被老师不点名地批评过几次。全班同学都知道老师批评的就是他，因此都向他投来鄙夷的眼神。尤其是那个班长，常常去老师那里打马好学的小报告，弄得班主任对马好学印象更坏！在上小学时他受了批评还可以跟河娃背地里发发牢骚，并能得到河娃的安慰，可是现在全班他找不到一个像河娃那样的知音，自己变成了孤家寡人，心里有委屈，没地方诉说，所以就特别想念昔日的好友！而河娃自从进入初中，就全身心投入到学习中去。课余时间就去阅览室读课外书，再也不找马好学拉呱了，这令马好学更加失望。马好学觉得石榴待人亲善，性格温和，因此见了石榴就想向她道道自己的烦恼。他听了石榴一番劝说他的话，也知道石榴说得在理，可是一想到马上就要毕业，再努力表现也扭转不了被动的局面，还浪费那精力干啥！

马好学想到这里，就问石榴："石榴姐姐，你毕业考什么学校呀？"

石榴说："我爹不让我上高中了，要叫我考技校呢。"

马好学听石榴说要考技校，马上高兴起来，他说："我也不打算考高中了，要和姐姐一起去考技校，我想学汽车修理专业，将来技校毕了业，在县里开个汽车修配厂，也能挣大钱哩！不知道姐姐报啥专业？"

"我想学美容美发，不用多大本钱，毕了业在镇上租一间屋，开个理发店，马上就能挣钱！"

吕春叶听见石榴说要上技校，心中纳闷，她觉得石榴品学兼优，应该报考重点高中才对，便对石榴说："人家都是因为考不上高中，才去上技校呢。你的学习成绩突出，肯定能考上县一中，为什么要上技校呢？"

石榴说："我家经济条件差，俺爹年纪大了，身体又不好，我想快点结束学业，早日走上社会挣钱养家呢。"

这时球赛已经结束了，球场上的人都已离去，偌大一个球场就剩他们三人。河娃从阅览室回来，老远看见石榴、吕春叶，还有马好学在球场边说话，就快步走了过来。吕春叶看见河娃，打趣地说："大学者过来了！"

河娃不爱听这奉承话，就故意打岔："你和石榴姐姐才是'大学姐'呢，我顶多算个'学弟'。"

石榴也逗河娃："你这个学弟变成了'书迷'，把你的铁哥们都忘了，人家马好学到处找不到你，谁知你又躲进阅览室了呢。"

河娃上前把手搭在马好学肩上，亲热地说："还是我的哥们和我关系铁呀！这一段时间复习备考恁紧，还不忘跟我联络感情！"

马好学说："咱这铁哥们马上就要分道扬镳了，再不凑一块玩会儿，以后就没机会了呀。"

"没有恁严重吧？咱上了高中，还不是照样天天见面吗？"河娃不以为然。

石榴说："谁跟你'咱'呀？我和马好学要上技校呢，你和吕春叶才是'同类项'，你俩去高中里'咱'去吧！"

河娃听石榴这样一说，心里真不是滋味了！他并不是因为不能和马好学在一个学校读书而难过，而是觉得从上小学就和石榴在同一个班级，上初中又和石榴在同一个班级，石榴像关心亲弟弟一样时时刻刻地关注着他。河娃还想着和石榴报考同一所高中，即使不在一个班里，起码上学和回家的路上能结伴同行，遇到什么不顺心的事情可以向她说道说道。哪承想石榴竟然不报考高中了呢！

石榴见河娃听了自己说要上技校的话，刚才还喜笑颜开的面容立马就冷下来！她知道河娃的心思，河娃是不舍得和自己分离。石榴打心眼里更不想离开河娃。她觉得一天看不见河娃就像丢了点什么，心里空落落的。何况不在一个学校，那可是一学期也见不了几回面呀！但是有马好学和吕春叶在场，石榴也不好流露姐弟之情，便装出局外人的样子安慰河娃："技校离一中很近，你在星期天可以去找马好学玩。"

河娃虽然心里涌出一股对石榴留恋不舍的情绪，但碍着吕春叶和马好学的面子，他也把心底的话隐藏起来，故意看着马好学说："咱哥们无论距离有多远，两颗心就像量子纠缠一样，永远是互动的！"

马好学听了河娃这感情真挚的话语心里热乎乎的，他觉得河娃真是个重友情、讲义气的好兄弟。而石榴听了河娃这话，心里也涌起一阵暖流，她知道河娃和自己是心相连、情相通的，姐弟两人的心思一模一样！

晚自习时初三（1）班鸦雀无声，同学们都在日光灯下聚精会神地做复习题。石榴往常是班里最用功的学生，可是今晚她总是心神不定，脑海里乱糟糟的。她想河娃上了高中，自己不在他身边，河娃的性格倔强，会不会有人跟他过不去？会不会有人打他的小报告？要是老师不喜欢他，老是挑他的毛病，那河娃可就像马好学一样日子难过了！

升入三年级后又排过一次座位，原来石榴和河娃坐在一排，因这两年河娃身材猛蹿，比石榴高了半头，所以就排到石榴后边了。石榴回过头来看看河娃，见河娃正专心致志地做题。她转念又想，河娃很有毅力，也很有才华，到哪个学校老师都会高看他的。自己担心他到了高中会受委屈，不过是杞人忧天罢了。说不定没有自己的陪伴，河娃学习会更好，在同学中的威信会更高呢！

下了晚自习，石榴回到寝室，躺到床上翻来覆去地睡不着觉。她在替河娃预想今后的前程。据石榴观察，河娃的潜力很大，他在高中会比在初中表现得更加优秀，将来考上大学不成问题。河娃很可能会在大学里谈恋爱，找个漂亮的大学生女朋友。二人毕了业，会留在大城市里工作……

想到这里，石榴心里又产生一股莫名其妙的失落感，因为她将永远不能与河娃朝夕相处了！在她心里，河娃就是自己的掌上明珠，初中毕业后这颗掌上明珠将要脱离她的手掌，滚到遥远的地方。以后会有另一个幸运的人将她的这颗明珠占有！

石榴又感叹自己的命运不好，如果她亲娘还活着，亲娘一定会让她读高中的。那样她就可以与河娃继续同学，姐弟俩互相勉励、互相学习，并驾齐驱，那是多么幸福呀！将来报考同一所大学，那样河娃肯定会和自己走到一起……石榴忽然发现自己的想法出了轨，脸面一阵阵发烧。她用手狠狠拧了一下自己的大腿，警告自己不要胡思乱想！

可是石榴陷入苦思冥想中，一时难以自拔，一直到后半夜才昏昏沉沉地睡去。朦胧间石榴觉得正与河娃往城市里走，忽然一辆汽车驶了过来，但见河娃一纵身就跳上了汽车，那汽车飞驰而去。石榴追赶不上，急得大喊："河娃！河娃！"

睡在她上铺的吕春叶听见石榴说梦话，就喊："石榴！石榴！你喊啥呢？"

石榴被吕春叶叫醒，觉得很不好意思，加上精神很疲劳，只含糊地说了一句："对不起！"就又睡去。石榴喊河娃的声音很大，好几个同学都听到了，大家心里纳闷：你说石榴文文静静的一个女生，怎么做梦喊一个男生的名字？可是因为石榴平时待人友善，从来不背后议论别的同学，又爱帮助别人，因此大家都尊重石榴，不愿挑石榴的是非，便把这疑问烂在了肚里，没谁再提这事。

第二天早晨，石榴心想自己梦里喊河娃的名字，一定有不少的室友听见了。如果有人拿这个事恶意炒作，可就把自己的名声给败坏了！于是她想要给大家解释清楚，河娃是自己的干弟弟，河娃的爹娘都在外地打工，他们在家时都嘱咐我要看管好河娃，怕河娃洗澡淹着了，还怕河娃跟同学打架受伤了，因此自己心理压力很大，老怕河娃出事。昨夜梦见河娃在扒汽车，我怕他摔伤了，就大声喊他的名字，谁知是在梦中。

石榴想好了说辞，起床铃一响，她第一个穿好衣服，又叠好被褥，坐在床上，等着同学们问她为什么说梦话呢。可是室友们先后起了床，忙着叠被褥，又忙着打水洗脸、刷牙，却始终没人问她说梦话的事。石榴心想，有些事不解释还好点，越解释反而越令人生疑，既然大家不问，倒不如不提算了。

三年级的学生两周才过一个星期天，半月没回家了，今天是星期六，下午一放学，同学们蜂拥而出。学校大门有骑自行车的也有步行的，拥拥挤挤，热闹极了！人流出了学校的大门，往南行几百米，前面横着一条东西大路。大路的南侧是一条与大路平行的水渠，水渠上有一座小桥，过了桥是一条南北小路，可以通往南面的几个村庄。学生到了这里就开始分流，一部分沿大路向西，一部分沿大路向东，还有些学生过了桥向正南行走。马好学与河娃随着往东去的人流行了百十米，他俩见石榴还没出来，就停下车，站在路边等着石榴。

学生陆陆续续地快走完了，才见石榴和吕春叶推着自行车出了学校的大门。俩人走到东西大路上，石榴停下来，目送吕春叶上了小桥，吕春叶回过身来给石榴摆摆手，就骑上自行车顺着桥坡往南去了。石榴看见河娃与马好学在路边等着她，有些不好意思，便主动地解释："你说这个吕春叶学习发了疯，都放罢学了，我正要推车走，她缠住我非要我帮她解答一道数学题。俺俩讨论了有五分钟，才把那数学题解答出来。真对不起，让你俩久等了！"

马好学说："石榴姐姐，你又不考高中了，还给她费那心思干啥？她要是问我，我就说'不会解'，一句话就打发她了！"

河娃笑道："要是你，人家也不会问你呀。"

三个人一边说笑一边赶路。越过了一条南北大路，再往前举目一望，天底下是平展展、绿油油，一眼望不到边的原野，周围三四里都没有村庄。原来这一带曾经是绵延几十里的沙丘地带，为了防止沙丘扩散，人们在这一带植树造林，并设立了林场。可是随着地方经济的飞速发展，城乡住房建设需要大量的沙土。沙土由原来农民眼中的大害，变成了宝贝。方圆几十里的村庄建房用沙，都来这里花钱买。沙土一开始卖五元一车，后来卖到几十元一车，没过几年就把这一带的沙丘全部卖光了，原来的沙丘和周围的林地又被开垦成了农田。

三人在学校窝了半月，没出过校门。整天的生活就是教室、寝室、食堂三点一线。今天忽然来到这辽阔的田野上，绿麦如茵，清风扑面，顿时觉得心旷神怡。尤其是马好学，离开学校，就像一个脱了缰绳的牛犊，可以尽情地撒欢了！

马好学行在最前面，这时他往南一看，只见南边很远处一派明晃晃的大水正往他们这边流淌。原来南边有一条地上渠，人们为了浇麦子，就扒开了渠北侧的大堤，让河水自动流进这一方麦田。因那堤的开口被水冲得越来越宽，河水就大面积地流进麦田。马好学说："我们要再来得晚一会儿，等大水漫过这条路，咱仨就变成水陆两栖动物了！"

河娃说："天气不冷了，蹚水怕什么？只当用大盆水洗洗脚。"

俩人正说调皮话，忽然石榴在后面喊："快来看呀，一只老鼠过路呢！"

河娃平生最恨老鼠，因为他的爹娘常年在外，他又上学，家里就剩爷爷和奶奶。爷爷奶奶年纪大了，行动困难，镇不住老鼠，他家的老鼠都闹翻天了！河娃的衣服和鞋袜都被老鼠咬烂过。所以他一听石榴说看到了老鼠，立刻跳下自行车，把车往路边一撂，一个箭步就跳到石榴面前，顺着石榴手指的方向一看，只见路南浅草丛中，一只老鼠正一扭一扭地在草地上往北缓慢地移动。河娃扑上前，抬起一只脚就要狠狠地踩下去！可是他忽然看到在这只老鼠的尾巴上还衔着六只小老鼠。小老鼠的身上没有毛，裸露着肉红色的嫩皮，眼睛还没睁开，看样子是刚出生没几天的小鼠崽。原来这只大老鼠发现洪水就要淹没它的家园，急急忙忙拖儿带女在逃难呢！

河娃的脚就悬在那只拖儿带女的老鼠头顶上，老鼠的眼神充满着惊恐与绝望。但是它不舍得甩掉它的儿女，独自快速逃命，仍然艰难地、缓慢地，一点一点往前挪动。河娃被眼前的情景惊呆了，他心里忽然产生一股怜悯之情，被这只老鼠的伟大母爱感动了，终于缓缓地放下了高抬的右脚。这时马好学也凑了过来，和石榴都惊讶地看着那只老鼠缓慢地爬过了路，又慢慢地消失在路北的麦田中。

石榴忧心忡忡地说："这只老鼠拖儿带女，行动这么迟缓，大水马上就来到了，它们的命运真是凶多吉少呀！"

马好学说："这只老鼠太教条了，与其和小鼠崽们同归于尽，还不如丢卒保车，把小崽子们甩掉自己逃生呢。"

"它并不是不知道甩掉小老鼠可以逃生，但是它于心不忍哪！"石榴感慨地说，"这就是母爱的伟大之处。"

河娃却在思考另一个问题，他说："平时大老鼠是经常外出觅食的，小鼠崽从不衔住大老鼠的尾巴往外跑；今天这大老鼠发现洪水快要过来了，它是怎样把要搬家的信息传递给小老鼠的呢？小鼠崽这么小，难道它们能理解大老鼠传递给它们要搬家的信号吗？如果小鼠崽不理解大老鼠要搬家的信号，那它们为什么会乖乖地咬住大老鼠的尾巴，跟随大老鼠逃命呢？"

石榴心想，河娃就是爱琢磨问题，怎么他想的总比我和马好学想的更深刻呢？

马好学说："河娃提这个问题，我是答不上来，你还是后天问咱们的'动物老师'吧。"

"咱们的生物老师也没研究过这样的问题呀，动物课本上就介绍动物的分类、各种动物的身体构造和生活习性，哪里介绍过动物的信息交流呀？"石榴觉得河娃提的这个问题，当前人们还无法解答。

河娃却认为这个问题可以通过实验来解决。他说："可以逮一只母老鼠，在它身上安装微型的摄像头和录音机，然后把它放回麦田。等到发现这只母老鼠产了崽，就引来河水浇灌麦田，逼着这只老鼠拖儿带女地搬家。这时摄像机和录音机就会记录下母老鼠是怎样向小鼠崽传递搬家信息的。"

马好学说："这倒是个好办法，不过人们都有自己的事情要做，谁有闲情逸致捣鼓这个呀？"

"我们人类对动物的情感世界还是一无所知，把动物的一切行为都视为本能，肆无忌惮地残杀小动物，真是太野蛮了！"石榴无限感慨地说。

河娃也有同感，他说："听我爷爷说过，他小时候，咱这一带还有狐狸和獾呢，现在都已经绝迹了，就剩下小老鼠生存能力特别强，至今还和人类打游击。"

"咱们人类就是天之骄子，统治着地球，就连最凶猛的老虎、狮子，也被人活捉了，装进笼子里供游人观赏。"马好学也深有感触地说，"咱们应该庆幸这辈子托生成了个人，而不是托生成一只小老鼠！"

这时南边的大水越流越近了，石榴便催河娃和马好学："二位别悲天悯'鼠'了好不好？再不走咱们就要被水淹了！"

于是三个人各自骑上自行车，快速地离开那里。又行了约一里路，前面是一个三岔路口，马好学家的村庄就在正南一箭之地。他回过头来，向河娃和石榴摆摆手说："我不奉陪二位啦，明天下午见！"说完就独自骑车向正南的岔路上驰去。河娃和石榴也挥挥手与马好学告别，然后继续向东南的方向行驶。

忽然一股槐花的清香随风飘来，河娃举目远眺，只见前方一片槐树林正鲜花盛开。洁白的槐树花把槐林装扮得如冰砌玉裹、堆银涌雪！人言槐树开花，香飘十里，一点不假。因这槐花开得稠密，一嘟噜，一嘟噜，重重叠叠，挂满枝头，压得树枝下垂。一棵树就香气扑鼻，何况这几千棵树组成的槐树林，散发出来的浓郁香气，在附近几里路外的村庄都能闻到。

河娃深深地吸了口弥漫着芳香的空气，兴奋地说："这槐花好香哟！"

石榴也高兴地说："咱快去捋些槐花，回家煎一煎吃。"

两个人蹬着自行车，一会儿工夫就来到槐树林边。那槐树林南边临着一条水渠的大堤，河娃和石榴停好自行车，把书包里的书倒出来，放进车篓里。一人提着一只书包，站在堤上，一伸手就可以够到挂满槐花的树枝。

河娃个头高，能捋到手的槐花多，很快他捋的槐花就装满了书包。他见石榴的书包还没装满，就过来帮助石榴，两个人合作，一会儿捋的槐花也把石榴的书包装满了，然后二人坐在堤上休息。这时夕阳西下，河里的水倒映着灿烂的晚霞，又把霞光反射到繁花似锦的槐树林上，给雪白的槐树林蒙上了一层淡淡的金辉。

河娃看见石榴那俊俏的脸庞在槐花的清辉和霞光水色的环境中更加光彩照人。石榴的大眼睛光波流转，亮丽而妩媚。他想这晚景虽然美，如果没有石榴姐姐在场，总会令人感到寂寞、寒凉，再好的风景也等同于虚设！只有石榴姐姐在这里陪着我，我才感到温暖和欢乐！我才有心情欣赏美丽的风光呀。如果我去上高中，石榴去上技校，各奔前程，那就再也没有一起欣赏这槐花晚照的机会了。

河娃想到这里，望着石榴说："姐姐呀，要不我也报考技校吧？"

其实石榴这时的心思与河娃一模一样，她觉得因为有河娃在身旁，夕阳才这么灿烂，晚霞才这么绚丽，槐花才这么清香。如果离开了河娃，那她的心情就会立刻变得怅惘而空虚。如果河娃考上高中，那就意味着她与河娃朝夕相处日子的终结，她将与河娃越走越远！这是很令石榴难过的抉择。石榴从自己的心里非常不舍得与河娃分开，但是她知道河娃的学习潜力很大，河娃只要努力学习，读高中，升大学没有问题。再说河娃的爹娘对河娃也寄予厚望，盼着他们的儿子读大学，将来在城市里找个好工作，能光宗耀祖！所以石榴虽然也非常留恋河娃，舍不得他离开自己，但是从当姐姐的角度考虑他的前途，还是希望他走读高中、考大学这条路。

石榴是个懂大义的人，她努力克制住自己的情绪，很严肃地说："你怎么冒出如此糊涂的想法？那些学习成绩差、考不上高中的同学才报考技校，在技校学点低端生产技能，毕业了也没啥发展前途。你是块学习的好料，应该考高中，将来上大学，学一肚子大本事，才能成为国家的栋梁，做一个有出息的人！"

河娃见石榴一点不以自己为意，反而一本正经地教训起他来，心想难道石榴姐姐对我们行将分离一点也不难过吗？对我们多年的友情和亲情丝毫都不留恋吗？她不是那铁石心肠的人呀！河娃认定石榴在说违心的话，他想，明明姐姐和我心心相印，但嘴里为什么不说实话呢？

"我和姐姐在一个学校读书，心里才踏实；一想到要离开姐姐，独自到一个陌生的环境里去上学，心里就不是滋味！"河娃像个孩子，说话的声音都有点发涩。

石榴听了河娃这发自肺腑的话，感动得差点没掉下泪来！她喜欢河娃的才华，更喜欢河娃的单纯。她觉得河娃虽然读了很多书，但依然心清如水，为人善良。可是她清楚，如果河娃放弃了报考高中的机会，那就毁灭了河娃的光辉前程。自己如果不阻止河娃报考技校，将是极大的犯罪，河娃的爹妈要是知道河娃因为自己去上技校，会把自己骂死！

想到这里，石榴斩钉截铁地说："亏你还是个男子汉，怎么说话婆婆妈妈？青年人应该志在四方，以学业为重，岂能老惦记着姐姐！我告诉你，你要是不考高中，去考技校，我就技校也不上了，回家种地去！"

河娃听石榴说话如此决绝，他也理解这是石榴为他的前途着想，是忍痛割爱。河娃没有办法，他只好顺从石榴的意思说："好吧，我听姐姐的，还报考高中。"

石榴见河娃改变了主意，便笑着说："这才是我的好弟弟，姐姐希望你将来考上大学，在大城市里找一份稳定的工作，有一个好的前程！"

河娃望着石榴说："姐姐希望我有一个好的前程，那姐姐的前程怎样安排呢？"

"姐姐的前程不用你操心，过几年只要能看到你的大学录取通知书，姐姐就高兴了！"

两个人说着话，不知不觉晚霞已悄悄收尽了最后一片余晖，槐树林渐渐隐没在苍茫的暮色中。阵阵晚风吹来，石榴感到了一丝凉意。她见河娃上身只穿一件短袖衬衫，就伸出手来，轻轻触摸一下河娃的胳膊，感觉有些凉，便说："河娃，你冷了吧？咱快回家，身体别着凉了。"

河娃还有些恋恋不舍："以后我去读高中，还有和姐姐在这里捋槐花的机会吗？"

"别说那腻腻歪歪的话了，以后脑子里多考虑学习的事情，少胡思乱想！"石榴说完站起身，又拉住河娃的手，把河娃也拽了起来。

于是二人都把盛满槐花的书包挂在自己的车把上，趁着月色，骑上自行车，下了桥，沿着小路，一前一后往鹌鹑店驶去。

11 二猴子求爱

暑假过后，河娃和吕春叶都被录取到了县一中，而马好学和石榴也都如愿进了技校。这时二猴子和扎根已经从技校毕业，两个人都应聘到县城里的漆园大酒店。这家大酒店是集餐饮、旅游、会议、休闲娱乐于一身的综合型商务酒店。因为二猴子毕业前在这家大酒店做过实习生，接待主管见他相貌英俊，聪明伶俐，能说会道，觉得是个难得的人才，就聘二猴子当了接待领班。扎根则被安排到餐饮部工作。

大仙女钱溪清在技校读书时就暗恋二猴子，她听说二猴子在漆园大酒店当领班，就也来漆园大酒店应聘。钱溪清因长相甜美，口齿清晰，人事部总监很喜欢她，马上安排她当了接待员，分配到二猴子部下工作。钱溪清心里暗暗庆幸："我和二猴子真是前世有缘哪！月老的红头绳又把俺俩捆到一块了！"

钱溪清见大酒店美女如云，有不少姑娘都向二猴子暗送秋波。她唯恐二猴子的心被别的美女给俘虏了，就抓紧向二猴子展开了攻势，下决心半年内把二猴子拿下！钱溪清一上班，就想方设法和二猴子接近，每次向二猴子请示或汇报工作，总是含情脉脉，眉眼传情。二猴子因和钱溪清是老同学，所以对她的生活和工作也格外照顾。但对钱溪清的种种暗示，却装憨做傻，从不主动亲近她。

一次大酒店全体员工联欢，二猴子找到钱溪清说："溪清呀，这次联欢会，中高层领导都要参加，是你展示才华的好机会，你也报个节目吧。"钱溪清最擅长唱黄梅戏，她正想找二猴子合作呢。见二猴子主动来问她，便对二猴子说："我想演唱黄梅戏，你跟我合作好吗？"

"咱俩合作唱哪一段呀？"

"咱就唱《夫妻双双把家还》吧。"

钱溪清以前在技校与二猴子合作唱过这段戏，当时就受到老师和同学的一致好评。所以她觉得还是唱这一段有把握。合唱这段戏，还有一个更深的图谋，她就是要在全体员工面前显示她和二猴子的亲密关系，让别人都以为二猴子和她已经有了恋情，从而使其他暗恋二猴子的姑娘都放弃非分之想！

二猴子也想趁这个机会，展示一下自己的歌喉，便爽快地答应了钱溪清。

联欢会上，钱溪清和二猴子闪亮登场，钱溪清那优美的动作、娇媚的嗓音，赢得了一阵阵掌声！最感人的是，钱溪清和二猴子你恩我爱的表情比专业演员表演得还要到位，令许多女员工看得耳热心跳，纷纷议论："这俩人是假戏真做。"

人事部总监是个热心人，他见二猴子与钱溪清一个像金童，一个像玉女，真是天造地设的一对，便想当个红娘，从中牵线搭桥，把他俩撮合成一对。

一次，人事部总监把钱溪清叫到自己的办公室，问她："溪清，你有男朋友吗？"

钱溪清想说，我已经有男朋友了，就是二猴子。可是她又觉得二猴子从没向自己表过态，如果说自己已有男朋友，万一二猴子不要自己，那不落个竹篮子打水———一场空吗？想到这里，钱溪清就说："还没有呢。"

总监又问："你看二猴子这小伙子怎么样？配得上你吗？"

钱溪清见总监说的是二猴子，脸上立刻露出掩饰不住的笑容。她说："二猴子很优秀哇！"

"你喜欢他吗？"总监又问。

钱溪清有些不好意思了，一个二十岁的大姑娘，怎能轻易说喜欢一个大小伙子呀！但是她知道总监是在给她介绍对象，这时必须得实话实说。于是钱溪清低下头，羞红着脸小声说："喜欢。"

"我把你介绍给二猴子做对象，好不好？"

"谢谢总监，你就费心吧！"

总监又找到二猴子，对二猴子说："你担任领班以来，工作积极，对酒店贡献不少。集体的事情做好了，个人的私事也不能耽误。你已经二十露头，该找对象了，我给你介绍一个绝色美女，包你满意！"

总监以为二猴子这二十多岁的光棍汉，正是性饥渴的年龄，一听给他介绍对象，一定会受宠若惊、欣喜若狂。谁知二猴子表现得出奇的冷静！他淡淡地说："谢谢总监为我操心，我现在正是干事业的大好年华，找对象的事，过几年再说吧。"

总监有点惊讶，心想，很可能这小子已经跟钱溪清恋爱上了，他是不稀罕我这个红娘放马后炮哇！想到这里，总监有些不高兴了，他说："你二猴子跟我玩深沉哪？你跟钱溪清恋爱多久了？给我老实交代。要不然我就把钱溪清调到别的班里去，你二猴子可就后悔莫及了！"

二猴子笑了笑说："我哪里敢跟总监玩深沉呀，不过我已经有对象了，你再给我介绍一个，让我要哪个呢？"

总监问："谁给你介绍的对象呀？"

"我亲戚介绍的。"

"有钱溪清漂亮吗？"

"差不多吧。"

"订婚没有？"

"没有订呢。"

"这钱溪清可是百里挑一的好闺女呀，自然条件也好，又聪明伶俐，还是你的同学；你那亲戚介绍的对象，一般是为双方家长的面子，你俩又不熟悉，哪里胜过钱溪清呀？"

总监觉得二猴子和钱溪清结合是最佳婚配，要不把他俩撮合成一对太可惜了。

二猴子心里爱着石榴，他觉得钱溪清虽然美丽，但和石榴一比就差得远了。所以他下定决心，今生今世非石榴不娶！

最后二猴子见总监苦口婆心地劝说，也不好意思彻底拒绝了，就推说："等我回家跟俺爹娘商量商量再说吧。"

钱溪清还以为总监给二猴子把话说透了，二猴子会向她求婚呢。谁知二猴子的态度还是"外甥打灯笼——照舅（旧）"，见了自己光谈工作，就不说那体己话。钱溪清拐弯抹角地撩拨他，可是二猴子活像傻梁山伯，就是不开窍！

钱溪清终于坐不住了，她又厚着脸皮，跑到总监办公室，问总监："您跟二猴子咋谈的呀？怎么他这几天还是对我不冷不热的呢？"

总监告诉她："二猴子已经有女朋友了，不过还处在互相了解阶段，没有订婚。你要真爱二猴子，可以和那个女子竞争上岗，谁最终赢得了二猴子的心，谁就做他的爱人。"

钱溪清听总监这一说，才知道二猴子已经有女朋友了。她想，就我这鲜花般的容貌，还能比二猴子目前的女朋友差？再说近水楼台先得月呀，我天天和二猴子接触，关心他，体贴他，亲近他，他就是铁石心肠，我也能把他软化！钱溪清想到这里，就决心向二猴子发起一轮新的攻势，务必要扳回二猴子的心，战胜她的竞争对手！

一天，钱溪清去商场给二猴子买了一身休闲装，拿着来找二猴子。来到二猴子的宿舍，见二猴子和另一个班长正躺在床上拉呱。钱溪清正想向外界公开她和二猴子的情人关系呢，所以她并不害怕屋里有另外的人。二猴子和他的室友见钱溪清进了屋，便都坐了起来。钱溪清款款走到二猴子面前，把手里的服装一扬说："我给你买了一身休闲装，你试一试，看合身吗？要不合身，我就拿回商场再换一套。"

二猴子的室友以为钱溪清和二猴子已是恋人关系，觉得自己在这里妨碍二人谈情说爱，就给二猴子做了个鬼脸说："二哥真好命呀，躺这里不动，衣服就送上门了！"然后悄悄地溜出去了。

二猴子见钱溪清居然舍得花钱给自己买衣服，心里也很感动。他说：

"溪清，你的工资还没我高，该我给你买衣服呢，怎能让你破费给我买衣服呀？"

钱溪清听了二猴子这动情的话，心里甜滋滋的。她俨然以一个家庭主妇的口气说："买衣服从来都是女人的专利，你是个男人，哪里会买女人的衣服？快脱下你的工作服，穿上这身衣裳试试！"说完就帮二猴子取下领带，又帮二猴子解开上衣的纽扣。

二猴子脱去工作服，上身只剩下一件黑背心，露出宽阔的肩膀和突起的三角肌。钱溪清嗅着二猴子身上散发出的荷尔蒙气息，欣赏着二猴子矫健的身材，不由得兴奋起来，身体已经觉得麻麻的了！钱溪清又帮二猴子拽住裤腿，把裤子也扯下来，偷偷地往二猴子那鼓鼓囊囊的裤头上瞄了一眼，霎时就羞红了脸，心脏"怦怦"地乱蹦！她为了掩盖窘态，急忙展开休闲服的上衣，给二猴子披在身上。二猴子套上了休闲裤，站起身来，钱溪清给他把休闲服的前身拽了拽，又转到二猴子的后背，见二猴子的裤子穿得有点左旋，就用手拽住裤裆，往右移动一下。

二猴子哪里受过妙龄美女这般贴身的侍候，钱溪清用手拽他的裤腰时，手指接触他臀部的一刹那，他就像触电了一般，浑身热血沸腾起来！这时钱溪清也失去了理智，突然从后背抱住了他的腰。二猴子感到钱溪清那柔软丰满的胸脯紧紧地贴在自己后背上，钱溪清的脸也贴在自己肩膀下边。他感觉到了从未体验过的温柔和舒服，低头看见钱溪清那一双白皙如玉的小手就放在自己肚脐上面的位置。尽管比一般人的抗诱惑能力强，但他毕竟不是唐僧，能坐怀不乱，此刻他就像一块雪糕掉进了炼钢炉里，顿时连骨头都汽化了！二猴子下意识地抓住钱溪清的两只小手，一边轻轻地爱抚，一边弯下腰来亲吻那嫩笋般的手指。

正在二猴子要转过身，想把钱溪清抱在怀里的时候，突然他的室友闯了进来，说："来了一个旅游团，快去接待吧！"那室友一边说一边拿出工作证，戴在胸前，又急急忙忙地走了。钱溪清浑身激灵一下，马上清醒过来，她不敢怠慢，转身出了屋门，跑下楼去。二猴子先是一惊，听说来了旅游团，也收敛起那颗狂跳的心，匆匆换上工作服，到前台去迎接客人。

这件事过后，二猴子和钱溪清的感情加深了。两人不断幽会，可是经过一段狂热的爱恋之后，热情慢慢又冷却下来。男孩子对轻易到手的爱情往往不知道珍惜，而对那看得见又够不到手的爱情则会不惜代价，拼命地争取！二猴子常常拿钱溪清与石榴相比，他觉得钱溪清的面颊没有石榴的饱满；石榴的眼珠子黑亮，像晶莹的宝石，钱溪清的眼睛虽然也很大，但没有石榴的眼神明媚。他还是更喜欢石榴，一有空就骑上摩托车去技校找石榴玩。

石榴本来对二猴子不感兴趣，但碍于二人是小学同学，又是一个村的，见二猴子来访，不得不应酬。石榴有时陪着二猴子在校园外的河边散步，有时陪二猴子去舞厅跳舞。二猴子越接近石榴，越是觉得石榴比钱溪清气质更高雅，谈吐更柔和。

一个星期六的下午，二猴子歇班，他骑着摩托车来到技校，想和石榴一同回家。这时石榴推着自行车，顺着人流正要出校门，发现二猴子正在大门外向她招手。和石榴并肩往外走的女同学笑着对石榴说："看，你的男朋友来接你了！"一句话把石榴说得红了脸，她怼那女同学一句："这是俺的邻居，你要想和他交朋友，我可以给你当介绍人！"

另外一个女同学也嘻嘻哈哈地给石榴开玩笑："你的男朋友恁帅，你舍得让给别人吗？"

石榴真是百口莫辩，但她又不想得罪二猴子，只好忍着羞愧，和二猴子打招呼："二哥，你今天也歇班了？"

二猴子听到别的女生给石榴开玩笑，心里乐开了花。他想石榴的同学都认为石榴是我的女朋友了，这是个好事呀！看石榴的脸都羞红了，但她还热情地和我打招呼，这说明石榴心头也默认了呢！于是二猴子走上前，拦住石榴说："你把自行车放回寝室去吧，我用摩托车带着你回家！"

石榴不知道二猴子还有这一招，心想我要坐二猴子的摩托车回家，一路上会有更多同学看见，大家不都把我看成二猴子的女朋友了吗？再说要是被老家的邻居看见，我和二猴子的关系可就真的洗不清了！

"不用了，二哥，我们几个女同学做伴走呢，你让我坐摩托车独自走了不好看呢。"石榴婉言谢绝。

"没事的，石榴，你坐男朋友的摩托车走吧，人家在这里不知等你多长时间了，你不坐他的摩托车，岂不凉了男朋友的心？"其他女生还以为石榴当着同学的面不好意思跟男朋友走呢，纷纷劝说石榴。

这时，还围过来一帮男同学看热闹。石榴害怕围观的人越来越多，这人可就丢大了。她只好忍着气，含着羞，把自行车掉过头去，又推回了寝室。二猴子害怕石榴躲起来不见他，就推着摩托车尾随石榴到了寝室。石榴真的生气了，她怼二猴子："你看你在门口当着那么多的人，闹腾得我下不来台，以后别再来找我了！"

二猴子赔着笑脸说："我不是想让你坐摩托车回家走得快点嘛，谁知道会惹那么多人围观呀。"

石榴这时真的也没好招了，再说二猴子也是好心好意地来接自己，也不忍心太伤其自尊，只好坐上二猴子的摩托车，跟着二猴子走了。

二猴子自以为得计，见那大路上都是技校的学生在骑自行车回家，他就故意把摩托车开得飞快，并不断地鸣笛。技校的学生见石榴坐在摩托车后座上，都议论纷纷。男同学见二猴子那得意扬扬的样子，心里愤愤不平，有的说："咱技校的一朵鲜花被校外的野男人给摘走了！"

女同学看到二猴子相貌英俊，心里羡慕石榴，悄悄议论："石榴真的好运气，找这么帅的男朋友，多么幸福呀！"

石榴看见同学们在指指点点，那感觉真是芒刺在背！偏偏二猴子又骑得飞快，石榴第一次坐摩托车，这么快的速度令她感到害怕，也顾不得别人的眼神有多么火辣了，她双手紧紧抓住二猴子的肩膀，唯恐被摩托车甩到路沟里去！

二猴子带着石榴，又感受到石榴紧紧抓住自己双肩的舒服，听石榴充满恐惧的口气说："开慢点，开慢点呀，二哥！"二猴子觉得石榴像一只美丽的小鸟，此刻已经被自己控制住了！但他还不满足，趁着拐弯大声说："车子拐弯时最危险，石榴，你两只胳膊搂住我的腰，那样才安全。"

果然那摩托车拐弯时石榴觉得身体一倾斜，差点掉下车来，她吓得一伸胳膊，紧紧抱住了二猴子的腰。二猴子一瞬间感觉浑身的细胞都舒畅了，他又一次体会到美女怀抱的温馨！

摩托车到了村口，石榴害怕邻居看见她坐二猴子的摩托车再说闲话，就要求二猴子停下车，她要下车步行。二猴子和石榴的心思相反，他正想让村里的人都知道石榴和自己恋爱了呢！让那些小光棍汉对自己投来羡慕忌妒恨的眼神，那才能满足他二猴子的虚荣心！所以二猴子不听石榴的，反而开大油门，鸣着喇叭，高速冲进村里，一直把石榴送到家门口才停下车。石榴知道二猴子的用意，心里生气，但也不好意思说什么。她下了车，也不说让二猴子回家喝杯水，就摆摆手向二猴子告别。

二猴子说："我去你家看看大伯，好吗？"

"不行，俺爹最烦我带男生回家，你走了他又该骂我了！"

二猴子信以为真，就骑上摩托车，向石榴挥挥手，回自己家去了。

当二猴子带着石榴刚进村时，村口的一座门楼下面坐着几个媳妇在闲聊。其中有一个年轻媳妇，怀里抱着一个八九个月大的孩子。这个媳妇叫钱溪香，是钱溪清的二姐。钱溪清姐妹三人，大姐早夭，现在就剩她们姐妹两个。她的娘家在钱塘村，就在鹌鹑店的东北方向，有六七里路远。前几天溪清还来鹌鹑店找二姐，向她打听二猴子家的情况。

钱溪香听妹妹说她正在和二猴子谈恋爱，心里十分高兴，对溪清说："二猴子他爹是村委会主任，在街面上威信很高，到乡政府里也吃得开。他家过得很富裕，前几年才盖的楼房。家里不但有拖拉机、三轮车、摩托车，还有水泵、播种机等大型农具。二猴子他爹不嫖不赌，作风正派，二猴子他娘身体健康，会照应家。妹妹你眼力头真准哪，要是嫁给二猴子，那可是一步登天了。再说妹妹嫁过来，咱姐妹俩离得近，谁有啥事都可以互相帮忙，这多好哇！"

钱溪香还领着溪清偷偷到二猴子家门口看了看，钱溪清见二猴子家的大门建得十分阔气，隔着围墙还可以看见那高大的楼房，自然喜欢得心花怒放!

今天这钱溪香见二猴子带着石榴回来,心里就"咯噔"一下,她想二猴子在大酒店上班,石榴在技校读书,两个人又没在一块,以前每逢星期六石榴都是自己骑自行车回来呀,今天为啥坐着二猴子的摩托车回来?莫非这二猴子吃着碗里,又占着锅里?

当时钱溪香心里就产生了怀疑。

再说二猴子回到家里,他娘又问二猴子在外边谈了对象没有。二猴子说:"娘呀,你慌啥呢?追我的女生多着哩,我要想找对象,一伸手就是一大把!"

二猴子他娘知道自己的儿子长得帅,所以她相信二猴子说的话不是吹牛。但是她觉得二猴子已二十出头了,人生青春易逝,该出手时就得出手哇,别等错过了大好年华,长出满脸胡子,那时就不好办了!所以她还是催二猴子:"别乐观过了头,光打雷不下雨,你小子快把媳妇领到家,才算本事!"

二猴子本想趁机告诉老娘他想娶石榴做老婆,可是怕他娘嫌石榴家太穷,不会同意,就试着问她:"娘,你说你选儿媳妇,要求什么条件吧?"

二猴子他娘说:"我的第一个要求是女方娘家过得富裕。穷了不行,她娘家穷了,三天两头有困难,要求你资助她。你辛辛苦苦挣的钱都给老丈人了,弄得你过不好,那我看着心疼。第二,我儿是中专毕业生,也得找个有中专文凭的女孩子。第三,要出色,漂亮,能下得了厨房,上得了厅堂。只这三个条件,一个也不能少!"

二猴子一听,他娘说的这三个条件,石榴就不符合第一条。自己要直接说讨石榴做媳妇,娘肯定不答应。二猴子脑筋灵活,他就拐弯抹角地给他娘下套:"娘你说得很对,咱娘俩想到一块去了呢!我哥是大学毕业,所以我嫂也是大学毕业。我嫂子人有人才,貌有貌相,上得了厅堂,下得了厨房。娘家是大城市的,有钱又有势,我也要找个像俺嫂子那样的媳妇!"

原来二猴子他哥和他嫂子在省城工作。去年二猴子他娘去省城住了几天，他大儿媳妇不仅把她当作干活的保姆，指使婆婆干这干那，还嫌她脏，天天给她说孬话，看她都是用白眼珠子，气得二猴子他娘只在省城待了一个星期就打道回府，回来后扑在二猴子他爹怀里放声大哭，并发誓这辈子再也不进大儿媳妇的家门！

现在一听二猴子提他嫂子，二猴子他娘那气就不打一处来！她愤怒地说："我要个文盲儿媳妇，也不要你嫂子那样的大学生！有钱人家的闺女娇生惯养，不懂得老少，还不如穷人家的孩子懂事呢！"

二猴子见他娘已经进了自己设下的圈套，就趁机又说："娘啊，你只有我和俺哥这两个儿子，现在俺哥是指望不上了，等你老了，躺在床上不能动弹，你说我再娶个俺嫂子那样的媳妇，那你不是渴死就是饿死呀！"

二猴子这几句话够狠的，真是句句点中他娘的死穴，他娘听了吓得脸都变了颜色。她看到街上的老太婆大都跟儿媳妇不对劲，有了病都是住闺女家，让闺女侍候。她想我一辈子也没生个闺女，要是不能动了躺床上，岂不受死呀？更让她害怕的是，前不久鹌鹑店有个老太婆，也是两个儿子，没有闺女。老了就在两个儿子家轮着过，因2月在大儿家住了二十九天，大儿媳妇就催她去二儿家吃饭。老太婆到了二儿家，二儿媳妇说在他哥家没住够三十天，不能回来，要求老太婆再回大儿家住一天，住够三十天才让老太婆回她家里来。老太婆没有办法，又回到大儿家，大儿媳妇说："你2月里在我家吃饭，现在进入3月，理应去你二儿家吃饭哪！"说完就把老太婆推出门外，关住了大门。

老太婆没地方去，就坐在大儿门前过了一夜，第二天就冻死了！

二猴子他娘一想起那个冻死街头的老太婆，心里就发麻。这时她为儿子娶媳妇定下的三条标准，一条也不要了，悲怆地说："儿呀，娘老了就指望你和媳妇侍候呢，娘啥条件也不提了，只要媳妇懂事、心地善良、知道孝敬公婆就行。"

二猴子这才对她娘说："现在有一个心地善良、性格温柔的贤淑女子，咱要把她娶进家门，保证她能体贴孝敬老娘，让老娘过一个幸福欢乐的晚年！"

"儿子夸的这么好的人儿，是谁家的闺女呀？"

"咱村的石榴，我和她从小就是同学，知道她脾气温和，心眼又好，跟谁都合得来，是百里挑一的好姑娘。要让她做我的媳妇，娘你就有福了！"

二猴子他娘一听二猴子说的是石榴，心里就有些不乐意了，她说："石榴那闺女，人长得标致，性格也好，只是她家也太穷了呀！再说她也没有个兄弟，势单力薄，遇上了事，也没个帮手。你跟她结了亲，可是添了一个大负担呀！"

二猴子说："咱西边的邻居三柱子，娶的媳妇娘家有两个弟弟，你看她娘家年年有事。今年小舅子定亲哩，来找姐夫帮衬；明年小舅子又结婚哩，还来给姐夫要钱；以后生孩子满月，大事小事都来折腾他姐夫。老丈人就把闺女家当成摇钱树，把摇钱树摇得断了根，枯了叶，他都不心疼。那才是一辈子的负担呢。石榴没有弟兄正好，将来没有谁折腾我。她就一个爹，也不讲究吃，也不讲究穿，还没有咱家的大黄狗能消费哩，所以娶石榴做媳妇才是最划算的事哪！"

二猴子他娘听二猴子分析得有道理，也转变了观念，她高兴地说："看起来我儿这几年书没白念，真的把问题分析得透彻，要不咱明天就托人向石榴家提亲去。"

12 二猴子跟石榴定亲

兴邦是鹌鹑店唯一不怕老婆的男子汉，二猴子他娘对兴邦非常敬畏。儿子定亲这样的大事，她自己不敢做主。二猴子急不可待地催他娘去向石榴家提亲，可是二猴子他娘没得到兴邦的批准，不敢擅自行动。她对二猴子说："等你爹回来，我跟他商量以后再说吧。"

晚上兴邦才回家，二猴子他娘对兴邦说："老头子呀，咱二小也二十多了，该给他瞅个媒茬①了。"

兴邦说："现在婚姻自主，孩子有工作，让他在工作岗位上自己谈去呗，咱当家长的就别包办了。"

二猴子见他爹这样通情达理，就对他说："我谈着一个呢，但是也得征求爹的同意才行呀。"

"那好哇，等你们谈得成熟了，领回家来让我和你娘见见，咱就可以定亲。"

"我谈的就是咱村的石榴，爹觉得怎么样？"

兴邦也喜欢石榴，他说："石榴那闺女脾气又好，又懂事，还很能吃苦。你这个对象找对了！要不明天就托个媒人去给他爹说透吧？"

二猴子他娘插嘴说："河娃在石榴她爹跟前认着呢，他们两家关系最好，咱就托河娃他奶奶当媒人吧！"

---

① 媒茬：菏泽市方言，找对象。

第二天，二猴子他娘就买了一箱蛋糕，在怀里抱着，跑到河娃家。正好河娃他奶奶在屋门口坐着晒太阳呢。她见二猴子他娘拿着礼物来串门，就说："他嫂子，你咋恁稀罕呀？"

二猴子他娘满脸堆笑地说："好长时间没见过婶子了，这一段时间您老的身子骨还硬实吧？"

"我这贱骨头，还硬实着呢，除了有点头摇手抖，别的没啥毛病。"河娃他奶奶见二猴子他娘还拿着一箱礼品，又说，"他嫂子，你来就来呗，还拿东西干啥哩？"

二猴子他娘说："我给婶子买箱蛋糕，您老牙口不好，这蛋糕软软的到口就化，正适合您吃。"

"他嫂子您上有老，下有小，整天忙里忙外的，还惦记着我这个不中用的老婆子，让我真过意不去呀！"

河娃他奶奶与二猴子他娘寒暄了一阵子，心想二猴子他娘来串门，还拿着礼物，一定是有啥事求我，于是她又说："他嫂子，你有啥事需要我这老婆子帮忙？我只要能办到的，一定尽力去办。"

二猴子他娘这才奔上正题："婶子呀，你看咱二猴子今年都二十二岁了，也中专毕业了，现在大酒店里当领班，一个月三千多块钱的工资。我想请婶子费心给咱二猴子说个媳妇。"

"那好哇，咱二小人长得帅，你家过得又好，兴邦在咱村里威信又高，谁家的闺女要嫁给咱二小，那可是掉福窝里啦！他嫂子你就说吧，外村的丫头我说不了，咱村的闺女随便你挑！"

"婶子你真会说话，夸得我都不好意思了。"二猴子他娘接着又说，"留宝哥家那闺女比咱二小小一岁，俩人在学校就谈着呢。我想咱是老门老户的，孩子订婚的大事，还得明媒正娶，免得外人说闲话。我今天就是想托你老人家去给留宝哥透个信，看留宝哥同意不同意？"

河娃他奶奶听二猴子他娘说二猴子和石榴在学校就谈着呢，心想您都把饭做熟了，今天不过让我替你掀开锅罢了，这个人情我为啥不落呢？于是她说："俩孩子已经好上了，咱大人就是走走过场，这事不好办呀？他嫂子，你就在家等着好消息吧，我这就去留宝家透信去。"

二猴子他娘见河娃他奶奶如此热心，非常高兴，她也离开河娃家，陪河娃他奶奶走到胡同口说："婶子，您慢点走！"

河娃他奶奶来到石榴家，赶巧石榴下地锄草去了。留宝因这两天犯了腰痛病，在家躺着呢。他见河娃他奶奶来了，急忙一只手掐着腰，下得床来说："大婶子，你老人家咋跑来了？快坐下歇歇吧！"

河娃他奶奶见留宝弯着腰，走路身子像个僵尸，一点也不敢扭动，知道他是老腰痛病又犯了，就说："留宝，你还躺床上歇着吧，别一活动再疼得厉害了。"

"大婶恁大岁数，跑到我家，一定有事找我，我坐一会儿也不碍事的。"留宝一边说，一边坐在河娃他奶奶对面的小凳子上。

河娃他奶奶见留宝腰痛，不能坐多大会儿，心想我把话说完，就赶紧走人，好让留宝休息，于是就开门见山地说："留宝呀，我给咱石榴瞅个媒茬，你看中不中？"

"谢谢大婶，咱石榴也二十一岁了，该给她瞅婆家了，你瞅的哪户人家呀？"

"你就这一个闺女，又没儿子，等年纪大了全指望石榴侍候你呢，咱石榴找婆家离你越近越好。外村的人家过得再好，咱也不去。"河娃他奶奶看着留宝满意得直点头，又接着说，"你看兴邦家二小，一表人才，又懂事，还是中专毕业生。现在城里一家大酒店当着官呢，他家过得又好，兴邦两口子也通情达理，我觉得是个好人家，给咱石榴说说，行不行？"

留宝一听说的是二猴子，心里高兴。自从二猴子给他拉柳树枝那件事过后，留宝就觉得二猴子不光长得帅气，心眼也好，闺女要嫁给他，受不了气。再说兴邦是村里的大人物，跟他结了亲戚，在村里也吃不了亏。所以留宝就满心欢喜地说："二猴子那孩子挺懂事，兴邦又是清亮明白人，你提的是个好媒茬，就请婶子费心啦！"

河娃他奶奶见留宝没有意见，就坐了一会儿说："留宝你腰疼，不能坐多大会儿，还歪床上歇着吧。我再到兴邦家给他们两口子回个话。"说完站起身来就走。留宝掐着腰，送到门口，看着河娃他奶奶慢慢地向胡同里走去。

河娃他奶奶来到兴邦家，见兴邦两口子还有二猴子都在家，她一进门就说："恭喜，恭喜，石榴她爹对咱这门亲事可满意了！"

二猴子他娘忙搀扶着她坐在沙发上，又冲上了茶水，高兴地说："多谢婶子，您老辛苦了！"

"您两家都乐意，下一步就张罗着定亲吧。"河娃他奶奶见兴邦也喜得合不拢嘴，又笑着说，"兴邦，你小两口子真有福，年纪轻轻俩媳妇都拿到手了，三两年就又抱孙子了！"

"这都是您老的功劳，等我赶集回来，给您老人家买条黄河大鲤鱼！"兴邦一边说，一边拿出一只香蕉来，剥除皮，递给河娃他奶奶。

再说中午石榴从地里回来，她爹就把河娃他奶奶来说媒的事情告诉了她。他以为石榴听说介绍的对象是二猴子会很高兴，谁知石榴听了他的话愣了一下，脸上出现忧郁的神情。留宝就说："二猴子那孩子人才也好，他家过得又富足，他爹还是村里的干部，就咱家这条件，说实话还般配不上人家呢，你能嫁到他家就算一步登天了！"

石榴口里说声"我知道了"，就转身回厨房做饭去了。留宝哪里知道女儿的心思，原来她又回忆起与河娃在一起的往事来。

石榴想，我和河娃从小学就是同班同学，一直到初中毕业，这期间俺俩几乎是形影不离。在读小学时石榴就喜欢河娃的天真和单纯。尽管河娃那时不懂事，有时还和石榴拌嘴，可是石榴觉得河娃发怒时也是那么可爱，她甚至非常欣赏河娃发怒时的表情。后来爹不让她上学，休学那两个月她无时无刻不惦记着河娃。当她见河娃领着老师来动员她复课时，她更加感激河娃，内心里对河娃的感情又进一步加深。以后河娃的学习越来越好，各科都超过了石榴。在石榴眼里，河娃就是个神童，她深爱河娃的才华。加上她和河娃两家在一起住了几个月，河娃又认石榴她爹为干爹。石榴这时真把河娃当作她的一母同胞了。石榴处处关心河娃，为河娃着想。到了中学，石榴对河娃的喜爱和亲情随着年龄的增长，也慢慢地发生了质变。石榴在夜深人静时，偶然会幻想与河娃亲近；幻想与河娃一起考上大学，毕业后到同一个城市工作；幻想与河娃花前月下，偷偷约会，互相拥抱。每次想到这些，石榴就会感到非常害羞，她忽然觉得自己的想法太污秽了！就在自己大腿上狠狠拧一把，想用疼痛排除对河娃的幻想。可是疼痛过后，河娃的影子依然挥之不去。

河娃升入高中后，石榴对河娃的思念非但没有减少，反而更加深沉。有时石榴想，河娃将来必定考上大学，在大学里追他的女生多着呢，大学毕业他肯定要留在大城市工作；而自己最多熬个小小理发员。她和河娃一个在地下，一个在天上，属于两个不同阶层的人。幻想与河娃在一起生活，已是白日做梦！虽然在理智上石榴认识到这一点，但是在感情上她还是无法割舍对河娃的思念。尽管这段时间二猴子主动向石榴示爱，千方百计向她献殷勤，可是石榴对二猴子一点也不感兴趣。她只是出于礼貌，对二猴子虚以应对。大概是先入为主的原因吧，石榴意识到，河娃的形象已占据了她整个心房，她的心里再也容不下其他人了！

现在听爹说要把她许配给二猴子，石榴心里又涌起对河娃那刻骨铭心的恋情，她独自跑到厨房里，暗自哭泣。她想自己好命苦呀，要是有亲娘，她此时也同河娃一起在高中读书呢！晚两年与河娃双双考上大学，在大学里就可以共诉衷肠，把这些年对河娃的爱恋公开地向他表白了。可是现在她连向河娃表白的资格都没有，她对河娃的爱只能永远地埋藏在心底！

好大一会儿，石榴听见爹喊她："石榴，饭做好了没有？"

石榴这才从忧伤的情绪中清醒过来。她就洗了个西红柿，切成块；又洗了一棵葱，切下一段，然后把这一段葱切成丝，都放进个大碗里。接着又炒了两个鸡蛋，待鸡蛋炒熟了，再把碗里的西红柿和葱花倒进锅里，又用锅铲翻动几遍，添上四碗水。等水开了再下面条。

石榴做好了面条，给她爹盛上一碗，端到堂屋，放在当门的饭桌上，又搀扶着她爹，坐在桌子跟前的小凳子上，让爹吃饭。留宝说："石榴，你也盛上面条，和我在一起吃吧。"

石榴因心里烦闷，本不想吃饭了，她又害怕爹心生怀疑，就也盛了一碗稀稀拉拉的面条端过来，坐在爹的对面，慢慢地吃。

留宝说："二猴子那孩子热心肠，给咱往家拉柳枝，还用摩托车接你回家，又是咱本村的，你嫁到他家，跟招个养老女婿差不多，爹老了，你随时都能来侍候我，这多好哇。你应当高兴才对。千万别把自己看得太高了，给二猴子难堪，人家要是不愿意了，你后悔都来不及！"

石榴也知道爹说得在理，她强装笑颜对爹说："爹说得对，孩儿知道咱家穷，跟二猴子家结亲戚就是高攀了。请爹放心，我会处理好与二猴子的关系。"

再说河娃他奶奶在二猴子家坐了一会儿，就回家去了。剩下兴邦两口子与二猴子继续商量定亲的事。二猴子说："爹，你给我六万块钱，我在城里大商场买个金手镯和金项链，再买个金戒指。下次歇班我捎回来，让河娃他奶奶给石榴家送去。"

二猴子他娘说："二小，你上班也快两年了，一分钱也没往家里拿过，你手里也该攒了几万元吧？"

二猴子说："娘，你不出门，不知道在城里花钱多厉害！我在城里混，也没亲戚，也没朋友，你要不拉拢几个弟兄，打点好上头的领导，营建起来个关系网，遇见啥事，谁给你帮忙呀？弟兄们上街吃饭喝酒，人家都争着掏钱，你能光指望别人买单吗？所以我这几年是打基础的时候，不能怕花钱。挣那仨瓜俩枣，还不够花的呢！"

其实漆园大酒店这两年效益挺好，员工福利、奖金也很多，二猴子手里也攒了两万元私房钱。他要留着自己花，所以不告诉他爹和他娘。

兴邦心里知道二猴子兜里有钱，但他觉得小男孩嘛，花销大，手里没有个万儿八千的在朋友面前抬不起头来，因此他不指望花二猴子的钱，便从柜里拿出个存折来，交给二猴子，并嘱咐他："你带着这个存折回到城里，不要马上取钱，因为你钱取早了，放在宿舍容易丢失。要等下次该你歇班时，再去农行取出六万元，马上到商场买了'三金'，然后带回来。这存折的密码是我的生日——195938。"

二猴子心想，还是老爹大方呀，老娘一辈子抠门惯了，让她当家啥事都办不成！当下就把存折放进皮包里，又高兴地对他爹说："咱那玉秫黍该剔苗了吧，我去帮爹锄地去！"

平时二猴子东游西逛，很少帮爹娘干活，他娘见他今天慌着去锄地，就表扬他："这才像话，邻居看见你锄地，也会夸你是个孝顺孩子！"

二猴子这孩子，给石榴家拉柳枝十分卖力，可是干自己家的活就提不起精神来了。他心思不在锄地上，锄了几步远，就坐在地上玩手机。他忽然想起，要是石榴也有个手机就好了，我随时都可以和她联系，在手机里谈情说爱，那滋味该多么甜蜜呀！

就这样，二猴子在地里磨蹭了一下午，看看太阳快落山了，才扛起锄头，骑上摩托车回家。到了家，他放下锄头，挎起皮包，又骑上摩托车往石榴家驰去。到了石榴家门口，正好石榴也扛着锄头从地里回来。二猴子见石榴那粉嫩的脸庞还淌着汗水，宛如梨花带雨，更显得楚楚动人，心疼地说："你这身体怎恁单薄，怎能干得了农活？你家的农活以后我来干吧，你不要再下地了！"

石榴微微一笑说："我干惯了农活，下地里锻炼一下身体，有啥不好？"

二猴子眼看着石榴转身进了家门，那背影如扶风弱柳，比起钱溪清来更多了一股柔美。二猴子喜上心头，他想，石榴是千里挑一的美女，是自己梦中的情人，也是许多男孩垂涎欲滴的鲜果，今天终于被自己占有，让扎根和村里的小光棍汉们都羡慕忌妒恨去吧，我二猴子要老实不客气地独自品尝这稀世尤物了！

二猴子看见石榴放下锄头，走到压井前想洗脸，急忙跑步上前，手握着压井杠杆的把手，给石榴压水。石榴就着压井的出水管，两手接水洗了几下，用毛巾边擦脸，边笑着说："谢谢二哥。"

二猴子说："谢什么呀，以后咱俩是一家人，我为你服务的日子在后面呢！"

石榴听他说话总是酸溜溜的，就不理他。又回到堂屋，对躺在床上的爹说："爹，你现在腰疼好些了吗？"

风雨石榴路

留宝知道石榴要上学走了，就说："今天下午好多了，你该上学走就走吧。"

石榴又嘱咐她爹："你就在家好好歇着，千万不要下地干活，万一累得厉害了，我又不在家，没谁给你做饭！"

"我知道，你就放心上学去吧。"

石榴这才从屋里出来，走到门口，坐上二猴子的摩托车上学去了。

二猴子带着石榴上路，那真是人逢喜事精神爽，他嘴里哼着情歌，心里在庆幸老天爷对他的眷顾！行到那一带槐林旁，二猴子见四下里无人，就对石榴说："石榴，你平时想我吗？我可是天天想你，有时想你想得夜里都失眠了！"

石榴见他又说那调情的话，心想天快黑了，这一带五六里没村庄，二猴子要是激动起来对我施暴，可就惨了！我要给他泼碗冷水，免得他头脑发热，办出那不理智的事来。于是石榴说："别说那腻腻歪歪的话，咱俩家都是正经人家，办事要按礼数来，你要把我当成你那酒店里的女孩对待，我一天也不跟你！"

二猴子平常就对石榴因爱生畏，一点也不敢冒犯她。现在听石榴说话如此严肃，他刚才那蠢蠢欲动的色心立刻就消停下来。他想，石榴说一切要按礼数来，可能是石榴觉得俺家还没有送彩礼，她一个黄花大闺女岂能让我空手套白狼？二猴子又琢磨石榴说"你要把我当成你那酒店里的女孩对待，我一天也不跟你"这一句话的意思，心想莫非石榴听说了我和钱溪清相好的事情？

二猴子心中疑窦丛生，生怕得罪了石榴，所以再也不敢说那调情的话了。他想，女孩子都爱财，我何不把要给她买彩礼的事告诉她呢，也让她高兴高兴。于是二猴子就说："石榴你还不知道呢，我爹给我个存折，让我去农行取了钱就给你买金手镯、金项链和金戒指呢！"

石榴一听二猴子要买彩礼，觉得他越逼越紧了，心里更加烦躁，就怼二猴子一句："你慌啥哩？咋说也得等我技校毕了业呀，到明年再送彩礼不迟。"

二猴子认为，越是素质高的女孩在男朋友面前表现得越是矜持。石榴是个稳重的姑娘，对待婚事她不想让人觉得她轻浮，所以故意表现出不心急的样子。二猴子这时心情彻底平静下来，他暗暗告诫自己，心急吃不了热豆腐，这石榴可不是钱溪清，我不能轻易亵渎；对待石榴只能用温水煮青蛙的战术，一点一点地渗透，慢慢地征服她！

把石榴送到技校后，二猴子才骑摩托回到大酒店上班。

大酒店夜晚比白天还忙，二猴子和钱溪清忙到了晚上12点才下班。二猴子在工作时间没有机会和钱溪清亲近，下了班还想和钱溪清再亲热一会儿，就拿了一瓶洋河大曲，邀钱溪清喝酒，谁知被扎根看见。他以为二猴子犯了酒瘾，就去餐饮部拿来几只鸡腿，还有一袋花生米也来凑热闹。这时餐厅都关门了，三个人就到二猴子的卧室共饮。这天，二猴子的另一个室友歇班回家去了，寝室就剩二猴子一人，所以三人在这里玩不影响别人休息。

屋里有一个小茶桌，还有两把藤椅。二猴子就把桌子靠近床，他坐床上，扎根和钱溪清分别坐在他两侧的藤椅上。

二猴子本来想趁这个机会和钱溪清说贴心话呢，没想到扎根这憨蛋没有眼色，傻着脸竟来挡道！二猴子心里烦，又说不出口，就想快点把扎根灌醉，让他快点回去睡觉。

钱溪清执着酒瓶，她心里明白二猴子的想法，就先给扎根倒了满满一大杯酒，那一杯足有一两，然后捧起酒杯笑嘻嘻地说："扎根弟，咱仨在技校就是老同学，现在又一同来到大酒店上班，这缘分可是不浅呀！扎根弟天天为我们做饭，太辛苦了，我就先敬老弟一杯，以表谢意！"

扎根向来不被钱溪清重视，常常心怀幽怨。今天见钱溪清一反常态，笑靥如花地给自己敬酒，不由得心里涌出一股暖流来。他有点受宠若惊，急忙双手接过酒杯说："谢谢溪清大姐，我这副猪八戒嘴脸，能得到咱技校大仙女的厚赏，真是荣幸！"

二猴子在一边催他："你不会说话就别装斯文了，快快干杯才是本事！"

扎根被他们两个逼得没有办法，只好仰起脖子，一饮而尽。他刚放下杯，钱溪清就又倒满了酒，端起杯来递给扎根说："咱同学两年，你都没叫过我一声姐，今天居然甜甜地喊我一声姐，这说明你在厨师班学会说话了呀。姐就再赏你一杯。"

扎根不接酒杯，往后侧着身子说："溪清姐，你太不公平了，我喝罢一杯了，这一杯该俺二哥喝了，我可不敢替他喝。"

钱溪清笑着说："这一杯是姐赏给你的酒，你要不喝就是瞧不起姐姐呀！"

二猴子也说："老同学给你倒两杯酒是尽同学的情义，你别觉得自己是个半拉子厨师，你就是个总监也得把这酒喝下去。"

扎根无奈，就又接过酒杯，伸伸脖子喝下肚。放下酒杯，扎根心想，我都连喝两杯了，这回该你俩喝啦。谁知二猴子从溪清手里接过酒瓶，连满上两大杯，然后两只手端起两杯酒，一杯递给钱溪清，一杯递给扎根说："扎根，你陪溪清喝一杯。"

扎根一听二猴子还让他喝酒，就急眼了！他嚷嚷着说："人家溪清在技校手把手地教你跳舞，嘴对嘴地教你唱歌，听说你来酒店上班，立马赶来应聘，为的就是能和你二猴子朝夕相处，人家一颗芳心都许给你了，你难道不该陪溪清喝两杯？"

钱溪清和二猴子已经相好一年了，酒店里的同事拿他俩的关系开玩笑已经记不清有多少次了。钱溪清一开始听到有人说她和二猴子的事，还红过脸，可是禁不住天天有人开她和二猴子的玩笑，慢慢也就习以为常了。现在扎根揭她这一段隐私，她听了不仅不生气，反而觉得很受用，笑得前仰后合。

二猴子却替溪清辩解："你这是大男生主义，这大酒店百十号人，难道咱男生来了，人家女生就不能来应聘了？照你这样说，今后咱的女同学谁再来应聘，就是奔着你扎根来的呀？就是想把一颗芳心许给你扎根了？"

溪清见二猴子帮自己说理，也要威风了，过来揪住扎根的耳朵说："你扎根胡说八道，来，再罚三杯！"

扎根心里抱屈，他想二猴子与溪清是一对恋人，我是个"外皮角"，你看他俩勾结起来，想方设法叫我多喝酒。二猴子至今一滴未进，莫非他俩想把我快点灌醉，好打发我回去睡觉，剩他俩好在这里亲热哩。想到这里，扎根忽然明白过来，今天这酒摊我扎根就不该来！我别在这里惹人家烦了，快点想法离开吧，好让他俩便宜行事。

扎根装着醉了，嘴里也含混不清地说："我喝，我喝，我今晚来就是喝——喝——喝酒哩，你俩来不是——是喝酒，是想幽——幽会呢。"

然后扎根接过杯来又一饮而尽，放下酒杯说："我到洗——洗手间，喝——喝酒去！"就站起身来，跟跟跄跄地往门外走去。二猴子和溪清正盼他快走呢，所以都不拦他。

扎根心里清醒，心想这两人也太不顾颜面了，咋说也得挽留我一下呀。他心里不满，走到门外嘴里还嘟囔一句："你们两个骚货，把我赶走，在这里巫山云雨吧！"然后还回身把门"咣当"一声关上了。

钱溪清和二猴子都听清楚了扎根走到门口嘟囔的话，两人相视一笑。

二猴子说："看来扎根这家伙还不算实傻！"

溪清嘴一撇说："说他不是实傻，还是有点傻，要搁精细人，一看咱俩在一起喝酒，人家早就躲得远远的了！"

二猴子走到门后，把门从里面反锁住，嘴里说："扎根再回来，也不给他开门！"

溪清也不想喝酒了，含情脉脉地走到二猴子跟前，嗲声嗲气地说："哥哥，你歇班这两天我好想你！"

二猴子见溪清面颊潮红，羞羞答答，一副小鸟依人的样子，顿时觉得小屋里充满了温馨和浪漫！他双手捧起溪清的脸庞，把嘴凑近溪清的红唇，双眼紧盯着溪清，溪清也目不转睛地望着他。

"我也很想你呀，真是一日不见，如隔三秋！"二猴子撒谎也不脸红，事实上歇班这两天，他心里一直想的是石榴。

"咱们在一起上班，虽然不能说亲热话，但我时不时地能看你一眼，就感到心里很甜蜜。可是你一离开大酒店，我就觉得像塌了半边天似的，心里直发慌！"溪清还以为二猴子一心一意地爱她呢，所以把心窝子里的话都掏出来了。

二猴子更是巧舌如簧："是呀，我觉得你就是我的家，离开你我就像小孩离开了家，心里像有一根线，始终被你牵着。"

溪清望着二猴子那剑眉星目、高耸的鼻梁，她觉得二猴子像一个光芒四射的明星，照得自己心里暖烘烘的。溪清被二猴子的甜言蜜语哄得晃晃悠悠，觉得身体像喝醉了酒，软绵绵的，头也晕晕乎乎，她好想让二猴子把她抱在怀里。可是二猴子站在原地不动，不动声色地欣赏着她面部的娇羞。

二猴子是在拿溪清的颜值与石榴的颜值做比较，他觉得还是石榴略胜一筹。溪清有些支持不住了，她情不自禁地伸出一双白皙的胳膊，搂住了二猴子的腰，把脸贴在二猴子的胸前。

二猴子对钱溪清就是逢场作戏，在二猴子的内心深处，石榴早已稳坐第一把交椅。可是石榴对二猴子不冷不热，令二猴子急得抓耳挠腮，但也想不出好办法来。在二猴子看来，石榴虽好，但远水不解近渴。钱溪清就在身边，可以解燃眉之急。其实二猴子压根没打算娶钱溪清做老婆。

二人缠绵了一个时辰，都觉得身体疲惫不堪，最后才互相拥抱着昏昏睡去。

13 送彩礼

　　二猴子在大酒店工作成绩斐然，很受老板重视，又有钱溪清这个美女陪伴，日子过得很惬意。一转眼又到了歇班的日子。他去农行取了六万元钱，到商场珠宝店里买了一对手镯、一条项链和一枚戒指。花了五万九千块钱，还剩一千元，二猴子又去手机店里买了一部手机。他在手机上存入自己的电话号码，好让石榴用手机和自己联系。

　　吃过午饭，二猴子骑着摩托车，又来到技校，想带着石榴一同回家。他在技校大门外等了半天，见学生都骑车出了大门，唯独没有石榴的踪影。这时石榴的一个同学告诉二猴子，石榴上午上了最后一节课，没在学校吃午饭，就骑着自行车走了。

　　原来石榴惦记着她爹腰疼，怕她爹不能做饭，所以上午一上完课就急匆匆地回家去了。二猴子接不到石榴，心里未免有几分扫兴。可是也没有办法，只好独自一人骑上摩托车往家里行驶。路上石榴的同学见二猴子没有接到石榴，纷纷猜测：可能是二人闹别扭了，石榴故意提前走，给男朋友弄个丢人！二猴子自然知道大家会对他没有接到石榴感到诧异，背地里一定议论不休。他自己感到脸上无光，跟上次带着石榴回家时春风得意的神情相比，今天就显得有些灰溜溜的，一路也不敢鸣笛。

　　二猴子到了家，拿出来礼品盒让他娘看。二猴子他娘打开那豪华大气的礼品盒一看，盒子里的黄金首饰金光灿灿，精美绝伦！她的两眼顿时发直了！二猴子他娘一辈子也没有见过这样高档的礼品，心想当年我和兴邦订婚时，他就给我送了两身条绒衣裳，充其量值三十元钱，还没有现在捐献给灾民的衣服值钱呢。看现在这些丫头多有福，我要知道世道变化恁快，晚出生几十年也享受到这公主般的待遇了！

二猴子他娘正反复端详着这些黄金首饰，却发现礼品盒底下还放着一个手机，她拿出手机问二猴子："怎么这首饰盒里还配手机？"

二猴子怕他娘把手机扣下，不给石榴，就撒谎说："手机和首饰是搭配的一套，现在都兴这样。"

二猴子他娘虽然没见过世面，但她也不傻，心里明白这是二猴子特意给石榴买的，她知道儿子是想和石榴用电话谈情说爱呢，所以笑了笑说："好小子，你给媳妇想的比给老娘想的还周到呢！"

二猴子知道他娘不相信自己的话，就怼他娘："别管今天买的啥东西，到结婚那天还不是都带到咱家来？你心疼个啥呀？快快给石榴家送去吧！"

二猴子他娘脾气好，被儿子怼惯了，她也不在意，就嘻嘻哈哈地提着礼品盒出了门。钱溪香正带着孩子和几个半老媳妇在街上闲聊，看见二猴子他娘手里掂着一只镶着金边的大红色礼品盒走过来，纷纷围上前观看。钱溪香说："大婶子，你掂的这是啥宝贝呀？"

二猴子他娘高兴地把手里的礼品盒往上一扬，说："我去石榴家给她送彩礼呢！"

几个媳妇一听说盒子里装的是彩礼，都叽叽喳喳地嚷着要打开盒子看看。在农村谁家给孩子定亲，送彩礼是大喜事，邻居争着看彩礼能增添喜气，也说明主人与乡邻之间关系和谐。谁家要是送彩礼，邻居见了装着没看见，或反应冷淡，那一定是主人平时为人不好。但是如果主人家穷，送的彩礼档次比别人家的低，让邻居看到显得寒碜，也就不想让邻居看。可是二猴子他娘送的礼品，在鹌鹑店属于前所未有的豪华档次呀！她正想在邻居面前炫耀一番，好让邻居都羡慕她家的富裕和大气，心里还害怕没人看见呢。

钱溪香一听说二猴子他娘是给石榴家送彩礼，霎时脸就拉下来了。

她想，二猴子上个月还跟俺妹妹谈恋爱呢，怎么忽然又跟石榴定亲了？莫非二猴子跟溪清闹掰了？

几个媳妇睁大眼，吃惊地看着那金光璀璨的首饰，都赞不绝口。一个媳妇拿着手镯煞有介事地端详一阵，装着很懂行的样子说："看这手镯，黄澄澄的，成色多好，这是十足的金货呀！"其实她也是第一次见到黄金首饰。

另一个媳妇则重点奉承二猴子他娘："兴邦嫂子，你真有福哇，老头有本事，在村里叫得响，到乡里吃得开；俩儿都是大学毕业，家富得流油。又娶石榴这个好媳妇，到时候把你侍候得像电影里的老太后，你就天天躺那里吃、唱着过吧！"

几个媳妇你一言我一语，把个二猴子他娘夸得心花怒放，笑得合不拢嘴！等几个媳妇把奉承话说尽，肚里没啥好词了，二猴子他娘才收拾起首饰，装进礼品盒里，然后喜滋滋地掂着礼品盒往河娃家去了。

二猴子他娘来到河娃家，把礼品盒交给河娃他奶奶。河娃他奶奶虽然六十多岁了，但也没见过这黄金首饰，她心里还以为是钢制品外面镀了一层黄铜呢。河娃他奶奶一样一样验过了，就仍放进礼品盒里，然后就掂着礼品盒给石榴家送去。二猴子他娘也回自己家去了。

这天石榴和她爹都在家。见河娃他奶奶送来了彩礼，石榴急忙迎了出来，右手从河娃他奶奶手里接过礼品盒，左手搀扶着河娃他奶奶走进堂屋里，让她坐在椅子上。留宝也忙掂来暖壶，给河娃他奶奶倒上水。

石榴说："奶奶，看你为我的事费了多少心，又跑了多少路，真让我过意不去呀！"

河娃他奶奶喜滋滋地说："为了俺石榴的终身大事，我跑腿是高兴的！二猴子那孩子人长得帅，又有本领，家过得还富，闺女你进了他家的门，就享福了。"

河娃他奶奶坐下后，就打开礼品盒让石榴和她爹一起验看首饰。石榴她爹见那手镯黄澄澄的，拿在手里，觉得沉甸甸的，就说："看这分量和色泽，还真是黄金的呢。"

河娃他奶奶拿起项链说："石榴过来，让奶奶给你戴上看看。"

石榴本不想戴，可是碍于河娃他奶奶的脸面，只好走到她跟前，稍微弯下腰，让她把项链给戴在脖子上。河娃他奶奶又让石榴伸出手来，见石榴的手长得纤细精巧，又夸奖石榴："看俺闺女这手，又白又嫩又柔软，长得多精致呀，石榴生来就是个有福的人！"

石榴不好意思地说："谢谢奶奶夸奖，可是我就是一个受苦的命，哪来的福分呢？"

河娃他奶奶把手镯和戒指都给石榴戴上了，然后让石榴站正，她仔细打量一阵，便拍着巴掌大笑："看看呀留宝，你闺女一戴这金首饰，比电视里的贾元春还漂亮呢！"

留宝也看着自己的闺女有富贵相，但他不好意思夸自己的闺女，只淡淡地说："戴上这金首饰，人就显得更庄重了。"

河娃他奶奶又对石榴说："闺女呀，这彩礼一送，你就成二猴子家的人了，下一步就该去乡里领结婚证哩！"

石榴说："奶奶别心急，我还上着技校呢，说啥也得等我技校毕了业再登记呀。"

河娃他奶奶又说了些闲话，就要回去。留宝说："石榴你送奶奶回家吧，别让她在路上磕着了。"

于是石榴就搀扶着河娃他奶奶，一直把她送到家。石榴把河娃他奶奶扶进堂屋，刚坐下，就见河娃骑着自行车从学校回来了。

石榴这一段时间心情郁闷，可是一看见河娃就觉得眼前一亮，心情一下子就舒畅许多，她兴奋地说："河娃回来了！"

原来河娃上高二，学校把课程安排得很紧，三个星期才让学生回家一次。河娃有一个月没和石榴见面了，一看见石榴陪着奶奶在家，也喜不自禁，他放下自行车，走进屋里，两眼放光地看着石榴，非常亲热地说："好久没见姐姐了呀！"

河娃他奶奶觉得河娃和石榴是姐弟关系，天真无邪。哪里知道他俩随着年龄的增长，感情已经由两小无猜的友情升华到彼此爱慕的恋情了。

河娃他奶奶心想，石榴订婚了，是个大喜事，告诉河娃，也让河娃高兴高兴。于是她就对河娃说："你石榴姐姐已经和二猴子订婚，下一步就轮到你找对象了，抓紧时间谈个女朋友带回家来，让我和你爷爷见见孙媳妇！"

河娃见到石榴正兴奋呢，忽听奶奶说石榴和二猴子订婚了，犹如晴天响了个霹雳，一下子就把他炸蒙了！河娃两眼发直，愣了几秒钟，突然扑上去抓住石榴的胳膊，狠命地推搡几下，气急败坏地问石榴："姐姐，谁让你跟二猴子订婚了？"

石榴理解河娃的心情，她的胳膊被河娃抓得生疼，可是她的心也被苦闷和焦虑煎熬得难受。石榴看着河娃像发了疯似的，一时也不知道应该怎样安慰他，但是石榴知道，这是河娃长期积压在心底对自己强烈的爱情爆发了！河娃正是对石榴爱得死去活来，才不能接受石榴嫁给别人的。石榴的身心都被河娃那炽热的爱情烈火燃烧起来了，她觉得今生不能与河娃结婚，真是生不如死！可是自家已接受了二猴子的彩礼，一碗水泼地下，再也收不回来了，想到这里，石榴心如刀绞，早已哭成个泪人了！

河娃他奶奶被河娃这突如其来的抓狂惊呆了，她大脑一时反应不过来，傻傻地愣在那里，不知所措。

正在这时，牦牛和扇坠开着车回来了。他俩把车停在大门外的空地上，提着大包小包走进院里。一看河娃正两眼喷火，手狠狠地抓着石榴，石榴则像是受了很大委屈，泪流满面，哽咽着说不出话来，都以为河娃在欺负石榴。

扇坠急忙大喝一声："河娃，放开你姐姐！"

可是河娃像没听见，嘴里仍然吼着："谁叫你嫁给二猴子的？快说！"

扇坠和牦牛急忙跑上前，两个人一起用力才把河娃与石榴拽开。谁知一不注意，河娃又扑通一声跪在石榴面前，双手抱住石榴的腿，哭着喊："姐姐是我的媳妇，不许你嫁给别人！"

扇坠和牦牛这才明白河娃为什么抓住石榴不放。他俩又把河娃的手掰开，扇坠对石榴说："石榴，你赶紧走吧！"

石榴这才哭着离开了河娃家。河娃发疯似的要去追赶石榴，被牤牛从背后抱住了腰，扇坠也抓住河娃的胳膊，劝说了好一会儿，直到河娃蹦跶得没气力了，才消停下来。

扇坠问婆婆："石榴怎么跑咱家来了？她与河娃到底发生了什么事？"

河娃他奶奶就把事情从头到尾说了一遍。

扇坠和牤牛听河娃他奶奶这一说，才明白了河娃发脾气的原委。

牤牛说："娘，你天天在家，河娃与石榴感情发展到这一步，你难道一点没觉察？你早点制止他俩来往，就不会有这事了呀！"

河娃他奶奶正有气没地方出呢，一听儿子还埋怨她，就指着牤牛发起脾气来："你们两口子把个孩子撇家不管，出去挣钱怪心静的。为了河娃我操碎了心，你这不孝顺的东西，还把不是派老娘身上！你儿子与石榴在学校谈恋爱，我又不能跟着，我管得了吗？"

扇坠见婆婆发怒，忙上前劝说："娘，你别生气，这事不怨你。牤牛不会说话，河娃与石榴都长成大人了，不是小时候，大人能管着他，现在他俩都在学校读书，他又不是在家谈恋爱，就是我和牤牛在家，也管不住他呀！"

河娃心里烦躁，不愿听他奶奶和他爹娘互相埋怨，就转身上了楼，一头钻进自己的卧室，蒙头盖肚地睡觉去了。吃晚饭时，扇坠来敲了几次门，河娃都不开。河娃躺在床上哪里能睡得着？他爱石榴爱得深入骨髓，为了得到石榴，拼了命也在所不惜，他怎能眼睁睁地看着石榴被二猴子娶走？河娃躺在床上想啊，想啊……

他开始在他读书积累下来的知识宝库中寻觅良策，忽然想起"卓文君与司马相如私奔"的典故，顿觉心头一亮。河娃想，我何不与石榴今晚远走他乡，去大城市里打工。在外地结为夫妻，遂我二人心头之愿哪！想到这里，河娃就来了精神，他翻身起床，穿戴整齐，从枕头底下拿出一沓票子来，这是娘上次外出时给他留下的钱。河娃数了数，还有八百元，足够他和石榴私奔的路费。

河娃把钱揣好，蹑手蹑脚地下了楼，然后轻轻开了门，神不知鬼不觉地溜出了家。这时正是半夜时分，天空无月，星光又被疏云遮挡，街上静悄悄、黑沉沉的。河娃来到石榴家院门前，轻轻推一下门，门从里面插着。河娃见那墙头只有五尺来高，就纵身一跳，两只胳膊扒住墙顶，右脚蹬住墙壁，抬起左腿，迈上墙头。然后又把右腿也迈过了墙，像个狸猫似的，悄无声息地跳进院里。

河娃来到堂屋前，他知道石榴她爹在东间睡，石榴在西间睡，就悄悄来到西间窗户前，轻声地喊："姐姐，姐姐。"

原来石榴回到家，怕爹看到她带着哭相，就先到厨房里洗了脸。这时天已黄昏，石榴就在厨房做晚饭。吃过晚饭后，石榴就钻进西间，歪在自己的床上暗自哭泣。

石榴早就知道河娃心里是爱自己的，但河娃对自己的爱究竟有多深，她也没有底。今天她通过河娃那疯狂的表现，才知道河娃对自己的爱是刻骨铭心的。石榴想：我和河娃已是水乳交融，情同鱼水，离开河娃，活着还有什么意思？可是现在二猴子家已经下了聘礼，全村人都知道我和二猴子定了亲，我还怎么拒绝他？我要拒绝二猴子的求婚，我爹也不答应呀！我要是闹几场哭几场，老爹本来身体就不好，万一把他老人家气病了，出个什么意外，我后悔也来不及呀！再说河娃现在才上高中，经历简单，思想单纯，他要考入大学，见识广了，碰上那年轻漂亮的女大学生追求他，他能经得起诱惑吗？四五年以后，他还会留恋我这个乡下老姑娘吗？石榴这时真是思绪万千，心乱如麻，哪能入眠？

石榴正在辗转反侧，心神不定，忽然听见河娃叫姐姐的声音。那声音虽低，但由于夜深人静，石榴还是听得很清楚。石榴忙翻身起床，悄悄打开门，一看果然是河娃站在门口。石榴怕惊醒了老爹，就扯住河娃的手来到厨房说话。石榴正想问河娃，为啥半夜三更来呢。可是没等石榴开口，河娃就抢先说："姐姐，我想到一个高招，让咱俩可以成为永久夫妻，谁也拿咱没有办法！"

石榴说："你说说，想的什么办法呀？"

河娃说:"姐姐忘了卓文君与司马相如私奔的故事了?咱俩今晚就离开鹌鹑店,去大城市里打工,咱俩租房同住,结成夫妻,等过几年姐姐生了孩子,生米煮成了熟饭,咱抱着孩子回来探亲,不怕大人不同意!"

石榴说:"我爹原来是光腰疼,现在又添病了,今天上午他说头晕、迷糊、恶心。我看他还流口水,就领他去卫生室量了一下血压,高压180,低压120。医生说可能是脑血栓的前兆。我要偷偷走了,我爹一生气,得了大病咋办?我家再没人侍候他,岂不要了俺爹的命,你想的这个办法,万万不行!"

河娃在家想好方案,兴冲冲地来叫石榴一起私奔,谁知石榴不同意出走。河娃一下傻了眼,他说:"姐姐不愿意随我私奔,难道就坐在家里等二猴子来娶你不成?"

石榴说:"咱俩心心相印,我心里满满的都是你。除了你,我今生谁也不嫁!"

"那明天二猴子要催姐姐去乡里登记咋办?"

"登记时我就说不同意,他还能抢亲吗?"

河娃听石榴说她登记时说"不同意",觉得这也是个好办法,就说:"姐姐可千万别动摇了呀!"

石榴说:"我要是动摇了,就让天打五雷轰!"

河娃见石榴盟誓,才放了心。

石榴又说:"我就是担心弟弟到了大学里,再谈个大学生,就把我甩了。到时候我年龄也大了,一头抓不住,另一头也丢了,你可就把姐姐害惨了!"

河娃说:"姐姐放心,河娃今生今世姐姐不娶,任她九天仙女追我,我也不正眼看她一眼!河娃要是辜负了姐姐,移情别恋,出门让汽车轧死!"

石榴急忙用手捂住河娃的嘴说:"姐姐相信你对我一片真诚,千万别发那毒誓,要是这个世界上没有弟弟,姐姐誓不独生!"

两个人正你一言我一语谈得投机,忽听石榴她爹干咳了两声。原来石榴她爹白天躺床上睡了两觉，夜里也没瞌睡了，当石榴往外走时他就听到了动静。但他还以为是二猴子夜里想起石榴睡不着觉，半夜三更地偷偷来会见石榴呢！因为留宝已经收罢二猴子家的彩礼，按农村老规矩，石榴就算是二猴子的人了，所以留宝想，石榴早晚要被二猴子娶走，给二猴子当媳妇，今晚两个人互相思念，渴望亲热一会儿，也不为过，于是就装着没听见，任石榴出去和二猴子约会。但是石榴出去老长时间不回来，留宝又担心石榴得了风寒，所以就干咳两声，目的是提示石榴快点回屋睡觉。

石榴听见爹干咳两声，知道爹还没睡着，就催河娃说："弟弟快回去吧，别叫俺爹起来逮住咱俩，那可就坏事了！"

河娃留恋不舍，又突然抱住石榴拼命地吻了一阵。石榴虽然与河娃相爱多年，但从来没有公开表示过出格的爱意，更没有发生过接吻这样过分的举动。所以当河娃抱住她身体的那一刹那，石榴就觉得骨头都酥软了！这是作为一个大闺女第一次被男孩抱住的感觉，好甜蜜好温馨。她觉得自己的灵魂好像出了窍，与河娃的灵魂互相纠缠，翩翩共舞！石榴非常想与河娃缠绵一会儿，可是她怕被爹看见了，就竭力控制住自己那春潮澎湃的欲望，把河娃推开说："弟弟快走吧，以后有的是机会，别图一时之欢，酿成大祸！"

河娃这才恋恋不舍地走出厨房，石榴送河娃出了大门，河娃突然又返身抱住石榴亲了一下，方才离去。石榴的心脏像揣了只兔子，突突跳个不停，她看着河娃的背影渐渐消失在路南的胡同里，才闭上大门，从里面插上门闩，就又蹑手蹑脚回到屋里睡觉。

14 留宝生病

河娃听石榴承诺要在与二猴子登记时声明"不同意"，心里头也踏实了。第二天就不再生事，顺顺当当地上学去了。石榴也横下一条心，不怕得罪二猴子，等到登记时，坚决拒绝这门婚事！

石榴在美容美发班学习成绩优秀。她特别擅长为新娘盘头，能根据新娘的头形和脖颈的长度分别梳妆出最佳发型，让人感到新娘的发型或典雅华贵，或靓丽灵秀、魅力四射！石榴在县城一家美容美发店实习，那家店的老板发现石榴是个人才，就答应石榴毕业后来店里工作。石榴这时也信心满满，幻想着自己在美容美发店里上班。等河娃大学毕了业，也在城里找份工作。她与河娃就可以去民政局登记，领了结婚证，过上夫唱妇随的甜蜜生活！

又是一个星期六的下午，二猴子这个星期不该歇班。但他想利用中午吃饭的空闲时间，骑摩托车把石榴送回家，来回只需要一个小时。于是二猴子给石榴打电话，可是石榴的手机一直关机。二猴子心想，莫非石榴根本没有用手机，手机还在礼品盒里放着！

这事还真叫二猴子猜对了，石榴根本没动手机，那手机还在礼品盒里躺着呢。石榴还像上次一样，上午上完课，不在学校里吃午饭，就骑自行车回家了。她这样做除了想回家给老爹做饭，还有一个目的，就是怕二猴子来接她，故意提前回家。

石榴走到家，还没进堂屋门，就习惯性地叫声"爹"。往常留宝听到石榴喊他，会马上答应着走到门口迎接闺女。可是今天石榴叫了一声，没人答应。石榴随后走进屋里，往东间一看，她爹正趴在地上，右边一只手和一条腿在蹬抓，左边半个身子像死了一样不会动弹，口里发声含混不清。石榴急忙向前想扶他起来，可是她爹的身子已不会配合，怎么也拉不起来。

石榴急得放声大哭！她想跑到邻居家找人帮忙把爹送进医院，走到头门前，忽然想起二猴子给她买的手机。石榴马上跑回堂屋，从柜橱里拿出礼品盒来，取出手机。她打开手机，迅速拨通了120。医院的急救医生接了电话，问明石榴她爹的症状和家庭位置，最后说："救护车马上出发。"就把电话挂了。

鹌鹑店离县城只有十公里，约十五分钟救护车就到了，护士帮着石榴把留宝抬上救护车，给留宝输上氧气，打上针进行急救。救护车一路未经过闹市区，一会儿就开到了县医院。

留宝得的是脑梗，因发病时间短，抢救及时，治疗没几天就有了好转。

一天二猴子躺在床上休息，又试着拨石榴的电话号码，没想到这次拨通了。电话里传来石榴轻柔的声音："二哥不忙了？"

二猴子马上高兴地说："亲爱的，哥好想你！给你打过好多次电话，小宝贝都关机，今天怎么开机了？"

石榴正在病房，电话里的声音很大，几个病人都听见了。石榴脸一红，急忙走出病房，来到走廊里说："我在病房里呢，人多，你别说那肉麻的话！"

二猴子问："妹妹怎么在病房里？是谁有病了？"

"我爹得了脑梗，我在医院侍候他呢。"

"在哪个医院，几号病房？"

"在县人民医院，302号房间呢。你不用惦记，现在病已经变轻了。"

二猴子挂了手机，给总监打了个招呼，就骑上摩托车朝县人民医院驰去。他想老岳父有病，我这新女婿去看他，岂能空手？于是又拐进超市买了一箱牛奶，还买了几斤水果。

石榴见二猴子掂着礼品来看望她爹，心里也十分感动，忙上前接过礼品说："二哥你整天忙得喘不过气来，又买这么多东西看俺爹，真不好意思呀！"

二猴子来到留宝床前，弯下腰问留宝："大伯现在好些了吗？"

留宝说话含混不清，但心里还清楚。他说："没——没——大——溪（事），过——依（几）天——优（就）——好了。"

"伯父躺在床上天数多了容易便秘，要多吃些水果。"二猴子说着就拿出一个梨，削去了皮，切成一块一块的，放在碗里，亲自喂留宝吃。

石榴在一旁看着，二猴子像个亲儿子似的侍候老爹，心里不禁对他也增添了几分亲情。石榴心想，如果不是二猴子送彩礼带了一个手机，爹突发脑梗，就会延迟抢救的时间，说不定爹的病就耽误了呢！这样想来，二猴子对老爹还有救命之恩哪！石榴又想：要不是河娃已经占据了自己的心，她和二猴子结为夫妻是顺理成章、毫无疑问的事。可是现在她的心已许给河娃，她也在河娃面前信誓旦旦地许诺"今生非河娃不嫁"，任凭二猴子再好，她也不能转移了呀！

石榴心里好生纠结，她想，如果二猴子要求与我去登记，自己怎么好意思拒绝呀？如果管登记的人问我"同意不同意与二猴子结婚"，当着二猴子的面，我怎么能说"不同意"呀？如果我说不同意，那不太伤二猴子的心吗？我也于心不忍呀！

二猴子在病房待了一会儿，总监打电话说，有客人需要招待，令二猴子赶快回去。石榴就说："二哥快回去吧，别耽误了工作。"

二猴子又嘱咐石榴几句"要细心照料好大伯"的话，然后掏出一千块钱来递给石榴说："我带的钱不多，你先用着，等下次来我再多带点。"

石榴说啥也不要，她说："我来时带着钱呢，我爹有合作医疗，医药费能报销，也花不多少现金。"

二猴子见石榴不接，把钱往地上一扔，拔腿就跑。

石榴拾起钱来，一直追到医院大门口，看见二猴子已经骑上摩托车，飞也似的去了。她看着二猴子远去的背影，心里忽然滋生出几分恋恋不舍的情绪。石榴觉得二猴子好可怜，他对自己好，对老爹孝敬，可是自己却准备跟他分道扬镳，无情地淘汰他，这对二猴子是多么残忍的决定！而这个决定还必须由石榴当着二猴子的面来宣布，这让对二猴子满怀感恩的自己情何以堪！这时石榴恨不能把自己劈成两片，一片赠给河娃，另一片留给二猴子。

再说二猴子回到酒店，忙活一阵过后消停下来，忽然想到：我和石榴的婚事已经定下来了，石榴她爹就是我爹娘的亲家呀。现在石榴她爹因病住院，我爹和我娘也该到医院瞧看一趟才对呢。于是二猴子就拨通了家中的座机，二猴子他娘听见电话铃响，就过来接电话，听到二猴子说："石榴她爹得了脑梗，现在县人民医院 302 病房治疗呢。娘，你和俺爹去医院瞧看一趟吧。"

二猴子他娘说："石榴她爹是你的老丈人，不是你岳母，要是你岳母活着，她有病，该我去瞧看；现在是你老丈人有病，你爹去瞧看就行了，不用我去。"

一会儿兴邦从外边回来，二猴子他娘把石榴她爹住院的事给兴邦说了。兴邦说："我刚才在外边也听说石榴她爹得了脑梗，在县医院住着呢。我这就去医院瞧他。"

二猴子他娘说："石榴这丫头这么命苦，仨月大就'独'死了她娘；还没成人呢，又'独'得她爹生了大病。你说这脑梗就是治好了，也得半身不遂呀，她要嫁过来，可成咱二小一辈子的负担了！"

兴邦听出老婆对和留宝家结亲有后悔的意思，就说："石榴就这一个老爹，跟着闺女不过吃碗饭，老头家也不讲究穿，也不会花钱，他能给咱增加多少负担？你别在邻居面前瞎说，传到石榴耳朵里可不好看！"

兴邦就带了两千块钱，骑上自行车上路了。兴邦骑车行有五六里远，眼看就要驶上去县城的柏油马路，这时后面一辆三轮车驶来，赶巧前面一辆拖拉机也相对开来。在这狭窄的乡间土路上，两辆车交会，通过是很勉强的。后面来的那辆三轮车往右一靠，就擦上了兴邦的车把，兴邦的自行车一拧头，就往外歪了。兴邦从自行车上一头栽了下来，又滚到路沟里。他忽然觉得右大腿一阵酸疼，想爬也爬不起来了。

开三轮车的是个妇女，车上还坐着她男人。两口子一看自己的车撞到人了，急忙停下车，下到沟底来扶兴邦。谁知往上一搊兴邦的身子，却见兴邦疼得龇牙咧嘴，嗷嗷地叫唤。两口子这才意识到这人可能是骨头折了。这时那辆拖拉机上也下来两个人，他们四个用胳膊托住兴邦的身体，把他抬到了三轮车上。这两口子本来是要去城里买化肥的，这一出事，也不说买化肥的事了，就拉着兴邦向县医院奔来。

到了县医院，开三轮车的小两口把兴邦安排进骨科病房，又给医院缴了三千元押金。兴邦躺在病床上，就给二猴子打了个电话。二猴子听爹说摔伤了腿，在县医院治疗呢，心头一惊！他慌忙给总监请了个假，心急火燎地骑上摩托车向县医院驰来。这次有病的是他亲爹呀，可与上次石榴她爹住院不同。说心里话，二猴子看石榴她爹，那完全是为了石榴的面子，要不是留宝生了个如花似玉的姑娘，咋也轮不到二猴子去看他呀。

二猴子来到医院，见有一对年轻夫妻在侍候他爹，心想莫非是这两人开车撞到了俺爹？兴邦知道二猴子脾气暴躁，怕二猴子知道是这两口子开车撞到了他，一怒之下再动起拳脚，所以不敢给二猴子说是被三轮车撞到了，只说："我骑车不小心歪倒了，滚到路沟里，骨头摔裂了，多亏你这位大哥和大嫂路过那里，把我抬上他的三轮车，送来医院，又推着我做了检查，还拍了片子。你要谢谢这位大哥和大嫂。"

二猴子就转过脸来说："谢谢大哥和大嫂救了俺爹！"

二猴子说话时见这对夫妻脸上带着诚惶诚恐的神色，他想凡是做好事救助他人的人，心中坦然，都不会流露出畏惧的神情，观此二人心中胆怯，必是他二人开车撞到了俺爹！二猴子聪明过人，他马上想出一招来进一步摸底，就问那一对夫妻："给医院缴了多少押金？"

那男的说："我俩今天就带了三千元钱，都交给医院了。"

这时二猴子心里已有了底，因为他知道爹来城里看病人，兜里肯定带个一两千块钱的。既然人家好心办好事，救助了老爹，爹肯定不会再让人家拿钱交押金。他想，老爹遇事总是先为别人着想，他是怕我知道了事情的真相，激动起来动手打人，所以才不敢给我透露实情的。不过二猴子见这肇事者及时把爹送到了医院，又交了押金，也算尽力而为了，自己也没有理由再对人家发脾气。

兴邦又对那两口子说："我儿子来了，他在这里侍候我就行，你俩回家去吧。"

那小两口见二猴子长得人高马大，心里十分害怕，正想借故溜走呢，听兴邦说放他们回去，就说了一句："过两天俺们再来看你老人家。"就匆匆离开医院，开着车回家去了。

兴邦又想起二猴子他娘来，他觉得儿子侍候自己不够方便，还是自己的老婆侍候得周到、细致、温馨而又熨帖，于是就对二猴子说："医生说我需要住院一个月，你还有工作，耽误的时间太多了，恐怕领导对你有意见。你就给你娘打个电话，让她来侍候我吧。"

且说二猴子他娘在家正觉得心神不宁，疑惑兴邦走了一天为啥还不回来？她正要给兴邦打电话，忽听电话铃响，便快步走到电话机前拿起话筒，就听二猴子说："俺爹在路上摔伤了，现在住在县医院 304 号病房治疗，你来侍候俺爹几天吧。"

二猴子他娘一听这话，就觉得头轰的一下。在二猴子他娘眼里，兴邦就是她的天，兴邦要是有个好歹，二猴子他娘就像天塌了一般恐惧。所以她一听说兴邦摔伤了，不由得悲从心起，那眼泪就扑簌簌滚落下来！

二猴子他娘一面抹眼泪，一面去给三轮车加油，准备开着三轮车去城里。原来平时兴邦因公事繁忙，很少下地干活，家里那几亩地全靠二猴子他娘耕种。二猴子他娘经常开着三轮车，往地里拉粪，往家拉粮食，所以她的开车技术比兴邦还熟练。

赶巧这时钱溪香抱着孩子来串门。她见二猴子他娘哭泣着在给三轮车加油，就问："兴邦婶子，你家二猴子都找到媳妇了，喜事临门，你哭啥呀？"

二猴子他娘是个肚子里不装事的人，心里有啥委屈见人就要统统道出来。她见钱溪香问她，便哽咽着说："我的娘哎，溪香你说俺家咋这么霉气呀？上午你兴邦叔去城里瞧看石榴她爹，谁知走到半路跌了一跤，就摔伤了腿，现在正在医院治疗呢！"

钱溪香正对石榴夺去了她妹妹的爱婿怀恨在心呢，这可抓住了个挑拨离间的好机会，她故作惊讶地说："俺兴邦叔可是个大福大贵的人，我自从嫁到鹌鹑店，您家一直人财两旺、诸事顺心呀！怎么刚跟留宝家闺女定了亲，就招灾祸了呢？"

二猴子他娘听钱溪香这样一说，也想到，要不是二猴子跟石榴定亲，俺老头子也不会去城里看他呀。兴邦这次摔伤，不正是跟留宝家结亲引起的吗？

钱溪香见二猴子他娘听了她的话愣了一会儿，知道二猴子他娘也疑惑起来，便接着说："你说石榴这闺女咋恁命'独'呀，出生仨月'独'死老娘，没出嫁又'独'得老爹得了脑梗，还没过门呢，这'独'气又熏得公公招了灾！"

钱溪香这几句话像精密的导弹，弹弹精准地命中了二猴子他娘的心病。二猴子他娘忽然意识到石榴就是个"灾星"，谁家娶她做媳妇，她就会把不幸带到谁家来！她心里真的后悔跟留宝家结亲了。

钱溪香觉得自己说的话也太露骨了，恐怕二猴子他娘意识到自己是有意挑拨，就又说："大婶子快去吧，路上一定小心开车，我走了。"

钱溪香说完就抱着孩子回家了。二猴子他娘擦干了泪，锁住家里的大门，就开着三轮车快速往县医院驶去。

二猴子他娘来到医院，找到 304 号房间，一看她家老头子躺在病床上，心疼得泪又淌了下来。她站在兴邦床边，摸着兴邦的手关切地问："你摔伤哪里了？现在还疼吗？"

兴邦见老婆泪眼婆娑，十分心疼的样子，心想，世界上还是老婆最亲呀！人老了指望儿女侍候也不行，还是得靠自己的老伴呀！他又恐怕老婆伤心，就安慰她："没大事，就是骨头裂点缝，过几天就好了。"

二猴子他娘又说："你说咱家几十年都是顺风顺水、人财两旺，怎么咱二小一跟石榴订婚，就招祸事了呢？该不是石榴命'独'，妨碍了咱吧？"

二猴子一听他娘想把爹跌伤腿的事赖到石榴头上，心里气愤，就怼他娘："天有不测风云，人有旦夕祸福，我爹自己骑车不小心摔伤了腿，跟石榴有什么关系？你别疑神疑鬼地瞎胡说！"

兴邦也说："你别自家出点小事，就往人家身上推责任，弄得孩子还没结婚两家就闹起矛盾来！"

二猴子他娘被二猴子和他爹怼得也不敢再抱怨石榴命"独"了。恰在这时，石榴掂着礼品来看兴邦，原来二猴子侍候着他爹，一有空就往留宝病房跑，他其实并不是关心留宝的病情，而是想跟石榴说说亲热话，因而石榴也知道二猴子他爹摔伤了腿，并且在骨科病房住着治疗。所以石榴得个空就上超市买了礼物，来看二猴子他爹。石榴一进门看见了二猴子他娘，就说："婶子啥时候来的呀？"

二猴子他娘一见石榴，觉得石榴虽然美丽，但那眼神里带着忧伤的情绪，像个不祥之物，来到她跟前会加重她家的霉气，因而那脸耷拉着，冷冷地回答："我来一会儿了。"

石榴觉得她是为二猴子他爹摔伤而难过，也不介意，就走到二猴子他爹床前问："大叔，现在腿还疼吗？"

二猴子他爹说："不疼了，你爹现在啥样呀？"

石榴说："我爹也好多了，就是半个身子不能动，医生说这是脑梗后遗症，叫出院后继续服药，慢慢锻炼。"

石榴正和二猴子他爹说话，钱溪清也掂着礼物来看二猴子他爹。原来钱溪清和二猴子也是电话联系，虽然在一起上班，只要一会儿不见便互打电话问候。二猴子今天在医院侍候他爹，钱溪清早就知道，所以一有空，便买了礼物来看他爹。

二猴子见钱溪清过来，就忙着给他娘介绍："这位是我的同学，名叫钱溪清，现在和我在一个单位上班呢。"

二猴子他娘一看钱溪清生得眉清目秀，一脸无忧无虑的笑容，心想这丫头真是个阳光女孩呀！嫁到谁家都会给人家带来好运！她就问钱溪清："闺女家是哪个村的呀？"

钱溪清说："俺家是钱塘村的。"

二猴子他娘想起钱溪香也是钱塘村的，便问："你认识钱溪香吗？"

"溪香是俺亲姐哩。"

二猴子他娘夸奖说："怪不得你长得恁好看，你姐就是俺村最漂亮的媳妇，不过你长得比你姐更俊三分哪！"

溪清有些不好意思地说："婶子真会说话，我哪有那么好？"

这时，溪清又听石榴对二猴子他爹说："要不是二哥给我买了个手机，我就不能及时呼叫救护车，说不定俺爹的病就耽误了呢！"

溪清心里就"咯噔"一下，她想二猴子和这位姑娘是啥关系呀？我和二猴子谈恋爱一年多了，我还给他买了一身休闲装，他也没给我买过一分钱的东西，怎么他对这姑娘如此大方，给她买手机呢？

二猴子怕石榴说的话让钱溪清起了疑心，就打断石榴的话，对他爹说："爹，我的同事来看你呢。"

钱溪清就走到二猴子他爹的床前，石榴赶忙站起身来，给钱溪清让位。二人本不认识，这时面对面一看，钱溪清见石榴面如桃花，眉若裁柳，目含秋水，不由得心内一惊，她想这人相貌更胜我几分，二猴子见了岂不动心？但溪清这时也顾不得多想，就又扭过脸来看着二猴子他爹说："大叔现在好些了吗？"

兴邦说："好多了，你们都忙得很，还抽空跑来看我，真不好意思呀！"

溪清有心向二猴子的父母暗示她与二猴子的恋爱关系，就说："我跟二哥在技校就是同学，二哥待我很好，情同手足。在酒店上班，他对我又照顾得很周到，我听说您老人家摔伤腿了，怎能不来探望呀？"

二猴子见钱溪清说话露七露八的，又怕石榴知道了他与钱溪清的暧昧关系，就急忙劝说石榴："你回去吧，俺大伯还打着针呢，不定有个啥事呢，别让他找不着你心急！"

石榴也见这里人多，连个站的地方也没有，就对二猴子他娘说："我回去了，婶子，你也注意休息，别累着了。"

二猴子他娘冷冷地回了一句："你过去吧，好好照顾你爹。"

石榴离开了骨科病房，心中回味着钱溪清那句话——"她和二猴子情同手足"，这世上男女同事好得到了情同手足的地步，岂不是互相爱慕吗？再看钱溪清的长相也是百里挑一的漂亮，她跟二猴子恁好，二猴子能拿捏住分寸吗？想想二猴子在自己面前献殷勤的模样，可想而知他是怎样讨钱溪清的欢心了！

石榴转念又一想，二猴子要真和钱溪清好上了，岂不省了自己的心；如果二猴子主动跟我告吹，他也不会怨恨我无情了，也省得我在登记时说"不同意"的话了。这倒是最好的结果呢！

再说二猴子把石榴劝走了，又听他娘问钱溪清："闺女，你长得恁漂亮，一定有不少男孩追你吧？"

溪清掩口，笑而不答。二猴子他娘又问："你找男朋友没有？"

溪清有心告诉二猴子他娘，自己和二猴子谈着恋爱呢，可是又觉得这样直白，显得自己卖得太贱了！女孩子还是保持几分矜持为好。她看了二猴子一眼，那意思是征求二猴子的意见。二猴子明白，钱溪清是想在他爹娘面前挑明他们二人的恋爱关系，所以他又是挤眼，又是摇头，暗示钱溪清不要告诉他娘二人的恋爱关系。钱溪清就笑了笑，违心地说："还没有找到男朋友呢。"

二猴子见他娘拐弯抹角地盘问钱溪清，钱溪清也想向他娘吐露真情，心想钱溪清与老娘谈的时间长了，一定会穿帮。他想把钱溪清劝走，可是又见老娘和钱溪清你一句我一句，正聊得火热，自己插不了嘴。

二猴子急中生智，就跑到走廊里偷偷给总监打了个电话，告诉总监："俺娘说起话来没了头，钱溪清想走，但被俺娘缠着，脱不开身。你不叫钱溪清回去，到天黑俩人的话也说不完。请你给钱溪清打个电话，叫她马上回去。俺娘见有领导电话传她，就放她走了。"

总监接了二猴子的电话，就马上拨通钱溪清的电话："钱溪清呀，现在有客人需要接待，请你马上回来！"

钱溪清一听是总监叫她回去，不敢怠慢，就对二猴子他娘说："领导叫我回去呢，婶子忙吧，我有空再来看俺大叔。"

二猴子他娘送走了钱溪清，回来对二猴子说："我看这个小闺女一说两笑的，是个有福的样，你要跟她谈成对象多好！"

二猴子不耐烦地说："娘，你儿子一个老鸹能占几枝呀？都跟石榴订罢婚了，我还吃着碗里，占着锅里，让外人知道了不说我混账吗？"

留宝生病

14

15 算卦

钱溪清离开医院，心里反复琢磨着石榴那句话："要不是二哥给我买了个手机，恐怕俺爹的病就耽误了！"溪清心想，一个手机少说也得几百元呀，二猴子为啥在她身上恁大方？他俩一定有扯不清的关系！看那姑娘，颜值比自己还要高，二猴子估计已经拜倒在她的石榴裙下，怪不得二猴子对我总是若即若离，不甚上心，原来他早就有心仪的姑娘了。

钱溪清越想越气愤，她掏出手机来要给二猴子打电话，问问他和石榴到底是啥关系！钱溪清刚要拨电话，转念又一想，二猴子对石榴比对我爱得更深，我对他千般讨好，还拴不住他的心呢，今天要是一发脾气，和他弄崩了，他不正好彻底抛弃我吗？那样我一年来在他身上下的功夫都白搭了呀。何况我已把自己最珍贵的东西都奉献给他了，酒店里的人谁都知道，他要抛弃了我，谁还要我呢？想到这里，钱溪清又不敢给二猴子打电话了。

她冷静地分析自己面临的严峻形势：从颜值上她是拼不过石榴的，自己的长处就是近水楼台先得月，自己目前与二猴子朝夕相处，比较方便培养与二猴子的感情。她想，我还是要打感情牌，今后要对二猴子更温柔更体贴，对他百依百顺，争取二猴子的心向自己倾斜。万万不可激怒二猴子，做那为渊驱鱼的傻事！

后来二猴子他爹出了院，二猴子又能正常上班了。钱溪清在二猴子面前表现得更温顺，二猴子的衣服穿不了两天，钱溪清就让他脱下来，给他洗净晾干，规规矩矩地叠起来，放在二猴子的箱子里。二猴子的室友歇班回家，钱溪清就主动来到二猴子的卧室，给二猴子做伴，帮二猴子排遣寂寞。酒店里的人都知道他俩在谈恋爱，也都给他俩提供方便，乐见其成。

这一天，钱溪清忽然感到不想吃饭，而且伴有恶心、呕吐的症状。她以为是感冒了，就到酒店附近的一个中医门诊去看病。一位中医给她号了脉，发现她的脉跳动如滚珠，而且有力，这是怀孕了的脉象。但医生发现钱溪清的皮肤光滑水嫩，不像个已结婚的。因诊室里还坐着其他病人，这位中医不敢造次，就委婉地问钱溪清："姑娘今年多大了？"

钱溪清说："我二十一岁了。"

"结婚没有哇？"

"没结婚呢。"

"有男朋友没有？"

"有了。"

"你男朋友来了吗？"

"他没有来。"

那位中医就说："看你的脉，没有病，过几天症状就会消失。我建议你让男朋友陪着到医院做个尿检。"

钱溪清本是聪明女孩，又学过生理卫生，她对人的生理知识比那些农村老媳妇懂得还多。这个月该来例假却没有来，钱溪清就怀疑自己是怀孕了。所以她听老中医这一说，就知道医生是当着这么多男病号的面，说透了恐怕自己难堪，才这样含蓄呢！

钱溪清对自己怀孕并不十分害怕，因为天塌下来有二猴子扛着，大不了快点登记结婚呗。钱溪清回到大酒店，就很平静地对二猴子说："我该来例假没有来，又是恶心，又是呕吐，浑身乏力，你陪我去医院检查一下吧。"

二猴子说："你是感冒了吧？去附近的小诊所看一下，拿包药一吃就好了，何必去大医院呢？"

钱溪清说："我在小诊所看过了，医生说我是怀孕了，要我到医院再做个尿检呢。"

二猴子一听钱溪清说怀孕了，大吃一惊，他比钱溪清还显得慌张，耷拉着脸说："那就快点做人工流产吧！"

钱溪清本以为二猴子听说自己怀孕，会异常惊喜，爽快地提出与自己登记结婚，万万没想到他对自己肚子里的孩子如此无情！钱溪清气得当场就放声大哭。二猴子这时也作了大难，他想，钱溪清要真生下这个孩子，岂不成个万年脏^①？我想甩她也甩不掉了。再说石榴要是知道了，一定会跟我退婚，所以我必须劝钱溪清做流产手术。

二猴子不愿意与钱溪清登记，就说："咱俩交朋友的事我还没有给爹娘说呢，再说俺娘给我订过婚了，你得等我把家里那个媒茬退了呀。如果不经老娘许可，咱就登记，那会把俺娘气死的！"

这时，一听到钱溪清的哭闹声，酒店里的人都围过来看热闹。钱溪清为了防止其他姑娘再暗恋二猴子，也为了防止二猴子再诱惑别的姑娘，她早就把和二猴子谈恋爱的事公开化了，使得酒店里的姑娘们都知道二猴子已是"名花有主"，对二猴子也就敬而远之，不做非分之想。钱溪清见围观的人越来越多，她想争取同事和领导们的同情，索性哭着诉说：自己已经怀孕，希望和二猴子早日登记结婚，以便给她和肚子里的孩子一个合法的身份。

大家听说钱溪清怀孕了，都同情钱溪清，纷纷劝说二猴子快点和她去领结婚证，早日举行婚礼。免得让人家一个大闺女在娘家生孩子！

二猴子自知理亏，又不愿意与钱溪清领结婚证，面对众人的指责，他耷拉着脑袋，憋气不吭声！

总监听见吵闹声，也走过来，他了解了一下情况，就遣散了人群，把二猴子叫到办公室，对二猴子说："二猴子，人家钱溪清人长得漂亮，脾气又好，论学历，和你一样，配你，也称得上金玉良缘了。这么好的缘

① 万年脏：菏泽市土话，指永久的祸害，即后患无穷。

分，你不珍惜，你小子还想多高哇?"

二猴子哭丧着脸说："我已经订罢婚了呀，要再娶一个老婆不违法了吗?"

"你已订婚了，为啥还勾引人家钱溪清呢?"

"我没勾引她呀，是她自动投怀送抱，弄得我也把持不住，稀里糊涂就犯错误了!"

总监连批带哄地劝说一阵，二猴子还是不愿意跟钱溪清登记结婚。

钱溪清也觉得没有脸面在大酒店继续上班了，闹腾过后，骑着自己的木兰摩托，哭哭啼啼地回家了。

钱溪清回到家里，见她姐姐钱溪香也带着孩子来走娘家，就哭着把她怀孕、二猴子不答应与她登记，要让她流产的事诉说一遍。钱溪香听了妹妹的哭诉，气得破口大骂："二猴子这个王八蛋，吃着碗里，占着锅里，脚踏两家船，你既然定了亲，为啥还缠着俺妹妹?"

钱溪清说："我去医院看二猴子他爹时，见一个叫石榴的闺女也在那里坐着，人长得特别漂亮。是不是她和二猴子定亲了?"

钱溪香说："就是那个石榴跟二猴子定了亲!"

这时钱溪清的老娘也在一旁，她听溪清说已经怀孕了，二猴子又跟别人定了亲，气得差点晕过去! 老太太想，俺溪清从小又听话又乖巧，长得像一朵鲜花，村里谁见谁夸，满心盼望着她将来找个当干部的对象，相亲相爱地过日子呢，怎么就恁命苦，碰上个流氓，把俺孩子玩得怀了孕，又不要! 你说一个黄花大闺女，这事要让街坊邻居知道了，岂不让人耻笑! 溪清她娘想到这里，伤心地掩面大哭，她边哭边说："我的娘哎，我一辈子也没坏过良心，咋让俺闺女碰上个狼耶!"

钱溪香见她娘哭得伤心，过来劝她："娘，你别伤心，二猴子跟顾石榴能不能结婚还不一定呢。前一段时间二猴子他爹去医院看石榴她爹，在路上摔伤了腿。二猴子他娘就怀疑是石榴的命太'独'，还没过门就'独'得老公公出车祸了! 我看二猴子他娘对二猴子和石榴定亲已经有后悔的意思了!"

溪清她娘听大闺女这样一说，似乎还有门路，就止住了哭声。娘仨正在商量下一步该咋办，忽听街上"叮叮当，叮叮当"来了个算卦的。溪清她娘心想，给俺闺女算算卦吧，看看俺溪清命里该嫁给谁。于是她来到街上，叫住那算卦的瞎子，走到近前对瞎子说："先生，你来家里喝口水吧。"

那算卦先生久经江湖，一听就知道这老太婆是有些隐情，不便在大街上说，才来请自己去她家里秘密算卦呢。于是他把手里的探路棍微微抬起来，让溪清她娘手牵着探路棍，把他领进家门。钱溪香随后就把大门关上，并插上门闩。

那算卦先生跟溪清她娘走进堂屋当门，溪清搬了个小杌子让他坐下。溪清她娘就说："先生呀，我有一个二女儿，今年都二十一岁了，才谈了个对象，还没结婚，想让先生给她算算命。"

那先生问："你的二女儿今年二十一岁，该是属狗的，但不知是几月几日几时生？"

溪清她娘说："我女儿是七月初六辰时生。"

那先生就拉着长腔唱起来："你女儿属狗二十一，七月初六辰时喜，五行属于壬戌水，她本是水边一夭桃，大风吹落随浪漂，别看人才似天仙，命里处处有艰难，虽然聪敏有才干，嫁对郎君享富贵，嫁错郎君苦无边。"

溪清她娘一听，这先生算得真准哇！她就告诉算卦先生："俺二妮长得就是美如天仙，可是命运不好，处处遇艰难呀！你说找个对象吧，又碰上个不诚信的人，两人已经谈了一年，那个没良心的男人脚踏两只船，到现在也不跟俺闺女登记结婚！"

算卦先生说："你女儿谈那对象的生辰八字，你知道吗？"

溪清说："我知道他是属鸡的，八月十六生，但不知道他出生的时辰。"

算卦先生又唱起来："辛酉本是木命鸡，八月十六有饭吃。锦衣玉带当官运，聪明能干娶贤妻。男木女水大吉利，家中财源常进室。两口富贵重如山，生儿育女居高官。"

算卦先生唱完，害怕她娘仨听不懂，又解释一番："你女儿是水命，她谈这个男朋友是木命，男木女水是金玉良缘，将来结了婚能发家致富，儿女兴旺，官运亨通，你切不可错过！"

溪清她娘说："可是那个渣男不想要俺女儿呀！"

钱溪香说："那个渣男现在又定了一个对象，叫石榴，也是属鸡的，大概是二月生，你再算算他俩结婚吉利不吉利？"

算卦先生说："俩人都属鸡，那是木配木，夫妻相克，人亡家败，是大害的婚配。"

钱溪香听了算卦先生的话，灵机一动，心想要是能把算命先生领到兴邦家门口，给二猴子算上一卦，二猴子他娘知道她儿子配石榴是大害婚姻，心里害怕，说不定就会跟石榴退婚呢！于是她说："先生啊，要甩我妹妹的那渣男叫二猴子，是鹌鹑店东头的，跟我婆家是对门邻居。这二猴子现在定的对象叫顾石榴，在鹌鹑店西头住。顾石榴命'独'，出生仨月就把她娘'独'死了。前一阵子又'独'得她爹得了脑梗，现在半身不遂，还在床上躺着呢。我把你领到俺门口，你先给我算一卦。二猴子他娘肯定出来看，她见你算得准，就会让你给二猴子算命。你要把二猴子与石榴婚配相克的情况说得严重点，让二猴子他娘害怕，她可能就会跟石榴家退婚。他们两家要是退婚了，我会好好谢谢你！"

那算卦先生听了钱溪香一席话，心中暗喜，他想，我发财的机会来了！于是他就把右腿往左腿上一跷，昂起头来信心满满地说："大姑娘你放心，二猴子他娘只要让我给二猴子算卦，就凭我这三寸不烂之舌，一席话管叫他婚姻崩盘，男女分手，各奔前程。"

钱溪清听了算卦先生的承诺，心里兴奋，便说："先生你要能把二猴子与石榴拆散了，我给你五百块钱的谢礼！"

谁知那算卦先生听了钱溪清的话，却把跷着的二郎腿放了下来，头一低，脸一耷拉，说："拆散人家的婚姻是坏良心的事，办这事我这一辈子瞎，下一辈子还得瞎，我还是积点德吧。"

钱溪香见算卦先生想打退堂鼓，急忙劝他："先生，你虽然拆散了一对，但你又成全了俺妹妹，是有功也有过，功过相抵，就不赏也不罚了呢!"

"大姑娘,你不知道,那阴间的法律跟阳间的法律一样,你行的好再多,也不能抵罪,只要犯了罪,照样判你刑!"

钱溪清知道是这算卦先生贪财,想乘机捞一把,但她别无选择呀,只好对算卦先生让步,说:"先生,你要能算得我和二猴子登记结婚,我给你一千元,行吗?"

"不行呀姑娘,我害怕到阴曹地府受罚!"

"给你两千块怎么样?"

"两千块钱,我能花几天哪?能干那坏良心的事情吗?"

"给你三千块,行不行?"

钱溪清工作了一年多,手里也攒了一万多块钱,所以她敢下码。

那算卦的先生心想,这一个小姑娘手里能有几个钱?要再勒索得多了,恐怕她也拿不出来,于是就顺水推舟地说:"看你这小姑娘一片诚心,为了成全你的婚姻,我瞎子就奋不顾身,冒一次险吧!"

钱溪清见算卦先生答应了,就说:"我今天先给你一千块,等你给二猴子算了卦,他跟石榴退了婚,我再给你一千块;若二猴子跟我登了记,我再给你一千块,你看行不行?"

那算卦先生拍着胸脯说:"你大叔虽然是盲人,但一生行侠仗义,并不看重钱财。闺女你就凭良心吧!"

当下钱溪清就掏出一千元人民币,递给了算卦先生,并说:"先生你点一下,看够一千元不够。"

算卦先生慷慨地说:"不用查,够不够就这样了。"然后也不点,就装进腰包里了。

钱溪香又把她家的情况和二猴子家的情况,还有石榴家的情况给算卦先生详细陈述一遍。那瞎子有两大优点,一是听觉灵敏,二是记性好,你说一遍,他就牢记在心,经久不忘。

当下溪香、溪清和算卦先生商量好了行动步骤。溪清她娘也做好了饭,请算卦先生饱餐一顿。钱溪清骑着摩托,带着算卦先生;钱溪香骑着自行车带着孩子，便往鹌鹑店驶来。路上钱溪香掏出家门上的钥匙，递给溪清说："妹妹，你骑摩托走得快，你先头前走吧。到家门口，让算卦先生下车来，就坐俺家门口敲他的梆子；你打开家门，就躲在屋里别出来。"

钱溪清就带着算卦先生，加大油门，头前走了。一会儿工夫来到了鹌鹑店东头。赶巧街上没有人，钱溪清就让算卦先生从车上下来，坐在门西边路沿上敲他的梆子。钱溪清用钥匙打开姐姐家的大门，就推着摩托进院里去了。

一会儿，二猴子他娘听见街上"叮叮当，叮叮当"的梆子响，知道是来了个算卦的。她走到门外一看，见一个瞎子正坐在木箱子上敲梆子呢，口里还不时地喊："抽签算卦，抽签算卦。"

几个领小孩的娘们也都走过来看热闹。二猴子他娘这几天正闹心二猴子的婚事，想给二猴子算一卦，她又怕算卦先生算得不准，心想等别人先算，如果算得准了，再给二猴子算，如果算得不准，她就不算。

这时钱溪香骑着自行车，带着孩子回来了。她把自行车放回家，又抱着孩子出来，也站在人群里看热闹。钱溪香见没有人算卦，就问那瞎子："先生，算一卦要多少钱？"

"五元一卦，多一分不要，少一分不算。"

钱溪香说："五元太贵了，三元好吗？"

那算卦先生把头一扭，嘴就像挺机关枪，嘟嘟噜噜说出一大串话来："我能算出你的吉凶祸福，你时运不好，我能帮你逢凶化吉，让你避害趋利。你走到人生十字路口，选错了方向，就可能误入歧途，丧失发家致富的机会。我的指点，能教你走向康庄大道，财源滚滚来，福星临门照。让你人旺、财旺、官星旺。这岂是三元五元能买来的？错过了我，是你没福气，想算就算，五元钱一分不能少！"

那些娘们一听这瞎子口气怎硬，要没真本事谁敢这样吹？都觉得眼前这个瞎子有点神通。钱溪香就说："看先生这口气，也不是个凡手，你就给我算一卦吧。"

那算卦先生说："报上你的生辰八字来。"

"我属大龙的，二月十六，巳时生。"

就见那算卦先生不假思索地唱起歌来："属龙本是辰年生，五行属土大道通。生月逢春喜鹊叫，巳时命里五谷丰。巳时生女不成单，后面还有凤凰来。你命就像报春鸟，嫁到婆家婆家好，二十六岁该得子，二十九岁裙钗到。今年你丈夫有一灾，灾过十年好运来。"

那算卦先生唱完了歌，接着就是解释歌词："你属龙的，五行属土。命运通达，但你是巳时生人，你后面一定该有个妹妹。你有个妹妹没有？"

钱溪香说："先生算得真准呢，我就是有个妹妹。"

算卦先生又解释起来："你的命运虽然好，不过是个喜鹊鸟，喜鹊首先来开道，后面凤凰才驾到！"

钱溪香问："先生，你说俺妹妹比我命运更好？"

"你报来你妹妹的生辰八字。"

"我妹妹属狗，七月初六辰时生。"

只见那算卦先生又摇头晃脑地唱道："你妹妹属狗二十一，七月初六辰时喜，五行属于壬戌水，她本是水边一仙子，大福大贵无人比，前世有缘来凡世，要配金童成夫妻。你妹妹长得如鲜花，香了娘家香婆家，谁家要把她来娶，人财两旺官运发！"

一旁那些媳妇听算卦先生夸钱溪香妹妹如此好，纷纷对钱溪香说："溪香呀，你妹妹恁好，咋不给咱村的男孩介绍过来呀？肥水不流外人田，你可别让外村的男孩子把你妹妹拐跑了呀！"

二猴子他娘心想，咱鹌鹑店的男孩子，除了俺二猴子能配住溪香她妹妹，其余的小伙子哪个能与溪香她妹妹般配呀？

这时算卦先生又说："我算你二十六岁该得子，你二十六岁生儿没有？"

溪香说："我就是去年生的俺儿，去年我正好二十六岁。"

一旁那些媳妇都齐声赞扬："先生算得真准呀！"

二猴子他娘更是佩服得五体投地，她已打定主意，要给二猴子也算一卦。

先生又问钱溪香："你老公今年有一灾呀，你知道不知道？"

钱溪香说："我老公开春上工地查看，被楼上掉下一块砖头砸在头上，幸亏他戴着安全帽，没有大碍，但也砸得轻微脑震荡，住了一个月的医院才治好。"

算卦先生说："这就对了，因为你的命好，福佑老公，助他逢凶化吉。灾过之后你家有十年好运，兴旺发达。"

钱溪香掏出五元钱来，递给算卦先生说："先生算得真准，谢谢您！"

一旁的二猴子他娘见钱溪香算罢了，就说："先生再给俺二猴子算一卦吧。"

先生就问："你家二猴子是属啥的？几月几日几时生？"

"俺二猴子是属鸡的，八月十六午时生。"

算卦先生又唱起他的顺口溜："属鸡五行本属木，八月十六心里明，能说会道前程好，午时生来有本领，二十二岁开大运，若是娶个凤凰女，一生荣华掌权柄，子孙昌兴福无穷。若是碰上命'独'女，一命呜呼断了更。害得爹娘落大病，人亡家败苦零丁。"

二猴子他娘听先生唱那前几句，挺高兴，可是听到后几句，吓得脸都变青了。那先生唱完顺口溜，就又开始解说："你这孩子五行属木，八月十六午时生，主他聪明伶俐，能说会道，出外混，能熬个一官半职。"

二猴子他娘觉得这几句说得很对，二猴子一参加工作就当上了领班，这不正是混了个一官半职吗？

接着那先生又说："你家二儿，今年二十二岁，该交大运，要是遇上个好媳妇，嫁到你家，能给你家带来好运，以后人丁兴旺、财源广进，官越做越大。要是碰上个命运不好的媳妇，也会给你家带来灾难，后果不堪设想。"

算卦先生这几句话正击中了二猴子他娘的要害，她闹心的就是二猴子跟石榴定亲，想查一查娶石榴这个媳妇吉利不吉利。所以二猴子他娘就说："俺二小最近定了一门亲事，不知道他俩大相合不合，您给查一查呗。"

"你二小找的这对象的生辰八字，你知道吗？"

"俺二小找这个对象属鸡，二月二十九日生，时辰我也不清楚。"

先生又唱起顺口溜来："夫妻二人都属鸡，二木不能同床睡，男人难活四十岁，二十九天是末日，公公遭祸成残废，婆婆老来得风瘫，人亡家败实在惨！"

先生这一唱，吓得二猴子他娘身体都快瘫了！那先生唱完还怕二猴子他娘理解不到位，又给她详细解说："你二小找的这个对象跟你二小大相不合，都是木命，木木相害，女的能把男的克死。这女的天生命'独'，从小克死他娘，大了再克死他爹，嫁到婆家先克老公公，又克她丈夫，最后克婆婆。她要进了你家门，人亡家败下场悲惨！"

二猴子他娘带着哭腔说："多亏先生指点迷津，救了俺一家，我明天就给俺二小把这门婚事退了！先生你说，俺二小找属啥的媳妇好哇？"

"你二小鼠鸡，五行属木，找属狗的最好，属狗的五行属水，男木女水大吉利，家中财源常进室。两口富贵重如山，生儿育女居高官，公公健康婆高寿，恰似南山不老松。"

二猴子他娘一听，心想钱溪香她妹妹不是属狗吗？让钱溪香当红娘，把她妹妹介绍给俺二小多好哇！当下二猴子他娘就打定主意，先跟石榴家退婚，然后托钱溪香去她娘家一趟，给钱溪清穿针引线，做成亲事。

二猴子他娘也掏出五元钱来递到算卦先生手中，那算卦先生收了钱，怕再有谁算卦，如果算得不准了，会引起二猴子他娘的怀疑，影响她退婚的决心，就站起身来，背上算卦的箱子，用棍子探着路，出东头走了！

16 退婚

那算卦先生走后，看热闹的人都散场了，就剩钱溪香和二猴子他娘还没走。钱溪香还怕二猴子他娘下不了决心，又给她加药包："婶子呀，你没听说熊庄有个虎妞吗？那虎妞'妨'男人，嫁一个男人被她'妨'死了，再嫁一个男人又被她'妨'死了，一连嫁了五个男人，都被她'妨'死了。现在再没人敢娶她，快五十岁了，还在娘家当老闺女呢！"

二猴子他娘也听说过关于"虎妞"的传闻，经钱溪香这一说，心里更害怕了。她说："我这就跟二猴子他爹商量，马上就去留宝家把亲退了！"

兴邦虽然出了院，但由于年纪大，骨头愈合得慢，至今才能拄着棍在屋里走几步，大部分时间还是躺在床上休息。他见二猴子他娘哭丧着脸从外面回来，就说："人谁不生灾害病呀？我这腿再歇几天就痊愈了，也不会落啥后遗症。你想开点，甭天天跟丢了魂似的！"

二猴子他娘说："老头子呀，我不担心你的腿，我是担心咱二小跟石榴定亲的事。刚才那算卦先生说石榴命'独'，出生仨月就'独'死她娘，还没出嫁，又'独'得她爹半死不活，等嫁到咱家，先'独'死老公公，再'独'死男人，最后'独'死婆婆，咱二猴子要是娶了她，那可是人亡家败、五零七散呀！"

兴邦听老婆说得如此厉害，心里虽不全信，但也产生了顾虑，就说："瞎子算卦，是瞎拉呱。再说咱已送罢彩礼，岂能轻易反悔？"

二猴子他娘说："这事关系咱家生死存亡，是老天爷不忍灭咱这一户人家，才派算卦先生给咱指点迷津，咱可不能犹豫，再执迷不悟可就大祸临头了！"

兴邦说："依你的想法，该咋办呀？"

"咱二话不说，坚决退婚！"

"二小回来要是不愿意呢？"

"管他呢，老娘先斩后奏！"

见二猴子他娘已经豁出去了，兴邦也不作声了。二猴子他娘知道这是老头子默许的意思，于是就风风火火地来到河娃家。见了河娃他奶奶，二猴子他娘就说："婶子呀，真不好意思，又想给您老人家找麻烦哩！"

河娃他奶奶说："他嫂子，看你说这客气话，咱老邻老舍的，谁不用谁呀？你有啥事就说吧，我老婆子能办的一定尽力去办！"

二猴子他娘说："前一段时间咱二猴子不是与石榴定亲了吗？可是定亲没几个月，石榴她爹就得脑梗了，差一点要了命。谁知兴邦去看他，路上又出了车祸，把大腿摔折了，到现在还没下床呢。现在人家都说是石榴跟二猴子大相不合，石榴命'独'。我今天给二猴子和石榴算了一卦，算卦先生说他俩命里相害，石榴要进了俺家门，先'独'死老公公，接着'独'死男人，后来还要'独'死婆母娘！以后俺要弄得人亡家败，后悔可就晚了！"

河娃他奶奶见二猴子他娘说得如此严重，也害怕了，就问二猴子他娘："他嫂子，你说这事咋办好哇？"

二猴子他娘说："我就是想托您老人家再往留宝家跑一趟，给留宝说说，把媒退了吧，退了媒俺两家人都逃个活命！"

河娃他奶奶说："刚定了亲没几个月，人家女方也没犯啥错，你就叫我去退婚，这叫我咋张嘴呀？人家一个好端端的大闺女，你想要就要，不想要就甩，你拿人家当猴耍呀？"

二猴子他娘灵机一动，就编起了瞎话："婶子你不知道，二猴子在城里已经找着对象了，我和他爹都不知道，前几天二猴子和他的女朋友已经领了结婚证，才回来告诉我和他爹的。气得我在家哭了几场，实在没有办法，才来求你去退婚的。"

河娃他奶奶一听二猴子他娘说"二猴子已经和女朋友领罢结婚证"，就知道这事无法挽回了，应该早点告诉石榴，让石榴该找对象还找对象，别拴住人家不放，耽误她的终身大事。想到这里，河娃他奶奶说："按规矩，如果女方提出退婚，那彩礼必须退给男方；如果男方提出退婚，那彩礼就不退了呀。"

二猴子他娘心想，那彩礼花了六万块钱呢，石榴一天也没跟俺二猴子过，彩礼不退太便宜她了，于是就对河娃他奶奶说："你该要也得要，她要真不给就算了，咱只当丢了六万块钱。"

河娃他奶奶就来到石榴家，留宝还在床上躺着，石榴正在压井边给他爹洗衣服呢。石榴看见河娃他奶奶进了门，就赶紧站起身来，擦干了手，迎上去搀扶住她说："奶奶，快请屋里坐吧！"

河娃他奶奶心想，退婚是令人气愤的事，留宝有病，就先瞒着他吧，于是就小声给石榴说："我给你说一件事，闺女，你先别告诉你爹，别把他气得病再复发了。"

石榴说："有啥事，奶奶就给我说吧。"

河娃他奶奶先"唉"了一声，然后说："这事我真不想跟你说呀，闺女，可是不说又不行。二猴子那个孩子真不是人，他瞒着爹娘又在城里谈了个对象，现在已经领罢结婚证了！他爹和他娘听说了，气得骂他一顿。可是骂也不当事呀，现在不兴父母包办了。"

河娃他奶奶以为石榴听说这消息，会气得号啕大哭，谁知石榴非常平静地说："那好，奶奶你等着，我去把彩礼拿出来，你给二猴子家送去。"

河娃他奶奶说："不，不，闺女咱不给他退彩礼。是他提出的退婚，过错在男方。这彩礼不给他，他也没啥说的。"

河娃他奶奶说着就往外走。等石榴找到钥匙，打开柜橱门上的锁拿出礼品盒来，河娃他奶奶已走远了。石榴心想，奶奶怕我生气，不好意思接这彩礼盒。我就亲自给二猴子家送去吧。

二猴子他娘从河娃家刚回来，正给兴邦汇报呢，忽听院里石榴喊："婶子在家吗？"

二猴子他娘以为石榴听说退婚，气愤不过，跑来闹事呢！但听石榴那声音还像往常一样亲切，她就硬着头皮走出屋来。见石榴手里掂着礼品盒，面容还是和颜悦色。二猴子他娘正不知道怎样给石榴解释这事，谁知石榴先说话了："大婶，您检验一下这礼品吧。"

二猴子他娘觉得不好意思，她忙说："闺女呀，这事都怨您二哥没主意，被酒店那小狐狸精给迷住了！"

石榴不听她解释，自己打开礼品盒，端到二猴子他娘脸前。二猴子他娘仔细看了，一样不少，心里也被石榴的诚恳感动了，便说："闺女，你真妥当呀！要不这手机你拿去用吧。"

石榴见二猴子他娘已接过去礼品盒，就摆摆手说："我用不着手机，让俺二哥送给新人吧！"说完头也不回地走了。

二猴子他娘掂着礼品盒进了屋，高兴地对兴邦说："想不到石榴自己把礼品送来了，这丫头真实诚！"

兴邦叹了口气说："人家没犯啥错，就凭你算一卦把亲退了，也太草率了！"

这时钱溪香抱着孩子来串门，原来她在街上站着，看见石榴掂着礼品盒进了二猴子家的大门，一会儿又空着手出去了，怀疑石榴是来退彩礼的，心想这石榴真傻，男方要求退婚，女方哪有退彩礼的？于是就来二猴子家探个究竟。

二猴子他娘见钱溪香来了，高兴地说："你来得正好，我正要找你呢。这不，石榴把彩礼退回来了，我想请你当媒红，把你妹妹给俺二猴子说说吧！"

钱溪香喜不自禁，她没想到瞎子算这一卦，效果如此显著！但她还是按捺住内心的兴奋，表情很稳重地说："那好呀，明天我有空了就回娘家一趟，先给俺娘介绍一下您家的情况。"

二猴子他娘说:"溪香,俺家的情况你清楚。这不,才盖的楼房,对外边咱不说,眼下俺在银行还有十几万元存款呢。你兴邦叔在咱村里威信高更不用说了;你二兄弟中专毕业,现在大酒店当领班,一个月又拿三千多块。我这个脾气你也知道,整天嘻嘻哈哈,没跟邻居拌过嘴,赶明儿你妹妹来了,保证她不会受婆婆的气!"

溪香说:"婶子,这您不用说,咱是对门邻居,您家的情况,我比谁都清楚。您家过得好,你和兴邦叔为人也好,俺二兄弟长得又帅,又有本领。俺妹妹来到您家不会受气,还能享富,这多好哇。不过俺妹妹也是百里挑一的优秀女孩,她在大酒店上班,一个月也拿两三千元的工资。她跟俺二弟结婚,也称得上郎才女貌、金玉良缘呢。"

二猴子他娘听溪香这一说,知道溪香也愿意把她妹妹嫁给二猴子。心想,我要趁热打铁,一鼓作气把好事做成。于是她又掂起礼品盒对溪香说:"溪香呀,你还带着孩子,回娘家去一趟不容易,你就干脆带着这彩礼去吧。如果你娘同意了,你就把彩礼给她,两趟合成一趟省事了。"

原来在中原农村,说媒第一步是先介绍对方的基本情况,等双方父母都同意了,第二趟媒人领着男女见面,两个年轻人谈得来,都同意结合了,第三趟才能送彩礼呢。不过二猴子和钱溪清已经很熟,就不用再专门安排见面了。因二猴子他娘听瞎子夸钱溪清是个旺夫发家的"金凤凰",恐怕慢了一步别家把"金凤凰"抢走,所以急不可待地让溪香快点把彩礼送去。

溪香正害怕夜长梦多,二猴子回来如果不愿意就麻烦了。她想,我把彩礼先拿走,他再说不愿意,起码彩礼不退给他了。于是溪香说:"婶子你真会疼人,我抱着孩子走一趟娘家,累得腰酸又腿疼。让我连透信带送彩礼,一趟办完,可省我的事了!"

溪香说着就一只胳膊抱着孩子,腾出另一只手来接礼品盒。二猴子他娘说:"你抱着孩子再掂礼品盒,拿不了。让我给你送家里去吧。"

溪香却一边抓住礼品盒,一边说:"不用,这礼品盒没有半斤重,我带走就行。"

钱溪清还在屋里等待消息，见姐姐掂着礼品盒回来，真是大喜过望。她打开礼品盒一看，那首饰金光璀璨、精美绝伦，就问姐姐："这礼品值多少钱？"

"大概值五六万元吧。"

钱溪香拿来一个红色塑料袋，把礼品盒装进袋里，然后放进溪清的车篓中，又说："妹妹带着礼品快走吧。万一二猴子下班回来，他要是不愿意，再来要彩礼，就麻烦了。"

钱溪清告别了姐姐，骑着摩托车出了村庄，心里高兴之余，又不免有些担忧。她想，二猴子他娘把二猴子跟石榴的婚退了，又与我定了亲。这事二猴子还蒙在鼓里，他要是知道了，还不知怎么反对呢！我回去还要上班，以便跟二猴子在一起，努力去温暖他的心。人心都是肉长的，我关心他，体贴他，满足他的欲望，慢慢会感化他的。

这时暮色苍茫，路上鲜有行人。钱溪清一边驱车前行，一边盘算着怎样走下一步棋。正行间，忽然对面驶来一辆摩托车，那摩托车上坐着的人正是二猴子。二猴子来到钱溪清面前，"吱呀"一声刹住了车，问溪清："你干啥去了？"

钱溪清怕他发现车篓里的礼品盒，就把车往右边一拐，绕过了二猴子，说："天黑了，我快走哩。"就加大了油门，飞驰而去。

二猴子还以为钱溪清心里生自己的气，不愿意理自己呢。

二猴子进了村，先到石榴家门前。他敲了半天门，院里也没有动静，心想石榴可能不在家，出去玩了。二猴子没有办法，才回到自己家里。

二猴子的爹娘都怕二猴子闹事，当晚没有给他说退婚又订婚的事。到了第二天，吃过早饭，二猴子又想去找石榴，就先给石榴拨通电话。

二猴子在电话里说："亲爱的小宝贝，你昨天傍晚干啥去了？"

谁知那头接电话的是钱溪清，钱溪清听二猴子那温情肉麻的话，还以为二猴子他娘已经把彩礼移交给她的事情对他说了。听二猴子的口气还挺高兴，看来二猴子对与自己定亲的事情也想通了。钱溪清喜得心花怒放，她马上柔声细语地回答："昨天我去姐姐家，回来时天黑了，我心里好害怕，没敢停下来跟你说活，哥哥别生气呀！"

二猴子一听，是钱溪清在接电话，顿时惊得目瞪口呆，他愣了好一会儿没有说话。电话里又传出钱溪清娇滴滴的声音："哥哥怎么不说话了呢，还生我的气呀？"

二猴子无言以对，就啪的一声关了手机，转身问他娘："怎么回事，我送给石榴的手机，怎么到钱溪清手里了？"

二猴子他娘说："是石榴自己把彩礼退回来的呀。"

"不可能！我昨天中午还跟石榴通电话呢，她根本没说退彩礼的事！"

二猴子他娘就把昨天算卦先生说二猴子和石榴大相不合，结了婚会害得人亡家败；又把算卦先生说二猴子与钱溪清合婚是金玉良缘，将来人财两旺、官运亨通的事讲了一遍。末了又说："我也害怕咱家败在石榴身上呀，所以就让河娃他奶奶通知石榴把婚退了。"

二猴子听他娘这一讲，气得头都快爆炸了！他愤怒地吼叫："娘，你真昏聩到家了！瞎子胡说八道，没有一点依据，你就信了？好端端的媒茬，你不跟我商量说退就退了？我的幸福全毁在你手里了！"

二猴子像一头发狂的狮子，咆哮一阵，又想起来，必须跟石榴解释清楚这事。于是他又心急火燎地往石榴家走去。来到石榴家门前，见大门紧闭。二猴子先是敲门，敲了半天，见没人开门，就大声喊石榴的名字。这时周围的邻居听到二猴子大声喊石榴的名字，以为二猴子来石榴家闹事，都觉得石榴是一个小姑娘，她爹又瘫痪在床，很是可怜。加上大家都知道二猴子已跟石榴退了婚，所以对二猴子来石榴家无理取闹很是气愤，于是纷纷过来劝说二猴子，不要再纠缠石榴。

众人你一言我一语，越说越激动。有的说："你二猴子已经不要人家了，为啥还来无理取闹？"有的说："你是欺负女孩，看着石榴她爹瘫痪在床，乘人之危，大呼小叫地闹事！"

一帮人对二猴子推推搡搡，二猴子满肚子委屈，愈急愈说不明白！关键时刻他的好口才也发挥不出来，又见众怒难犯，只好灰溜溜地撤退。

二猴子回到家，上了楼，钻进自己的卧室，用被子蒙住头，伤心地哭泣。他想，我待石榴这么好，为什么石榴听河娃他奶奶一句话，也不打电话给我问个明白，就那么绝情地把彩礼退回来了？为什么我和石榴相处这么久，可是每当我向她表白爱意的时候，她都借故避开我的话题？

二猴子想来想去，突然明白了，石榴原来根本就没有爱过他！石榴和他同岁，她也二十二岁了，身体、心理都已发育成熟，他对异性的渴求时时刻刻萦绕心头；她也是血肉之躯，虽然没有他脸皮厚，但内心对异性的兴趣和他不是一样吗？她不是情窦未开，一定是另有所爱！她的心里已经装满了别人，所以见了他总是不来电。

那么石榴爱的是谁呢？二猴子在脑海里搜索可疑对象。村子里的其他男孩都和石榴没有交集，他们就是暗恋石榴，也没有表达的机会。何况石榴又不是随随便便的女孩，其他人也不敢向她流露爱慕之情。剩下的就是扎根与河娃了。可是扎根其貌不扬，再说扎根从上学到现在一直和自己在一起，他要跟石榴相好，岂能瞒得住我？最后二猴子把目光锁定了河娃。他想，河娃从小学就跟石榴同学，上初中又是同班同学，石榴一定是爱上了河娃，所以才心里容不下我！二猴子又想，石榴太傻了！河娃比她小三岁，再说河娃要是考上大学，在大学里有漂亮女生追他，他能经得起诱惑吗？他毕了业分配到大城市工作，还会想起你这个乡下老闺女？

二猴子看透了石榴，也就从对石榴的迷恋误区中走了出来。他想，自己是个糊涂虫，几年来一直处于漫地烤火——一面热的愚蠢状态，今天终于清醒过来。所幸还有钱溪清不离不弃地跟随自己。从此以后，我就迷途知返吧，好好爱我的钱溪清才对！

再说石榴自从二猴子那天叫了半天门，虽然她没有开门，但她听见了众人呵斥二猴子，还推搡二猴子的声音，又听见最后二猴子声嘶力竭地喊："我娘给咱俩退婚我不知道哇，你开开门让我说明白，好不好？"

二猴子那绝望的吼声像重磅炸弹在石榴心里掀起了万重涟漪！此刻她泪眼婆娑，百感交集，二猴子给她往家里拉柳枝时的情形，还有二猴子赠给他的手机拯救了她爹的生命，二猴子去医院拿着礼物瞧看她爹时的虔诚……这一幕幕的往事又出现在她的脑海中。石榴突然觉得二猴子好可怜，自己亏欠他太多了！二猴子对自己是真心实意，可是自己对二猴子却虚以应对。

石榴觉得自己欺骗了二猴子的感情，一种愧疚和自责的情绪在折磨着她柔弱的心灵。她好想放声大哭，但怕惊吓到病中的老爹，就跑到厨房伤心地痛哭起来！其实石榴的心里已不知不觉地由对二猴子的感恩、友爱，蔓延到爱情的边缘。石榴的心在二猴子的爱情攻势下已经瑟瑟发抖，她的爱情防线时刻有崩溃的危险。要不是有河娃这座无形的高山横亘在二猴子与石榴之间，石榴早就向二猴子屈膝投降了。

二猴子走后，石榴又有些后怕，她想自己给二猴子把彩礼退回，又不给他开门，二猴子岂不痛恨自己？万一二猴子心有不甘，夜里也学河娃翻墙过来怎么办？以前爹的身体好时，还能给自己壮壮胆。现在爹卧病在床，成了个废人，二猴子激动起来，要是踹开屋门，爹瞪眼看着也没有办法呀！再说，二猴子毕竟是老同学，我还可以向他解释；要是村里别的男人动了邪念，翻墙过来，那就更危险了！

石榴思来想去，终于想出一个办法来。她就拉着地排车，到集上买了两百斤石灰；又到废品收购站花钱回收一篮子玻璃瓶。她把玻璃瓶砸成碎玻璃碴，然后又用砖砌了一个池子，把石灰倒进池子里，还掺进一车沙土，加上水，搅拌成石灰泥，然后用石灰泥覆盖在墙头上，又在石灰泥里粘上碎玻璃碴，弄得墙头像刺猬。谁要敢攀爬墙头，就会把手扎得鲜血淋漓！

临近高考，学校对毕业班复习抓得很紧，河娃两个月都没回家一趟。直到高考结束，河娃才回到鹌鹑店。这时他的老爹和老娘都外出搞运输，家里就剩他爷爷和奶奶。河娃到家听奶奶说二猴子跟石榴退婚了，心里高兴。又听奶奶说："石榴她爹得了脑梗，虽然没有要了命，但现在半死不活地在床上躺着呢。"河娃吃了一惊，他急忙去超市买了箱牛奶，又买了一兜水果，去石榴家看干爹。

石榴自从在墙头粘上玻璃碴，心里才安稳一些。以前因二猴子的干扰，石榴精神负担很重，还不能静下心去想河娃。这几天二猴子不来电话了，石榴对河娃的思念又加深起来。有几夜石榴想起河娃，辗转反侧，不能入眠。

这天她刚进厨房，要做晚饭，忽听有人叫门。石榴听出是河娃的声音，就觉得心里跳动一下，她立刻从厨房里跑出来，去给河娃开门。一见河娃，她心情格外兴奋。石榴两眼放光地打量着河娃，关切地说："河娃，你这一趟回来怎么瘦了？是学习太紧张了吧？"

河娃两眼盯着石榴说："我怎么没觉得瘦呢？我倒是看姐姐瘦了一圈啦。"

石榴嫣然一笑说："弟弟是神经过敏！"

石榴又从河娃手中接过礼物说："你上学正需要钱，还买礼物干啥？"

"我干爹有病我也不知道，我要是知道早就来看他了！现在他老人家啥样啊？"

"俺爹落下个半身不遂的后遗症，现在还继续服药呢，慢慢恢复吧。"

姐弟俩说着话，就走进了堂屋。石榴她爹一见河娃来了，就挣扎着想起床。石榴与河娃忙上前把他扶起来，让他坐在床上。

河娃关切地问："干爹能吃饭吗？"

"能气（吃）环（饭）。"石榴她爹说话含混不清，但心里不很糊涂，他还知道问，"哈（河）娃卡（考）完了？"

"昨天就考完了，这一段时间学校抓得紧，没来看您，想不到您老得了病！"

河娃又用小刀削了一个苹果，递给干爹。石榴也削了一只苹果递给河娃。河娃接过苹果，用小刀切成两半，又递给石榴一半说："咱俩共同吃。"

留宝平时只有石榴相陪，日子过得冷冷清清，心里很凄凉。现在看着石榴与河娃说说笑笑，屋里充满了欢乐，心里十分高兴。

吃完了苹果，河娃用餐巾纸给留宝擦了嘴，又给他擦干净手。石榴去厨房端来一盆温水，要给她爹洗脚。河娃也蹲下来，给干爹挽起裤腿。

石榴说："你坐椅子上陪俺爹说话就行，我自己来给他洗。"

河娃却早就握住留宝一只脚放进水盆里，两只手给他揉搓。石榴则给他爹洗另一只脚。石榴见河娃一点也不嫌她爹的脚脏，像个亲儿子一样地侍候她爹，心里觉得跟河娃更加亲近。她一边给爹洗脚，一边笑着说："你这个干儿比我这亲闺女还孝顺！你说让我怎么感谢你才好哇？"

河娃见石榴双眼含情，话语亲切，心里也热乎乎的。他说："姐姐批准我天天给干爹洗脚，就是对我最好的感谢！"

留宝自从得了脑梗，虽然还不实傻，但思维比正常人简单多了。他听河娃说想天天给他洗脚，心里高兴，觉得河娃这孩子真好。对河娃这句话的话外音，他就理解不透了。石榴自然能领会河娃的意思，她低头含羞一笑说："弟弟是文曲星下凡，能给俺爹洗一次脚就折杀我了，哪里还敢让弟弟干第二次？"

河娃说："我是天上的文曲星，姐姐就是七仙女下凡，我在寒空苦熬几千年，看到姐姐来人世投胎，于是也追随姐姐来到人间，能跟姐姐在一起，是我修炼几千年才盼来的机会呀！我岂肯错过？"

石榴怕她爹听出来她与河娃对话中的暧昧，就给河娃使了个眼色说："好好读你的书吧，别像我似的没有出息。"

姐弟俩给留宝洗好了脚，又擦干净脚上的水渍，然后就扶着留宝躺在床上休息。河娃端起洗脚盆，走到院里的粪坑前，把洗脚水倒进粪坑里。这时石榴也从堂屋里走出来，原来她觉得在她爹面前说话不方便，就想领着河娃去东屋说话。

二人相视一笑，互相会意，河娃就跟着石榴来到东屋。

17 陈书记掂泥

河娃跟着石榴走进了东屋。石榴回过身来笑着说:"弟弟对俺爹这么亲,帮我给俺爹洗脚,我怎么报答你呀?"

河娃狡黠地一笑说:"姐姐真想报答我吗?"

"嗯,好想!"石榴一双明眸望着河娃,十分虔诚地说。

"那姐姐也给我洗洗脚好了。"

河娃以为这下就难倒石榴了。谁知石榴眼里闪着兴奋的光芒说:"好哇,我端水去!"说完就去压井边压了半盆水,又端到厨房,在煤气炉上加温。过一会儿,她用手试着温度,热乎乎的不烫手,才端到东屋来。

这次换河娃不好意思了,他说:"我给姐姐开玩笑呢,你怎能当真?来,我自己洗。"

石榴却把水盆放在沙发前,又双手把河娃推倒在沙发上,笑嘻嘻地说:"弟弟怎么越长越小家子气?快大大方方地坐下,摆出个皇帝样来,让小宫女服侍万岁!"

河娃笑着说:"这可不行,姐姐折杀我也!"

石榴却一本正经地说:"弟弟忘了,那年我的脚在河边划了个口子,弟弟给我用荠菜芽贴住伤口,又用红薯秧给我缠住脚。为什么姐姐就不能给你洗脚呢?"

"那时是小孩,现在我已是大男人了呀!"

"什么大男人?你在姐姐眼中永远是小孩。"

石榴嘴里这样说，心里却有按捺不住的骚动，她好想近距离看看河娃今天的腿和脚是个什么样子，好想体会一下用自己的手爱抚河娃那健壮肌肉时的感觉。她更想看看自己给河娃揉搓脚心时，他会出现什么样的舒服表情。当然这都是潜藏在石榴内心深处的意念。这种意念促使石榴不由分说，就给河娃把鞋脱了，把裤腿挽到膝盖上边。河娃粗壮的大脚和那毛茸茸的腿肚赫然暴露在石榴眼前，一股大男人的气息扑面而来，使石榴感到了一种森严和威力。石榴不由得倒吸一口冷气！尽管石榴曾不止一次地想象过河娃的身体，但那都是参照多年前与河娃蹚水过河时留下的印象，她觉得河娃的腿还很细，脚也不大，完全是个孩子模样。那时石榴喜欢河娃，亲近河娃，心里一点也不避讳。没想到河娃上高中这三年，身体突飞猛进地发育。石榴只一看，就被那雄性十足的健美刺激得身体产生异样的感觉。

　　她忽然害羞起来，脸颊泛起了潮红，一双大眼不敢正视河娃。河娃见石榴低着头，脸腮红得像一朵石榴花，长长的睫毛垂下来，遮住了她那乌黑发亮的眸子。河娃心里热辣辣的，好想俯下身来，在石榴的腮上咬一口！

　　石榴用手撩起水来洗河娃的腿肚，河娃看着石榴那白嫩精致的小手在自己那粗糙的皮肤上揉搓，就像羽毛在自己腿上轻轻地划动。石榴的手经过之处，河娃的毛孔都舒畅了，一股电流涌遍全身，那滋味爽得骨头都发酥！

　　石榴洗完了河娃的小腿，又用两手抱住河娃一只脚揉搓。河娃的每一条脚趾缝隙，石榴都用她那柔软纤细的手指轻轻划拉几遍。然后又抬起河娃的脚，用手指挠他的脚底板。河娃的脚心敏感，被石榴挠得奇痒难熬，他又不好意思叫出声来，就咬着牙强撑。

　　石榴抬头一看河娃龇牙咧嘴的样子，就笑着说："亏你还是个男子汉，恁没有骨头？还没挠几下呢，就痒成那个样子？"

　　河娃说："姐姐的手那么柔软，皮肤那么细腻，一摸我就像触电了一般，我的骨头都软了，这叫柔能克刚！"

石榴用湿漉漉的手理了一下散乱在额前的秀发，高兴地说："那好，我以后天天给弟弟洗脚，非把弟弟的骨头洗化不可！"

给河娃洗干净了脚，石榴又拿出一条新毛巾给河娃擦脚。河娃说："姐姐给我拿个破布片擦脚就行，怎么拿条新毛巾擦臭脚丫子？"

石榴却认真地说："今天给弟弟洗了脚，下次给弟弟洗脚还不知到猴年马月呢？我要用新手巾擦了弟弟的脚，就挂在这屋里，啥时候想起你来，就闻闻这毛巾上弟弟留下的体香！"

河娃听了石榴这发自肺腑的话语，感动得眼圈都红了。他说："姐姐为什么那么悲观呢？我大学毕业了，要回来娶姐姐，咱俩一辈子生活在一起，我要每晚让姐姐给我洗脚！"

石榴却低垂粉颈，神色黯然地说："弟弟考上大学，那大学里美女如云，她们有知识，谈吐文明，气质高雅，能歌善舞，比我这个乡巴佬优秀几百倍。弟弟和她们朝夕相处，日久生情，慢慢就把我忘了！再说我是个农民，与你的身份存在差距，娶了我也丢你的人，你的父母也不会答应。所以我担忧，咱俩的爱情会没有结果！"

河娃见石榴说到伤心处潸然泪下，面如梨花带雨，更显得楚楚动人，情不自禁地将石榴一把搂在怀里，动情地说："姐姐把我看成了啥人？我平时最恨那薄情寡义的陈世美，咱俩从小学就天天在一起，姐姐宠我爱我，任凭我跟姐姐发脾气，姐姐还是一如既往地喜欢我，就是娘老子也没有姐姐待我亲。我今生今世到哪里再找像姐姐这样爱我的人？我发誓除了姐姐，永不再爱她人！如果姐姐等不及我大学毕业，我就不上学了，从此伴在姐姐身旁，形影不离！"

石榴除了在梦里，或在幻想中曾经拥抱过河娃，在现实生活中，她从没有被任何男人搂抱过。河娃突然用强有力的双臂一下子就把她抱在怀中，石榴先是一阵惊慌，接着一种从未体验过的温馨与甜蜜，像闪电一般瞬间袭遍了她的全身，她的神经系统一下子就瘫痪了，身体软绵绵地偎依在河娃怀中，耳畔听着河娃热辣辣的内心表白。她感觉到河娃越说越激动，河娃的胸口在快速地起伏，河娃的体温在急剧上升。河娃的热情像一壶烈酒，既灌醉了自己，也灌醉了石榴。两个人相拥相抱，都晕乎乎地进入幻境。

石榴喃喃地说："我好想再听听弟弟读五年级时对我怒吼的声音，好想再看看弟弟生我的气时满脸涨红的模样！可惜弟弟自从读了六年级，就再也没有对我发过怒了。"

"我那时太傻了，总惹姐姐生气。我发誓，这一辈子再也不对疼我爱我的姐姐发脾气了！"河娃把嘴对着石榴的耳道，轻轻地说，那话里流露出深深的歉意。

"不，我喜欢弟弟发怒的模样。我觉得弟弟对我发脾气时像电影里的哪吒在发怒，怒得容光焕发，怒得天真可爱！我特别享受弟弟对我的粗暴！"石榴意乱情迷，说的话像梦中呓语。

河娃被石榴软绵绵的情话刺激得浑身热血都沸腾了，他那内心深处从远祖遗传下来的野性突然爆发。他激动得眼球发红，像一头饥饿的雄狮，捕获了一只鲜嫩的小雌鹿，恨不得三爪两爪扒下小雌鹿的皮，连骨头带肉地把它吞下肚去。他忽然弯下腰，一只胳膊抱住石榴的肩膀，一只胳膊托住石榴的大腿，就像抱婴儿似的把石榴抱在怀里。大嘴对着石榴的柔唇疯狂地一顿热吻！石榴被他吻得两眼泪奔。

正在两个人被爱情的烈火焚烧得要死要活的时候，忽然听到石榴她爹喊石榴的名字。河娃急忙把石榴的双腿放下。石榴也两手松开了河娃，整理一下散乱的头发，然后深深地吸两口气，稳定住情绪，才走出东屋。她来到堂屋东间，问老爹："有什么事呀？"

留宝问："河娃走了没有？"

石榴怕老爹怀疑她与河娃关系暧昧，就说："河娃早就走了，我在东屋把那杂物收拾一下，等玉秫黍熟了，好盛粮食。"

"天都黑了，你做饭吧，我有点饿了呢。"

"爹想吃啥饭呀？"

"还熬糁子粥吧。"

石榴一边答应着，一边走出了堂屋。河娃这时意犹未尽，见石榴走到院里，就扑上去又搂住石榴亲热，石榴急忙推开他悄声说："俺爹不聋，他能听见咱俩的动静。该吃晚饭了，再晚会儿你奶奶要是来找你就不好了，你快回家吧。"

河娃这才恋恋不舍地放下手。石榴送河娃到门口，河娃又返身抱住石榴，狠狠地亲了一口才离去。石榴站在门口，一直看着河娃的背影消失在胡同里。

石榴与河娃亲热也不过短短的十来分钟，但是石榴兴奋的心情几天都抑制不住。人常说，男子在热恋时智商最低，其实女孩子更甚。河娃几句临场发挥的话就把石榴的担忧给化解了，石榴整日陶醉在爱情幻想的甜蜜氛围中。她在家里干着杂活，还哼唱着歌曲。俗话说，好事成双，这几天留宝的病也见轻了。他开始自己在院子里来回走动，吃饭也不用石榴喂了。

一天早晨，旭日初升，和煦的阳光给屋顶洒下一片金黄。晨风习习，院里格外凉爽。石榴做好了早饭，在院里摆好一张小饭桌，又搬过来一把矮椅子和一只小杌子。然后把她爹搀扶过来，让他坐在椅子上。石榴又端来了馍筐和饭菜，父女二人就在院子里一边乘凉，一边吃饭。这时，忽然听见兴邦在门外喊："石榴开门！"

石榴就放下碗筷，赶紧来到头门里边，把门打开。就见兴邦手里掂着一袋面粉，后面还跟着一个干部模样的中年妇女，那中年妇女手里还掂着一桶油。原来这中年妇女就是原来的乡妇联主任陈雪玲，现在提成乡党委副书记了。

石榴说："兴邦叔，你恁忙，还拿着这么多东西来干啥呢？"

兴邦回过身，指着那中年妇女说："这位是咱乡的陈书记，负责咱村的扶贫工作。她听说你爹有病了，家里很困难，特地让我领着来看看你爹。"

石榴忙上前从陈书记手里接过油桶，亲热地说："谢谢您，陈书记！"

陈书记用十分欣赏的眼光打量着石榴，亲切地说："石榴，你多大了？读了几年书？"

"我二十一岁了，上了十来年学，技校都快毕业了，俺爹一生病，我就休学了。"

石榴领着陈书记和兴邦来到院里。陈书记见留宝坐在院子里的饭桌旁，就走上前拉住留宝的手说："大哥，现在病好些了吗？"

"好坐（多）了！"留宝还是发音不清。

这时石榴从堂屋里又搬出一条长凳，让陈书记和兴邦坐下。兴邦对留宝说："留宝哥，你这一病，也丧失了劳动能力，家里就石榴一个女孩子，还得侍候你，也不能外出打工。你家成了咱村最困难的一户。现在上级已给你批下来'低保'，以后每月可以领三百元生活补助了。"

留宝连连点头，嘴里含混不清地说："雪雪（谢谢）！"

石榴见她爹说话不清楚，赶忙补充一句："谢谢陈书记和兴邦叔的关怀！"

陈书记见石榴长得漂亮，说话还彬彬有礼，打心眼里喜欢她，又看着石榴笑吟吟地问："石榴，你在技校学的什么专业？"

"学的美容美发。"

"你现在会理发吗？"

"会呀。"

陈书记听石榴说她会理发，又环顾一下石榴家的院落，就对兴邦说："孙主任，我看石榴家这院落面临大街，咱不如给石榴办个无息贷款，让她临街盖两间房，买些理发工具，就在家开个理发馆，也能挣些钱养家。"

兴邦马上附和着说："陈书记，这是个好办法，可以一劳永逸地解决石榴家的贫困问题！"

石榴听了也非常高兴，她说："我早就想着自己有钱了，买些理发工具，开个理发店，正愁没有本钱呢！陈书记要能给我办成贷款，那可是雪中送炭，帮我的大忙了！"

"你放心吧姑娘，我一定帮你把贷款办成！"陈书记又看着兴邦说，"孙主任，你看盖两间房得花多少钱哪？"

兴邦想了想说："贷的款多了，将来还贷负担重。我想，现在四柱子家正要翻盖楼房，他家拆旧房的砖瓦，还有梁檩椽子都不用了，不如用他家的旧料盖两间房；也不用找建筑队，我再发动几个老哥们来帮忙，两天就盖起来了。"

陈书记说："这个办法更好哇，照你这样说，就不用贷款了？"

"给她贷一万块钱，一是买几百斤石灰，二是让石榴买理发工具。"

这时石榴又从屋里掇出水壶，给兴邦和陈书记倒上了凉开水。陈书记天不亮就从乡政府赶来，已经调查了几家困难户，说了许多话，现在又渴又饿，她端起水碗，扬起脖子，咕嘟咕嘟一气把水灌进肚里！然后放下水碗说："哎哟，石榴家的水真甜哪！"

兴邦也把一碗水喝进肚里，笑着说："陈书记是今天跑的路多了，说的话也多了，身体里的水分消耗过大，口干舌燥，所以喝起水来才特别甜！你要是坐在办公室里，不停地品着茶，再喝石榴家的水就不甜了！"

石榴心想，陈书记和兴邦叔不但渴，肯定肚里也饿着呢，她就从馍筐里拿出馒头来请两人吃。

陈书记把石榴拿馍的手推了回去，说："谢谢闺女！我们不饿。还有一件事，你要尽快写一份贷款申请书，交给孙主任。"

兴邦也站起身来说："陈书记，咱俩趁这会儿人都在家里吃饭，再走访几户吧！"

于是陈书记就跟着兴邦离开石榴家，又到别的人家调查去了。

石榴吃过早饭，收拾好碗筷，就写了一份贷款申请书，送到村委会，交给了兴邦。

河娃自从那天在东屋里与石榴亲热一回，就天天来找石榴玩。石榴也一晌不见河娃就像丢了魂似的，坐卧不安。这天河娃又来找石榴，两个人正在院子里亲亲热热地说话，就见兴邦开着三轮车来到石榴家门口。他见大门敞开着，河娃与石榴在院里站着说笑。

兴邦坐在车上，大声对石榴说："陈书记已经跟农业银行联系好了，你带着身份证、户口本，跟我去银行办理贷款手续吧。咱今天把钱领到手，马上买一千斤石灰拉回来，先把石灰淋上，再把四柱子家的下房料拉过来，就动工盖房子。"

关于贷款盖房的事，石榴也对河娃讲了，不过她不知道兴邦叔抓恁紧，才两天就把贷款的事敲定了！于是石榴就说："好的，兴邦叔，我这就拿身份证与户口本。"

河娃听兴邦说回来时还要买石灰，心想石灰买来还要淋成石灰膏才能用，我今天没事，何不帮石榴挖石灰坑呢？于是就对石榴说："姐姐去买石灰吧，我在家挖石灰坑。"

兴邦在车上听见河娃的话，就大声说："正好让河娃挖石灰坑，咱拉回来石灰，就可以直接卸到坑里头。"

石榴又吩咐河娃："在路南那一片空地挖石灰坑就行，只淋一千斤石灰，坑无须过大。"然后就坐上兴邦的车往集上去了。

河娃独自拿着铁锨挖坑，挖了有齐腰深，那太阳就火辣辣地升到头顶。这时正当中伏天，大地像个热鏊子，摸哪里都烫手。河娃热得汗流浃背，衣服都溻湿了。他索性把褂子和长裤都脱了，只穿一件裤头，光着脊梁顶着烈日干活！

这天赶巧扎根歇班回家，他骑着摩托，路过石榴家门前，见河娃光着脊梁在路南挖坑，心中好奇，就停下车来问河娃："傻娃子，天恁热，你不要命了？挖恁大个土坑干啥？"

河娃见是扎根回来了，心想可是抓到了壮丁，便对扎根说："石榴家盖屋呢，我挖个坑要淋石灰。你快来帮忙吧！"

扎根平时暗恋石榴，不过因自己长相欠佳，觉得自己实在配不上石榴，所以在石榴面前总是毕恭毕敬，连句玩笑话也不敢说。但还心存侥幸，总想寻找机会在石榴面前卖好。现在听说石榴家要盖屋，这可是个绝好的立功机会呀！于是扎根就爽快地说："我回家拿把铁锨。"便一加油门，飞驰而去。

扎根回到家，把摩托车停在院子里，见屋门口放着一把铁锨，就上前掂起铁锨，又骑上摩托车要走，只听他娘在屋里喊："扎根，天热得像下火，你刚来到家，不坐屋里歇歇，吃几块西瓜消消暑气，又扛着铁锨干啥去?"

扎根听他娘这一喊,就停下来回到屋里,见满屋骨碌的都是西瓜,扎根捡一个最大的西瓜,抱起来就走。他娘又嚷起来:"傻小子,那大个西瓜咱还卖钱呢,你就捡个小一点的瓜吃吧。"

扎根根本不听他娘的,把瓜放进车篓里,说一句:"人多,小个的瓜不够吃。"骑上摩托车就走了。

他娘在背后骂他:"这犊子,光长个头,不长心眼,就知道拿自家的东西往外扔!"

河娃正又热又渴,忽见扎根车篓里装着个大西瓜过来了,高兴地跳出坑来说:"扎根你真是及时雨呀,我渴了你就送来西瓜,我累了你就来帮我挖坑!让我咋谢你呀?"

扎根心想,我这西瓜可不是给你送的,我是给人家石榴送的;我冒着暑热来挖坑,也是为了赢得石榴的欢心。你河娃不过是沾了石榴的光而已!

河娃就从车篓里抱出西瓜,放在地上,又在地上拾了几片树叶,把铁锨上的土擦净,就要用铁锨切开西瓜。扎根刚跳进土坑里要挖土,见河娃要切西瓜,便大喊:"河娃别切西瓜,要等石榴来了,咱一起吃!"

河娃一听扎根说要等石榴回来一起吃,也不好意思切了,那拿铁锨的手,松松地放了下来。但他喉咙里干渴得像着了火,只好跑到压井边,压出一瓢水,咕嘟咕嘟地喝了下去!

正午时分,河娃与扎根挖好了土坑,并用砖砌好了坑底,俩人刚在树荫里坐下休息,就见兴邦和石榴开着拉石灰的三轮车回来了。兴邦缓缓地把车停在土坑边。

石榴看见扎根也在场,就问扎根:"你啥时候回来的?"

扎根说:"我今天回来歇班呢,看见河娃在这里挖石灰坑,就来帮忙。"

石榴笑着说:"你今天运气真不好哇,该歇着呢,又碰上个大重活,看看累得脊背上都是汗!"

"姐姐一辈子能盖几次房呀?咱老同学,碰上了还能不帮忙?"

风雨石榴路

扎根一边和石榴说着话,一边拿着铁锨和河娃跳上车,开始卸石灰。石榴又跑到屋里拿来两条毛巾,递给河娃和扎根,让他俩用毛巾捂住口鼻,避免扬起的粉尘荡进鼻腔和口腔。

　　卸完石灰,河娃和扎根头上身上落满了粉尘。两人要去压井边用井水洗澡。石榴说:"你俩刚出透了汗,用凉水一激,容易感冒。我给你俩温一盆热水洗吧。"石榴说着就压了一盆水,端到煤气灶上加热。

　　可是她热好水,端到院里一看,扎根与河娃都已用井水洗完了,正用毛巾擦拭呢。

　　这时兴邦走过来,对扎根与河娃说:"你俩下午要没事,就别回家了,在石榴家吃了午饭,继续帮着石榴淋石灰。"

　　石榴说:"兴邦叔,您也在这吃午饭吧,我给您捞凉面条!"

　　"乡里来人了,我还得去村委会招待一下。另外我还得再找几个壮劳力,明天来打夯,把地基整好了才能动工。"

　　兴邦说完,就开着他的三轮车走了。

　　这时河娃还惦记着那个大西瓜,所以一擦干身上的水渍,就跑到树荫下携来西瓜。

　　石榴问:"你是从哪里弄来的西瓜呀?"

　　河娃说:"是扎根从家里带来的。"

　　石榴听说是扎根从家里带来的,心里更加感激扎根了,就看着扎根说:"老同学给我帮忙,还带着西瓜来,你叫我咋感谢你呀?"

　　"只要姐姐盛面条时给我盛的比给河娃盛的更满,我就心满意足了!"

　　"好的,我给你拣个最大的碗盛面条!"石榴知道扎根又想与河娃打嘴仗,手里拿着刀,一边切西瓜一边笑。

　　"哈哈!你这要求也太高了吧?"河娃听扎根拿自己开涮,就不愿意了。但是他还顾不得逗扎根,先双手捧起两块西瓜,去堂屋给干爹送去。回来又提议:"盛面条时,不许姐姐盛,咱俩各人盛各人的,看谁的碗盛得满!"

　　扎根已经拿起一块瓜开始吃了,边吃边笑着说:"你河娃在那里说能话吧，这西瓜你就甭吃了。"

河娃与扎根凑到一块，就没有正经话，两个人互相打趣逗乐，是从小形成的习惯。不过在石榴面前，他俩都有表现自己的欲望，潜意识里还有逗石榴开心的意图。石榴也发育成熟了，大概是荷尔蒙的原因，她特别喜欢听扎根与河娃斗嘴。跟他俩在一起，石榴就觉得神清气爽，心情特别愉悦。

又过了几天，石灰淋成了石膏，地基已经打好，四柱子家的下房料也拉过来了，一切准备就绪。兴邦就组织了二十多号人开始建房。这二十多个人中，有十来个人是能掂瓦刀的"老师儿"。在鲁西南一带，对泥瓦匠都称"老师儿"，就是把那个师字读成儿化音，以示和学校教书老师的区别。三十年前，鹌鹑店曾有一个以兴邦为首的建筑队。不过这个建筑队技术水平很低，为本村群众盖个土坯房还凑合。要是盖混砖房，八尺高的墙头，他们就能垒出三道弯来。那墙用眼一看，鼓肚子凹腰，很不平整。这几年人们经济条件好转，对建房的质量要求高了，他们这个建筑队干的活满足不了人们对建房质量的要求，就找不到活干了，因而自动解散。不过石榴建房，又不拿工钱，大家都是来白帮忙的，自然也没谁嫌弃他们的技术低。

兴邦是"掌尺"的，又是这次工程的组织者。他知道自己手下这些"老师儿"水平不高，又都年过半百，眼力和手劲还赶不上当年，因此对"老师儿"们要求极严，手里拿个"五尺"到这里量量，到那里测测，发现谁垒的歪了扭了，他就责令推倒重垒，把这些老头子逼得一点儿都不敢马虎。

这一天，陈书记听说石榴家的房子动工了，也跑来帮忙。当然她还害怕房子盖的质量不过关，主要是来监督施工。陈书记来到现场，见墙已经垒得有一人高，她这看看，那瞅瞅，见那墙垒得还真挑不出毛病来，才放了心。

陈书记高兴地表扬大家："这墙垒的水平不低呀！"

那些"老师儿"正在小心翼翼地垒墙，听了陈书记的表扬都很高兴。

有人说:"还是陈书记会调动人的积极性!你这一表扬,俺垒得更认真!"

也有人向陈书记叫苦:"陈书记,你不知道俺村的孙主任要求多严厉,这不才垒五尺高,就返了三次工了!"

陈书记笑着说:"严师出高徒嘛,你们水平高了,将来我帮你们联系工程。咱鹌鹑店的建筑队也去城里露一手!"

陈书记这一说,几位老师儿反而泄劲了,有人就说:"陈书记,你别赶鸭子上架了。俺这水平,在鹌鹑店都打不开,自己的邻居盖楼都跑到外村请建筑队。去城里干活,那不是自找丢人嘛!"

陈书记跟大家说笑,见地下有个泥兜,就挽起裤腿捋起袖子,掂着泥兜去石灰池边装石灰泥。她掂了几兜泥,那裤腿上鞋上就沾上几片泥巴。兴邦看见了,觉得过意不去,就半开玩笑地说:"陈书记,俺这是和尚建筑队,不招女工,你还是去厨房帮着做饭吧!"

一旁几个人也附和着说:"陈书记,掂大泥不是妇女干的活,你这单薄的身体,怎能干得了?你还是去堂屋歇着吧!"

陈书记也爱开玩笑,她对兴邦说:"我抗议,孙主任是搞性别歧视,时代不同了,男同志能干的事,女同志也能干!你们为啥要赶跑我!"

这时石榴在院里压水,看见陈书记也在掂泥,赶忙走过来,双手拉住陈书记的胳膊说:"陈书记,这里搬砖掂泥的人多,用不了这么多的人,你来厨房帮我做饭吧!"

陈书记被石榴拉进厨房一看,厨房里兴邦他媳妇,还有老四家媳妇都在这里帮忙做饭呢。兴邦他媳妇急忙递过来个小杌子,让陈书记坐下。老四家媳妇说:"陈书记,你恁忙,石榴家盖房子这小事,你还惦记着,怪不得大家都夸你是咱农民致富的领路人呀!"

陈书记说:"嫂子,看你夸得我真不好意思,咱石榴家还恁穷,就说明我做的工作不到家,你以后还是对我的工作多批评、多提建议才对!"

陈书记见石榴洗好了几根黄瓜,知道是要调凉菜,就洗了手,操起切菜刀,在案板上"吧嗒,吧嗒"地切起黄瓜丝来。兴邦他媳妇见陈书记切的黄瓜丝又细又匀,也夸奖陈书记:"陈书记,你啥时候练这么好的刀工呀？凭你这刀工，去酒店当厨师都行！"

陈书记心里高兴，但还是谦虚地说："嫂子别夸我了好不好？你夸得我忘乎所以了，一刀切在手上，我可就遭罪了！"

大伙干到天黑才收工。兴邦指挥河娃和几个年轻人，把堂屋上的门板摘下来，平放在院子里的地上当饭桌。陈书记先扰出一馍筐馒头放在两扇门板中间。那些干活的人见陈书记亲自送来了馍，谁也不好意思坐那里等着吃，就排着队去厨房里端饭、端菜。然后各人找了一块砖做凳子，屁股就坐在那砖头上吃饭。河娃则端着一碗饭，又端了一盘菜，在菜盘上放一个馒头，先送到堂屋里让他干爹吃着。然后又端了自己的饭碗来堂屋陪着干爹，边吃饭，边拉呱。

一位"老师儿"用筷子夹了一撮黄瓜丝，借着电灯光仔细看了看说："这黄瓜丝是谁切的，又细又匀？"

石榴说："黄瓜丝是陈书记切的。"

老四对兴邦说："兴邦呀，人家都说妇女能上得了厅堂、下得了厨房就算合格了。陈书记既能上得厅堂，又能下得厨房，还能掂动大泥，你这村主任应当号召咱村的妇女向陈书记学习呀！"

老四媳妇听见了，立刻怼他老头子："你光叫妇女向陈书记学习，你们这些男人咋不向陈书记学习呀？人家集上的建筑队都会盖楼了；你们这几个笨蛋，到现在连个厅房都不会盖，还逞能呢！"

老四媳妇一棍打八家，弄得这帮老师儿都有意见了，纷纷向老四媳妇开炮。陈书记打圆场说："咱村这帮老师儿年纪大了，盖楼那活爬高上坎的，会盖咱也不能让他们干呀。嫂子你不疼老公，兴邦嫂子还疼孙主任呢！"

石榴见陈书记跟大伙说话随随和和，十分融洽，就像家庭主妇在招待客人吃饭。心想，陈书记要是自己的亲娘多好哇，那自己可就有福了！

吃完饭，兴邦和陈书记要开会，就先走了。那些老师儿见陈书记一走，就又一起来斗老四媳妇，几个人扑上去把老四媳妇按倒在地，扯腿的扯腿，拽胳膊的拽胳膊，抬起来打夯硪，直到老四媳妇喊着："兄弟饶了我吧，我再不敢说你们的坏话了！"几个人也玩累了，就放了老四媳妇。老四媳妇被打了夯碓，浑身上下都是舒服的，就像刚洗了一个热水澡，又被按摩了一阵，她躺在地上回味了好一会儿，才乐滋滋地爬起身来。几位老师儿和小工们又闲聊一会儿，才都离去。剩下河娃和兴邦媳妇、老四媳妇帮着石榴收拾。

兴邦媳妇见河娃和石榴眉来眼去，十分亲热，就对老四媳妇使了个眼色说："四嫂子咱回家吧，剩下这点杂活，让河娃和石榴收拾吧。"说完拉着老四媳妇也走了。

河娃帮石榴收拾完摊，还不说走。石榴也舍不得让河娃离去，两个人就坐在院里乘凉，头抵着头说悄悄话。河娃兴奋地告诉石榴，他被医学院录取了，过几天就要去学校报到。谁知石榴听了，却神色凄然地说："但愿弟弟进了大城市，不要忘记姐姐给你洗脚的情义！"

河娃说："姐姐怎么心眼越来越小？我大学毕业立马来娶姐姐，你还怕啥呢？"

石榴说："现在咱村都知道我和弟弟相好，我把身心都毫无保留地奉献给弟弟了；弟弟大学毕业还得五年，到时候我已经二十七岁，弟弟要是抛弃了我，我还有什么脸见人？"

"姐姐，我已经给你发过誓言，你还想让我再盟一次誓吗？"

石榴伸出手，捂住河娃的嘴说："我不许弟弟盟誓，弟弟就凭良心吧！"

河娃见石榴说得心疼，也有些伤感，他情不自禁地伸出手，把石榴抱在怀里……

月亮好像为他俩害羞，悄悄地躲进云彩的背后去了。

18 河娃与春叶

开学了，河娃到医学院报到。他被录取到"临床专业"。吕春叶报的也是临床专业，但没有被录取，后来她服从调剂，被录取到"护理专业"。一天放了学，河娃在体育场散步，却听背后有人喊"河娃"，河娃回头一看是吕春叶。老同学见面，分外亲热，吕春叶拉住河娃的手羡慕地说："咱俩报的都是临床专业，你被录取了，多自豪哇！我则被调到了护理专业，心里真不是滋味！"

河娃笑着说："你没听人说吗，物以稀为贵。学临床专业的人多了，毕业不好找工作；学护理的人少，毕业了是抢手货。到时候几个大医院争你，我流落街头无人问津。那时就换你自豪了！"

春叶说："你别看我的笑话了，好不好？你以后熬个科室主任，我顶多当个护士，还不是受你管辖？"

河娃说："那好哇，你封我当科室主任，我也封你当护士长，一个科室被咱俩一手遮天了。"

两个人说着笑话，来到一座湖边，见湖里有一对一对的男女同学，驾着小舟在碧波上荡漾。春叶说："看那岸边还停着一只小船，咱俩也坐船玩吧！"

河娃说："好哇，划船可以消愁解闷。何况还有佳人相陪，那是何等惬意呀！"

春叶给河娃抛了个媚眼，故作情态地说："能陪帅哥划船，也是三生有幸哪!"

河娃先跳上小船,春叶随后也一步跨上船,那小船一摇晃,春叶吓得一声尖叫,身子就向河娃身边倾倒。河娃急忙扶住春叶的胳膊。春叶站稳了脚跟,含情脉脉地对河娃说:"谢谢你,河娃,要不是你扶住我,这回我就歪倒在湖里了!"

河娃调皮地说:"怕什么?掉进湖里我捞你呗!"

"你想演一场英雄救美人的戏呀?"

"我要把你从水里捞出来,明天这消息就见诸报端:'医学院新生河娃见义勇为,奋不顾身,跳进湖里,救出一位溺水女生!'一夜之间我就成名人了!"

春叶照河娃脊背上拍了一巴掌,笑着说:"你成名人了,我可成落汤鸡了!"

湖面上清风携带着水汽迎面吹来,十分凉爽,两个人都觉得心旷神怡。春叶在高中时就暗恋着河娃,但始终没有机会接近。今天她心仪的白马王子就坐在她身边,两人肩膀相依,河娃身上那男子汉的气息,令她心潮澎湃。她的下丘脑兴奋起来,开始源源不断地分泌多巴胺和肾上腺素。在多巴胺和肾上腺素的作用下,春叶觉得头晕乎乎的,阵阵暖流涌遍全身,她沉醉在爱情的甜蜜幻觉中。河娃虽然深爱着石榴,可是石榴此刻远在千里之外,那是远水不解近渴。春叶虽不如石榴令人倾倒,但也清秀可人,给河娃带来了欢乐。

两个人划着船,漫无目的地漂游。就见对面有一条小船,上面是一对情侣,他俩也不划桨,互相拥抱着,嘴对着嘴,腮对着腮,在船上调情。春叶看见了羞得面红耳赤,捂着嘴"哧哧"地笑。

河娃说:"你是少见多怪,人家是一对情侣,在学校没有地方谈恋爱,只好在船上亲热一会儿!明天你和你的对象谈恋爱,也可以到这条小船上来表演。"

"去你的。"春叶又在河娃背上拍了一巴掌,假装生气地说,"你就会拿我取乐!"

其实这时春叶非常兴奋，她对河娃拿她取乐很享受，她喜欢河娃的调皮。

河娃挨了一巴掌，觉得脊背上的血管都畅通了，身上好舒服。他对春叶说："咱别闯进人家的二人世界了，离得太近，影响人家的情绪。"

春叶撇嘴一笑说："你看着傻其实不傻，还知道避人嫌呢！"她又往北一指说："你看那一片荷花多美，咱去观赏荷花吧。"

二人掉转船头，向着藕池驶去。那荷叶远观仍然一派浓绿，船来到近前，就见已有枯萎的荷叶浸泡在水里，变成了黑褐色。最早开的荷花已经败落，新开的荷花虽不如夏莲盛大饱满，却也红如朝霞、玲珑剔透。

春叶兴致勃勃，口吟一句："惯看荷盘盛夏雨，今逢莲朵荡秋风。"

吟完这一句，她想不出来下一句了，就求援似的看着河娃说："大才子，快帮我续下联呀！"

河娃略一思索，朗声回答："韶光无奈将流尽，娇态能争几日红。"

春叶听了，双手鼓掌喝彩："河娃你真是大才子呀，不仅思路来得快，而且境界新颖，立意深刻！"春叶赞赏之余，又生出几分伤感来。她收敛起笑容，忧心地说："秋莲好可怜，过不久秋风转凉，这些美丽的花朵结不出莲子就要枯萎了！"

河娃也感慨地说："大自然是无情的，有花开，就有花落。比如咱俩，今天风华正茂；可是二十年过去，你就成半老徐娘，我也成苍头老翁了！"

春叶说："算了算了，别自作多情了！咱俩本来玩得正开心呢，你吟了这一句败兴的诗，弄得我都没兴致了！"

河娃说："对于我这句诗，也是仁者见仁、智者见智。你自己心理不健康，听了这诗句就产生消极的想法。要是那有志向、有事业心的人听了我这句诗，就会想到，生命短暂、时间急迫，要抓紧时间努力奋斗，快点做出成绩来，报效国家，才不负平生呀！"

春叶听了河娃的宏论，十分佩服，她把手搭在河娃肩上，脸凑近河娃的耳朵，奉承河娃："还是你见解高明，我服了你了！怪不得临床专业录取了你，不录取我。"

河娃听着春叶对自己臣服的话语，闻着春叶嘴里吐出的薄荷香味，心里喜滋滋的，扬扬得意，一种成功的满足感油然而生。他高兴地说："你看前面荷叶分开，中间呈现一条水路。咱顺着水路，进入荷丛深处一游，好吗？"

春叶已被河娃降服，她对河娃百依百顺，听了河娃的建议就说："你是我心目中的大英雄，你带我到哪里，我就跟你到哪里。永远不与你分离！"

河娃听出春叶这话的言外之意，她是想向自己暗示，要与自己结成终身伴侣呢！河娃并不爱春叶，但他也想让春叶暂时做他的情人，给他的大学生活带来甜蜜，所以也撩拨她说："要是我带你到了一座荒无人烟的小岛上，岛上除了野兽就咱两个人，咱俩只能靠我打猎和捕鱼为生，我还得保护你不让野兽吃掉，那你就一辈子不敢离开我一步了！"

春叶说："那我也愿意，小岛就成了咱俩的二人世界，那里没有女同学与我竞争，没有忌妒和嘲讽，没有考试的压力，也没有就业的烦恼。咱俩相敬如宾，岂不成了神仙！"

河娃和春叶轻轻地划着桨，那小船在曲折的水路上缓缓行驶，两旁的绿荷倒映在水里，把那水染得碧绿通透，绿得令人心醉。水波向四面荡漾开来，冲得挤挤挨挨、层层叠叠的荷叶像波浪一样晃动。一对水鸟受了惊，扑棱棱从藕丛里飞出，在空中旋转了一圈，然后迎着绚丽的晚霞向湖边的树林里飞去。

河娃说："我们现在真是，人在画中游啊！"

春叶说："其实这环境比画美多了，再高明的画家也画不出这样绿得通透、绿得晶莹的湖水呀，更画不出这水波荡漾的动态美，画不出水鸟从藕丛中起飞时那扑棱棱的声音。"

"是呀，画家能画出你娇羞的神态，画不出你甜美的声音，更画不出你沁人肺腑的清香呀！"河娃又撩拨春叶。

春叶这次不用巴掌拍河娃的脊背了，她用手在河娃裸露在短袖外边的胳膊上轻轻地拧了一下。春叶这个动作，根本不是想教训河娃，让河

河娃与春叶

18

娃疼痛，而是想以拧他的胳膊为掩护，用手亲密接触一下河娃的肌肤。河娃却装着很疼的样子，大声号叫起来。

春叶见对面驶过来一条游船，急忙伸出手捂住河娃的嘴，说："我摸摸你，你咋呼啥？让人家听见，好像是我对你施行家暴呢！"

河娃听春叶说话又有弦外之音，就故意装着误会的样子说："呸！你是我的家长啊？你敢对我施行家暴！"

"学乖点，看人家对面船上的人笑话你哩。"

这时对面的小船已经和春叶河娃这条船擦肩而过。船上也是一对情侣，听了河娃和春叶的对话，都忍不住偷笑。

两个人驾着小船在湖上斗着嘴，欣赏着绿水蓝天，流连忘返，一直玩到夜幕降临才离开了湖畔。

后来几个星期春叶都没找到河娃，她已坠入爱河，做梦也常与河娃在一起幽会。几天不见河娃，就心神不宁、坐卧不安。她想，我何不买两部手机，给河娃一部，我用一部，俺俩就可以随时联系了。原来春叶家经济条件优越。她父母在县城开了一家鞋城，赚了不少钱，所以她上学带的钱根本花不完。春叶便上街买了两部手机，并且在河娃的手机上存入自己的手机号，又在自己的手机上存入河娃的手机号。

一个星期日的上午，春叶终于在餐厅碰见河娃。

春叶如怨似嗔地说："我以为你从人间蒸发了呢，学校我都找了个遍，就差没到男厕所里找你了！"

"我课余时间就去图书馆看书，你总没去图书馆找我吧？"

春叶恍然大悟："我真笨，怎么就没想到去图书馆找你呢！"

河娃觉得对不起春叶，就说："我今天不去图书馆了，陪你去登紫霞山吧。"

春叶一听河娃说要陪她去登山，高兴极了，马上从兜里掏出一部手机，递给河娃说："给你，这部手机你拿着，到山上要走散了，咱就用手机联系。"

河娃一愣，心想这丫头真迷上我了呀，要不怎能花几百元给我买手机？

他心里也很感动，就从兜里掏出几百元钱要给春叶。春叶急忙把他拿钱的手推了回去，生气地说："我好心给你买来了，就是为了咱俩好联系，也是为了表示我对你的真心；你给我钱，不是不买我的账吗？"

河娃见春叶是一番真心实意，再给她钱就不好看了，便说："谢谢你，小宝贝，那我就收下了。"

春叶转怒为喜，笑着说："这才够意思，算你乖。"

两人来到街上，又往右走了一段路，来到一处公交车停车点。春叶见附近有一个小卖部，就拿十块钱买了两块雪糕，递给河娃一块说："快吃了吧，一会儿车就过来了。"

"你知道车快过来，还买雪糕干啥哩。"河娃吃着雪糕，还埋怨春叶。

春叶说："我不是为了换零钱吗？无人售票车，你没有零钱怎么投币？"

河娃这才知道春叶买雪糕是为了换零钱，于是佩服地伸出大拇指说："还是你想得周到，我怎么就没想起来换零钱呢！"

春叶又含羞带笑地说："所以咱俩是黄金搭档，上船时你扶住我，保证了我的安全；平时生活我想得细致，咱们的生活才顺利。"

这时通往紫霞山的19路车过来了，河娃顾不得再和春叶说话，赶紧上了车。河娃看见有一个座位空着，就坐在那个空位上。春叶在后面，她往投币箱里投了零钱，见车上已没有空位了，只好站在河娃身边，手扶着河娃的肩膀。河娃想站起来给春叶让座，春叶急忙按住河娃不让他站，说："你块头太大，站起来把走道都堵塞了，我个子小，站在这里不堵路。"

到了紫霞山停车点，两个人下了车。来到紫霞山公园大门前，春叶又跑到售票口买了两张门票。河娃不好意思地说："今天一切费用都被你包了！"

春叶调皮地说："我连你也包养了，以后你就是属于我的，谁也别想从我手里夺走！"

河娃说："那可不行，都是男人包养女人，哪有女人包养男人的呀？"

"怎么没有，王小波在美国读研究生时，就是被他的妻子李银河包养着呀。王小波没有分文收入，李银河每月有一千五百元的奖学金，还兼职打零工，又挣了不少钱。于是王小波就靠李银河的奖学金生活。那不是男人被女人包养的例子吗？"

河娃高兴地说："你举这个例子我还能接受。人家王小波是中外闻名的大作家，他能让老婆包养，我为什么不能让女同学包养呢？"

两个人边拉呱，边沿着盘山路走。这时河娃见还有小路可以上山，就问春叶："你敢走小路吗？"

春叶说："为什么不敢？有你这保镖跟着，我啥也不怕！"

于是两个人下了大路，沿着林间小径往山上行。那小路陡峭，路上还有乱石荆棘，走了一会儿春叶就累得气喘吁吁。她实在走不动了，就要求河娃停下来歇歇。两人拣一块大一点的石头，挨着坐下来休息。

春叶掏出手巾先给河娃擦了擦脸上的汗，然后才给她自己擦汗。河娃感到了被人疼爱的温馨和甜蜜，他爱怜地看着春叶那红润的脸庞和妩媚的眼神，有些心疼地问："怎么样呀？没有坐在船上欣赏荷花舒服吧？"

春叶深深地吸了一口弥漫着野草芳香的清新空气，一副心驰神往的样子说："各有各的味道嘛，游湖赏莲虽然赏心悦目，但没有爬山刺激；爬山尽管很累，但能欣赏这荒山险径的野趣。这里远离人间喧嚣，仰望古树参天，俯视青藤遍地，松鼠与我为伴，鸣鸟为我弹琴。我仿佛穿越了时空，回到了远古洪荒的时代，体验到了山林穴居的滋味！"

河娃赞赏她说："你好浪漫！"

"跟着你这大诗人，被你传染，我不浪漫也得浪漫呀。我在努力地适应你，向你靠拢呢。"

春叶是一个很有心计的姑娘，她读高中时就对河娃产生了好感，上大学以后就开始有计划有步骤地展开了对河娃的追求。她知道自己的劣势是不够漂亮，个子也矮，所以得先下手为强，趁着还没有女孩子追求河娃，先入为主。情人眼里出西施嘛！河娃一旦跟自己建立起感情，在他眼里自己的优点就会被放大，自己的缺点他就会忽略。再加上自己家经济条件优越，充分发挥物质的作用，河娃需要什么，就给他买什么，不怕拿不下傻乎乎的河娃！

春叶又从包包里拿出水杯来，侧过身把水杯送到河娃嘴边，河娃伸手要接水杯，春叶说："把手放下，不许乱动！"那口气活像呵斥她家里的宠物狗。

河娃会意，立刻把手缩了回去，乖乖地张开嘴，等着春叶喂他水。河娃猛喝了几口，不想喝了，就把嘴一闭，那杯口里的水就顺着河娃嘴角流下来了。春叶急忙收回水杯，又掏出手巾给河娃擦拭。

河娃说："我成了你养的宠物，好享受呀！"

"那你下辈子就托生变个小狗得了，我给你脖子上系个狗绳，走到哪里都牵着你。你要渴了就点点头，我就喂你水；你要饿了就摆摆尾巴，我就喂你火腿肠；你要肚子疼，就'汪汪'地叫唤，我就送你去兽医站，给你看病。"

河娃见春叶说着调皮话还眉目传情，一副娇滴滴的样子，心想要不是有石榴姐姐在先，我非娶这丫头做老婆不可！

两个人歇了一会儿，继续爬山。那山路越来越险，有时要手脚并用，最可怕的是脚下还有那鹅卵石，一不小心踩上去，人就会随着石子滚下山去，摔成肉饼！河娃与春叶战战兢兢地爬过了那段危险的陡坡，前边又出现了峭壁，那峭壁有三米高，上了峭壁就是盘山公路。跨过公路就是一座天池，天池里的水甘甜如蜜。池边有一仙窟，据说仙窟里供奉着霞山奶奶。这个景点叫作"情天恨海"：情人若到此一游，并烧上一炷香，共同参拜霞山奶奶，再共饮一瓢甜蜜水，爱情必成正果；如果一对情人来到窟前而不入庙拜谒，那么这对情人将来必会反目成仇，各奔东西。

河娃和春叶的门票上都有这处景点的介绍。春叶下决心要攀登上峭壁，到"情天恨海"一游，求霞山奶奶保佑她与河娃好事成双，结为夫妻。

河娃虽然没有与春叶结为夫妻的打算，但是他也想上去看看景点。春叶看见那峭壁某一处有爬过的痕迹，峭壁半腰的石缝里还长出一棵胳膊粗的松树，就对河娃说："快来看，有人从这里爬上过峭壁。"

河娃打量了一下说："我踮起脚可以抓住这棵松树，然后脚蹬住石棱，可以爬上去。可是你踮起脚，也够不到小树呀？"

"你抱着我，我就能够着小树的。"春叶上山心切，也不考虑自己是个女生，让一个大男孩抱住，岂不尴尬？

河娃正想抱春叶找不到机会呢，没想到春叶主动求他来了，正中下怀。这时春叶早已张开双臂，脊背对着河娃，等着河娃从背后来抱她。河娃先从背后欣赏了片刻春叶那小巧玲珑的身材，觉得春叶臀圆腰细，颇为性感。

春叶扭过头，困惑地看着河娃问："怎么啦？大学生还封建哪，快快抱起我来呀！"

河娃回过神来，上前拦腰抱起春叶，他感觉到春叶的臀部好柔软。河娃暗想，春叶被我紧紧抱在怀里，不知她是什么滋味？我都心动了，她能不心动吗？河娃移步到峭壁跟前，春叶一伸手就够着了那棵小树，脚蹬住石棱奋力往上爬。下边河娃又用手托住春叶的屁股，两个人一起用力，春叶终于爬上了峭壁。然后河娃也一伸手，抓住那棵树，脚蹬住石棱，敏捷地爬了上来。

春叶笑着说："还是你麻利，身手不凡，攀岩比黄鼠狼还快！"

河娃认为春叶应该把自己比作威猛的花豹，或者把自己比作猴子都可以，想不到春叶只把自己比作那贼眉鼠眼、浑身骚气的黄鼠狼。河娃心里不满意，知道春叶是有意戏弄自己，马上以牙还牙："我是黄鼠狼，你就是一只小野鸡，我饿了就要吃你！"说完河娃两手高举，手弯曲呈鹰爪样，龇牙咧嘴地就往春叶身上扑，吓得春叶"哎呀"一声两手抱头蹲在地上。谁知河娃并没有扑到春叶身上，只是吓唬春叶一下。他见春叶吓得蜷缩成一团，就哈哈大笑，弯下腰双手抓住春叶的胳膊，把春叶拽了起来。

春叶站起身，就将手挽住河娃的胳膊，将身体依偎在河娃肩下，一副小鸟依人的样子，嗲声嗲气地说："小宠物，你领路吧，咱该往哪里走哇？"

河娃见这峭壁上面挨着的就是一条盘山公路，公路上有游览车辆停车点。穿过公路往前是一条峡谷，峡谷两侧是杂树丛生的陡壁，往那峡谷里望去，只见峡谷往里延伸有一里许，两边的山壁似乎合在一起，就没有去路了。

这时有不少游人进出峡谷，河娃就领着春叶穿过公路，也往那峡谷口走去。峡谷两侧的山上树木茂盛，脚下却尽是大大小小的圆石头，原来这峡谷是由流水千万年冲刷而成。谷底还有一条小溪，溪水冲撞石头，叮咚作响。人只能沿着溪边的乱石行走。

河娃与春叶行有一里来路，原来以为前面两边的山壁会合到一起，山谷就到头了呢。谁知走到近前才知道河谷拐了个弯，原来是向东走，现在变成向南去了。二人又沿着谷底往南走，就见正南不远的峭壁上有一条飞瀑落下来，跌入下面一片深潭，那飞瀑落入潭中发出的声音，在这狭窄的山谷中如同雷鸣。走到深潭前，才知道这峡谷到了尽头，举目一望，人就像站在井底，除了退回去，别无去路。在深潭的对面石壁上有一个石窟，不断有人在石窟前烧香跪拜。

春叶说："看那石窟前香烟缭绕，多少人在那跪拜，可能那就是霞山奶奶庙。"

于是二人就沿着潭水的边沿，绕到潭水的对面，果见那石窟上刻着"霞山奶奶庙"五个大字，看那字已经残破缺损，就知道年代久远了。石窟里还有霞山奶奶的塑像。塑像前摆着石桌，石桌上有个大香炉，有一对情人正在石桌前跪拜。春叶见石窟右首有一个道姑坐在那里卖香，就走上前买了两捆香，在燃烧着的香上点着了，插进香炉里。又回过身来拉住河娃一起跪在桌前，双手合十，仰视着霞山奶奶的塑像祷告。

春叶用只有她自己能听见的声音说："请霞山奶奶保佑，让我与河娃喜结连理，成为夫妻，白头到老，一生幸福。"

河娃也在心里许愿："请霞山奶奶显灵，保佑我与石榴结为夫妻，千万别让她嫁给别的男人！将来我与石榴再来拜谢奶奶！"

春叶见河娃一脸的虔诚，真以为河娃乞求霞山奶奶保佑他俩成亲呢，更加爱慕河娃。

他俩拜过霞山奶奶，又看见水潭边立着一座石碑，石碑上写着"情天恨海"四个大字。石碑前一位导游姑娘正给一群游客讲解"情天恨海"

的来历。原来"情天恨海"是霞山奶奶为天下有情人解除厄运、成就良缘酿造的甘露汇聚而成。那"情天恨海"之水，因三面都是悬崖峭壁，一天之中只有上午11点至下午1点，才有一半潭水能照见阳光。这一半能照见阳光的潭水就被称为"情天"；另一半不见阳光的潭水就称作"恨海"。如果一对情人能共同喝一杯"情天"水，霞山奶奶就能保佑这对情人互敬互爱，结成夫妻，白头偕老，幸福一生。如果一对情人喝了"恨海"里的水，这对情人就会感情破裂，各奔东西。

那些小情侣听了导游的讲解，纷纷蹲在阳光照见的潭边，用水杯盛了"情天"水，两人共饮。春叶也拉着河娃来到阳光照射的潭边，用她的水杯盖舀了一盖水，自己先饮了一半，然后递给河娃。

河娃心想，这所谓的"情天恨海"，不过是景点管理人员为了招揽游客编出的一套谎言，哪里会灵验？所以他心里不信，也就端起杯盖把"情天"水一饮而尽。

河娃和春叶饮完"情天"水，就随着人流原路返回，又来到谷口。这时天已过午，两个人都饿了，就在谷口小卖部买了两桶方便面，那个小卖部里还提供开水。二人各冲了一桶方便面，吃喝下肚，觉得还不饱，春叶又买了一包蛋糕，和河娃一边吃，一边沿着公路往山上走。走了有三四百米，就到了公路的尽头，再往前又是羊肠小道。河娃一看那小路弯弯曲曲，沿着一条光滑的山脊直达山顶。路两侧就是悬崖峭壁，形势十分险要！许多年老的游客走到这里都回去了。

河娃问春叶："前边的路更危险，咱们还往前走吗？"

春叶心想，我与河娃刚喝罢"情天"水，还没登上山顶，岂能半途而废？要一鼓作气，登上山顶，这就象征着把爱情进行到底了！所以她斩钉截铁地说："路途艰险，才考验人对爱情的忠贞。我都不怕，你个男子汉大丈夫，遇到艰难，岂能退缩？"

"谁退缩了？你丫头放心，就是刀山火海俺也敢闯！"河娃说完，就雄赳赳、气昂昂地迈步上山。

春叶高兴地说："这才像个男子汉！"

羊肠小路沿着山脊往高处延伸。那山脊越来越窄，前进有三四百米，春叶往左右一看，吓得头晕！那山脊只有五六尺宽，两边都是深渊，深渊里云遮雾绕，深不可测，但见人在云端走，鹰在脚下飞。春叶刚才的豪气都消失了，她战战兢兢地说："河娃，我好害怕呀！"

河娃说："你别往左右看，只看我的脊背。"

春叶听河娃的话，两眼不往左右看，就盯着河娃的后背，慢慢才稳住了魂。又走了约半个钟点，才到达山顶。山顶上有一座小亭，二人气喘吁吁地来到亭子内正要休息一会儿，却见四下里风起云涌，山雨欲来。河娃说："快走，马上要下雨了！"春叶也不敢怠慢，就跟着河娃下山。还好下山的路是人工修的石阶，一旁还有护栏，虽然陡峭，却比较安全。但是路上云遮雾绕，透明度很低，二人只能扶着护栏，小心翼翼地下行。走了两个时辰，天色渐渐暗淡下来。忽然天空"啪嗒、啪嗒"落下雨点，那雨点虽稀，却水滴硕大，下落速度极快。春叶惊慌地说："不好了，要下暴雨呢！"

正在这时，路边出现一个石窟，二人刚躲进石窟，就听背后"咔嚓"一声霹雳，接着就是哗哗的暴雨倾盆而下。这石窟只有四尺来深，二人背贴着石壁往外看，只见电光闪烁，雨幕似瀑，不时有炸雷轰鸣！山风裹着雨斜落在石窟口的石板上，溅起水滴，把河娃和春叶的腿都浸湿了。春叶下身只穿一条裤头，两条光腿被水打湿，冷风一吹，就冻得瑟瑟发抖，她把身子靠在河娃的身上，想与河娃抱团取暖。河娃这时也冷得打战，他就用双手搂住春叶的腰，让春叶的脊背紧紧贴在自己胸膛前，两个人才略微暖和些。

狂风暴雨持续了一个时辰，便云收雨住。一轮皎月在残云纷飞的天幕中时隐时现，河娃与春叶就沿着忽明忽暗的石阶下山去了。

19 石榴苦等

  石榴盖好屋以后，兴邦开着三轮车，带着她去城里买来理发所需的设备。布置好理发店，石榴就开业了。兴邦又在村委会门口的大喇叭里做了宣传，果然锯响就有末，当天就有人来理发。石榴一天下来，竟然挣了四十多块钱。

  从此石榴不出家门，每月能收入上千元，再也不用为花钱发愁了。有了钱，石榴首先想到要买一辆摩托车，赶集上会能快去快回，少耽误生意。于是石榴瞅空去集上买了一辆"木兰"，又给爹买了一套中山装。拿回来让爹穿身上一试，不胖不瘦，正合适，喜得留宝合不拢嘴。

  自从开起理发店，石榴家的生活改善了不少，许多需要花钱的问题都解决了。石榴生活的困难减少了，但是对河娃的思念不但没有减轻，反而愈陷愈深，更加上瘾。石榴天天想着河娃，他的音容笑貌如影随形地铭刻在石榴脑海里，那真是"潇湘帘前卷不去，绣花枕上拂还来"。特别是夜深人静的时候，石榴就会幻想与河娃在一起亲热，常常辗转反侧，不能入眠。

  石榴还担心河娃在大学里被女同学引诱，干出那出轨的事情。她想，我与河娃虽然是真心相爱，但两人相距千里之遥，半年才见一次面，爱情经历岁月的磨损会不会褪色？自己的形象在河娃的记忆里会不会慢慢变得模糊？河娃身边的女同学天天花枝招展地在他面前晃来晃去，他岂能不心动？这些问题天天困扰着石榴，令石榴寝食难安。

有时石榴独自在东屋里，拿着曾给河娃擦过脚的毛巾，把那毛巾揣进怀里，闭上眼睛回忆与河娃拥抱在一起的情景。每当这个时候，石榴就会忘记一切烦恼，像一只饥饿的小羊羔在贪婪地吸吮着母羊的乳汁，她的灵魂沉醉于那虚幻而又幸福的感觉，忘记了一切烦恼，脸上露出甜蜜的笑容。

后来石榴想，我要买两部手机，等河娃放假回来，给河娃一部，我用一部。有了手机，俺俩就可以天天通话，我就可以尽情地向河娃倾诉相思之苦，也能经常听到河娃那撩人心弦的甜言蜜语，还能了解河娃在学校生活和学习的情况。于是石榴就去集上手机店里买了两部手机，单等河娃回来，就送给河娃一部。

寒假来临，河娃与春叶结伴返乡。到了县汽车站下了大巴车，春叶说："咱俩谈半年恋爱了，你带着我去见一见你的父母吧？"

河娃本不打算和春叶成亲，更怕带着春叶到了鹌鹑店被石榴知道，那可就坏了大事，所以坚决不同意带春叶回家。他说："我爹娘早就给我规定，在读大学期间不许谈恋爱，不许交异性朋友。我要带你回家，不被爹娘骂死才怪呢！"

春叶听河娃这样说，以为河娃父母想让儿子一心扑在学习上，免得谈恋爱荒废了学业，也就没再说什么。他俩就在县城分了手，回自己的村里去了。

河娃他奶奶一见河娃回来，拉着河娃的手从头到脚打量一番，心疼地说："俺孙子这半年怎么又拉膘了呢？在大学里吃不饱哇？"

河娃说："我早晨爱睡懒觉，起来不吃早饭就上课，所以饿瘦了。"

牤牛和扇坠也回家过年，他俩听河娃说早晨不吃饭，都很心疼，两口子一起批评河娃。扇坠说："傻孩子，你不想想，从吃过晚饭到第二天中午，这中间有十七八个小时，你不吃饭，营养怎能供应得上？你学习任务又重，时间长了身体会垮的！"

牤牛也附和着说："你娘说得对，你要听你娘的话。回学校一定得早点起床，到操场上跑一圈，回来就饿了，然后去食堂吃早餐也有胃口了。"

河娃最烦爹娘在他面前喋喋不休，就不耐烦地说："我知道了，你俩

石榴苦等

19

歇歇吧，别再唠叨了好不好？"

河娃他奶奶这时又问："大孙子，你在学校谈对象没有？要谈了对象，放暑假时带回家来，让我见见孙子媳妇！"

"我早就有对象了，奶奶还想叫我谈几个呀？"

河娃他奶奶和河娃的爹娘听河娃说他早就有对象了，不约而同地问："你的对象是谁？哪个村的？"

"咱村的。"

"咱村的谁？"

"石榴！"

河娃他奶奶一听河娃说他谈的对象是石榴，就上火了，她指着河娃说："石榴是个命'独'的丫头，仨月就'独'死她娘，还没成人呢，又'独'得她爹半身不遂。跟二猴子一订婚，又'独'得老公公腿被汽车轧折。人家二猴子家就是怕她命'独'，才不要她了。谁娶她做媳妇，谁人亡家败，你小子要跟她处对象，非把我气死不可！"

扇坠本来是喜欢石榴的，因为二猴子给石榴退婚后，村里疯传石榴是"虎妞"，嫁到谁家，谁家败人亡，所以她也害怕了。加上河娃考上了大学，她认为自己的儿子是大学生，将来要找个大学生媳妇才般配，因而也不同意河娃与石榴定亲。于是扇坠也说："河娃，你不愣不傻，咋叫个石榴迷住了？你是大学生，毕业了要留在医院当大夫，再谈个大学生媳妇没有问题。到时候你带着大学生媳妇，坐着小轿车回家，街坊邻居见了多荣光啊！石榴是个农民，她爹还有病，你娶她不嫌丢人吗？你不要面子，我和你爹还要头脸呢，从今天起，再不许你往石榴家跑！"

牤牛等扇坠说完马上补充："河娃，你要听你娘的教导，你娘说的句句在理，往后就和石榴划清界限，不要再来往了！"

河娃见奶奶和爹娘轮番轰炸自己，把石榴污蔑得一钱不值，也忍不住发火了："咱在石榴家住了半年，人家石榴是怎样对待咱的？你们难道都忘了吗？人活着得凭良心哪，您不同意我和石榴处对象，也不能昧着良心糟蹋人家呀！老实告诉您吧，这辈子我非石榴不娶！"

河娃说完转身"噔噔噔"地跑上楼，钻进自己的房间，"砰"的一声把门闭上，从里面插上插销，蒙头睡觉去了。

河娃睡了一下午，吃晚饭时，他爹娘和奶奶轮番来叫他吃饭，河娃都憋气不吭声。

河娃的奶奶气得直掉泪，牤牛也唉声叹气。

扇坠说："儿大不由爷，棍大摁不折。这孩子又上来犟脾气了！"

河娃他奶奶抹着眼泪说："都怨石榴那小狐狸精，把俺孙子给迷住了呀！"

"娘，你别生气，我不信治不了他！"扇坠信心满满地劝婆婆说，"等河娃开学走了，咱给石榴瞅个婆家，催她快点登记。等河娃下学期回来，石榴已经出嫁了，河娃就死心了。"

"对，老婆这办法真英明！"牤牛不失时机地吹捧扇坠。

河娃他奶奶也转悲为喜说："还是俺扇坠脑筋活，就照你的法子办，咱快点让石榴出嫁，河娃就断了这个念头！"

河娃虽说把自己关在屋里蒙头大睡，其实他并不瞌睡。睡觉不理爹娘和奶奶是表示他对大人干涉他的婚姻强烈的抗议。河娃躺在床上，他的大脑一刻也没休息，他在思索对策。河娃想，看来和石榴成亲，要想取得家长的支持是不可能了。但是我大学毕业了，可以在城市里安家落户，然后把石榴也带到城里去生活，爹娘和奶奶再生气也没有办法。至于春叶对我的百般纠缠也好应付，毕了业，她去哪个城市工作，我偏不去哪里。跟她不在一个城市，慢慢就断绝来往。她要还不放过我，也没关系，就当是个情人，早晚手机联系一下，也未尝不可。再说石榴姐姐心大量宽，就是知道我和春叶关系暧昧，她也能容忍我。

河娃一心想着石榴，睡到半夜，他就蹑手蹑脚地下了楼，开了头门，往石榴家走去。河娃来到石榴家门口，见门关着，他用手轻轻一推，那门居然开了。原来石榴知道河娃放假了，料到夜里他必然来找她，所以就只把头门虚掩，却没有插住门闩。河娃心中暗喜，他想，原来石榴姐姐知道我要来，给我留着门呢！河娃一踏进院内，就见石榴在东屋门口站着哩。

石榴渴望河娃的心情，如同饿婴待母乳、枯苗盼甘露。那叫一个心急火燎呀！她前半夜根本没睡，就站在大门内焦急地等着河娃大驾光临呢。

石榴一见河娃的身影闪进了大门，就跑步上前，一下子扑进河娃怀里。半年的渴望、万种情思都化成了滂沱的泪水，两个人紧紧拥抱在一起，好久说不出话来。河娃觉得石榴的泪水顺着自己的脸颊在往下流淌，石榴的身体在抽搐。

良久，河娃说："姐姐，我这不是回来了吗？你应该欢喜才是呀！"

石榴昂起头，泪眼婆娑地看着河娃说："我日夜盼望弟弟回来，想弟弟想得心如汤煮，今天一见弟弟，情不自禁，喜极而泣！"

河娃见石榴对自己爱到这种程度，心里也激动万分。他就一猫腰把石榴抱了起来，往东屋里走去。两个人来到东屋，情乱意迷，翻江倒海地亲热了一回。

石榴双手抱着河娃的脖颈，可怜兮兮地说："我今生今世就是弟弟的人，在弟弟面前失去了自我，就像弟弟手里的一块橡皮泥，任凭弟弟揉搓。但愿弟弟能可怜我的一片痴心，时时眷恋姐姐的贱躯，千万不要把我抛弃了呀！"

河娃见石榴说话悲悲戚戚，就哄她说："姐姐以前心理何其强大，任凭我暴跳如雷，姐姐总是笑靥如花、从容不迫。那时我感觉自己就像孙悟空，姐姐就像如来佛，任凭我怎么蹦跶，也跳不出姐姐的手心！现在姐姐怎么变得如此脆弱？在我面前一点大将风度也没有了呢！"

石榴听河娃又提起少年时的事情，往昔的亲情、友情还有那朦胧的爱情如电影一幕一幕又浮现心头。石榴自己也常常回忆与河娃在中小学时代朝夕相处的情景，每当这时她都会感到格外的温馨和幸福。有时石榴想，就是河娃抛弃了我，有我们青梅竹马的美好童年回忆，我也比别人幸福多了！

想到这里，石榴破涕为笑，她说："读小学时，弟弟稚嫩得就像一只小画眉，纯真可爱，我捧在手里还怕摔着你了。我喜欢弟弟，珍惜弟弟，所以弟弟发怒，在我听来不过是小画眉鸣叫两声，感觉十分悦耳！可是现在弟弟发育成了一只雄鹰，我不过是山下一棵小树，弟弟落在我的身上给我带来无限的温馨。可是我总担心弟弟一展翅，向那风光无限的山顶飞去，留下我形单影只，与秋风寒月为伴，那是何等的凄凉啊！"

河娃说："姐姐这棵树上有我温馨的窝，我就是飞到九霄云外，飞倦了，还是要回到姐姐的身旁，卧在姐姐这温润、柔软的巢穴里憩息。姐姐的身体就是我的家，离开了姐姐我就成为一个无家可归、没人心疼的流浪汉，我怎肯离开姐姐呀？"

两个人缱绻缠绵，如胶似漆，说了一夜知心话，不知不觉窗外又出现曙光。石榴就拿出给河娃买的手机，对他说："弟弟带上这部手机，啥时想起我来，就给我打电话，可以排遣相思之苦！"

河娃说："我已经有一部手机了，这部手机姐姐就留着自己用吧。"

石榴说："弟弟远在千里之外求学，咱俩还得几年才能团聚。弟弟拿着姐给你买的手机，就会想起姐姐来；但愿弟弟爱屋及乌，把这个手机当成姐姐的身体，让它与弟弟形影不离！"

河娃收下手机，不敢久停，就又拥抱了石榴一下，起身离去。石榴送到门口，河娃又转身抱住石榴吻了一番，才恋恋不舍地走出大门。谁知一出大门，就见二猴子他娘和扎根他娘从门前经过。原来她俩是一早起来散步呢。

二猴子他娘一见是河娃，便问："河娃啥时候回来了？"

河娃在石榴家过夜，一早出来，心里怕碰见别人，谁知偏偏碰上了这俩肯说话的婆娘。河娃有些不好意思，他的脸微微一红，但很快就恢复了正常，便说："我昨天回来的，给俺干爹捎的药，听说他这两天又犯病，我一早给他送来了。"

二猴子他娘和扎根他娘知道河娃与石榴相好，对河娃的话，两个人心里虽然不信，但也不便再问，于是俩人相视一笑，就从石榴家门前走过去了。石榴也心虚，怕被她们看见，就躲在大门后头，等她俩走远了才把大门闭上。

过了正月十五，河娃就又回学校了。扇坠就跑到扎根家，正好扎根他娘在家。扎根他娘见扇坠来了，就亲热地打招呼："兄弟媳妇，你没跟牤牛兄弟出去押车呀？"

"还没走呢，俺出了正月再走。"

扎根他娘又给扇坠递过来个小杌子，让扇坠坐下。

两个女人寒暄了几句，扇坠就入了正题："嫂子呀，我想问问咱扎根找着对象没有哩？"

扎根他娘正愁扎根找不到对象呢，村里跟扎根一般大的男孩，别管孬好，都娶罢媳妇了，就剩扎根一条光棍汉。扎根他娘天天托东家、求西家让邻居给扎根瞅媳妇。可是因为扎根长相有问题，每次媒人说得差不多了，让扎根和女的一见面，就崩了。今天扎根他娘一听扇坠问扎根找到对象没有，心想扇坠一定是来给俺儿说媒哩。扎根他娘忙说："咱扎根还没找到对象呢，兄弟媳妇，你就给咱扎根操心瞅一个吧！你看咱扎根还会一门手艺，现在他在大酒店当厨师，一个月能挣三千多块钱呢！"

扇坠说："嫂子呀，现在咱附近村子里的大闺女都出嫁了，跟咱扎根一般大的闺女不好找了呢。我想来想去，就咱村留宝家闺女还没对象，给咱扎根说说，你看行吗？"

扎根他娘虽然知道石榴曾被二猴子家退过婚，街上还嚷着石榴是个"虎妞"，而且跟河娃相好，但她知道自家儿子长得丑，所以她现在有点饥不择食，别说石榴还是个闺女，就是离了婚又带着孩子的女人她也要！再说她知道河娃是大学生，将来要在城市里就业，咋说河娃也不会要石榴，所以对石榴与河娃相好的事也不在乎，于是她说："石榴那闺女虽然命苦，但长得俊秀，脾气又好，你就给咱扎根说说吧。"

"嫂子，我要给咱扎根说成了媒，你可别忘了给我买大鲤鱼吃啊！"

"你放心，兄弟媳妇，到时候请你去大酒店吃个肚儿圆，再让你和牤牛去舞厅跳一场舞，好不好？"

两个娘们又说了一会儿闲话，扇坠就告辞了扎根他娘，径直到石榴家来了。

石榴一见河娃他娘来了，这可是未来的婆母娘呀。这儿媳妇见了婆婆总有些拘束和紧张，石榴赶紧迎上去，亲热地说："婶子，这一段时间您的身体好吗？俺奶奶和爷爷也都好吧？"

石榴说完话，还觉得脸微微发烫。

扇坠满脸堆笑地说："都好着呢，你爹这一段时间恢复得咋样了？"

这时留宝扶着屋门出来了，他说话还是含混不清："我，我也应（轻）了。"

扇坠忙上前搀扶住留宝，回堂屋里坐在椅子上。石榴也搬个小凳子，让扇坠坐下。扇坠说："留宝哥，咱石榴也二十多岁了，该瞅个婆家了。"

石榴一听扇坠说给自己瞅婆家，还以为扇坠亲自上门提亲，要给河娃和自己定亲呢！心里大喜，但是婆婆亲自来提亲，石榴是个大闺女总有些不好意思，按理她应该回避才是，可是扇坠刚来自己就离开，又不是待客之道，所以石榴这时真是走也不是，留也不是。她灵机一动，想起要给扇坠倒水，就去厨房里掂暖壶。

石榴掂着暖壶走到堂屋门前，又听扇坠说："留宝哥呀，你身体不好，我考虑咱石榴不能远嫁，就让石榴在咱村里找个婆家吧？"

石榴听了这话，心里乐开了花，她想这未来的婆母娘真是要给她和河娃定亲来了！石榴给扇坠倒上水，双手捧着水杯递给扇坠，红着脸说："婶子恁忙，还为我的事操心，太感谢您了！"

扇坠嘴甜，会说话，她接过水杯，喝了一口，还不忘夸石榴一句："留宝哥，你看看咱石榴，越长越俊了，水灵灵的，出落得像一朵水仙花！"

石榴听了扇坠夸奖她的话，更不好意思了。她心想，看来这婆母娘是真的喜欢自己了，将来进了她家的门，婆媳关系一定能处得很融洽。

这时扇坠又说："石榴呀，你看咱村跟你一般大的小伙子都已结婚，就剩一个扎根了。扎根虽然丑点，但人家过得也挺富裕。俗话说，'嫁汉，嫁汉，穿衣吃饭'，你到他家一辈子不愁吃喝，能享福就是好婆家！你要愿意，我就给你俩牵线搭桥，结成一对吧？"

石榴满以为扇坠是来给她与河娃定亲呢，不料扇坠说着说着拐到扎根身上去了。这好像给石榴当头泼了一盆凉水，她刚才那兴奋的心情一下子就凉到了冰点，只气得浑身发抖！

　　石榴努力控制着自己激动的情绪，还是彬彬有礼地说："谢谢婶子的好心，不过我与扎根性格不合，我这两年也不打算定亲，婶子就别说了。"

　　扇坠说："别傻了，闺女耶，你不算算你今年多大了？再晚两年，连扎根这样的大龄青年也没有了，你嫁谁去呀？"

　　石榴说："嫁不出去，我就在家侍候俺爹呗！"

　　扇坠心里明白，石榴是想等着河娃毕了业，嫁给河娃呢。她心里说，你石榴也不称称自己几斤几两，一个农民敢跟大学生谈恋爱，不是癞蛤蟆想吃天鹅肉，心高妄想吗？

　　扇坠又劝了石榴一阵，见石榴咬牙不开口，就悻悻地离去了。

　　石榴赔着笑脸把扇坠送到大门外才回来。她心里七上八下，平添了许多忧虑。石榴想，我和河娃相好扇坠是知道的，她为什么还要把我介绍给别人呢？这不分明是不同意我与河娃结合吗？再说石榴也听闻二猴子当初跟她退婚，就是因为二猴子他娘不愿意。现在又是河娃他娘干涉我与河娃的恋情，这问题可就严重了呀！石榴越想越坐不住，于是她拨通了河娃的手机，把河娃他娘来给扎根说媒的事讲了一遍。

　　河娃说："我娘无论介绍谁，姐姐千万别同意，谁也不敢来把姐姐抢走！"

　　石榴说："别人来说媒，我拒绝她就算了，并不害怕；就怕你娘不同意咱俩结合，这可是咱俩处对象难以逾越的障碍呀！"

　　河娃说："你别理她！将来我在城市里上班，把你接过来，她还能管得了？"

　　听河娃这样一说，石榴心想，现在许多青年在外打工，找了对象，也不给爹娘打个招呼，俩人就同居了。等有了孩子，一家三口突然回来探亲，他们的爹娘别无选择，只有顺水推舟地承认这桩婚姻了！到时候河娃要是把我接到城市里，我在街上开个理发店，俺俩租一套楼房住，他娘想管也够不着呀！石榴想到这里，心里才稍微安稳一些。

一天，石榴正在忙着给客人理发，听见东头有喇叭响。有人说是二猴子他奶奶过三周年呢，石榴心想兴邦叔待我像他的亲闺女，啥事都替我操办，他母亲过三年，我也得去烧个纸呀。于是石榴就趁不忙的时候，走出理发店，到街上买了几块纸箔，来到兴邦家。正好遇上几个媳妇也来烧纸，石榴就跟在她们的后面。

大家蹲在二猴子他奶奶的遗像前先点燃纸箔，然后用手巾捂着脸哭了几声，早有照应客人的人把她们拉了起来。

原来在农村，谁家有丧事，街坊邻居都去烧纸祭奠，但男女祭奠的方式不同。男人祭奠必须先行跪拜礼，礼毕才举哀。女的祭奠则不用行跪拜大礼，直接蹲在祭棚下边哭就可以了。这些邻居因心里并不悲痛，所以都哭不出泪来，不过干号两声，做做样子。可是石榴因为想起兴邦待她的好处，加上感叹自己的身世多艰，心里常存悲情，所以一哭就是泪流满面。

石榴烧完了纸，站起身来回头一看，见杜豪杰正在对面的舞台上吹唢呐呢。石榴心想，老同学几年没见过面，人家来到咱家门口了，怎能装没看见呀？于是她就来到舞台的背后等着杜豪杰。因为石榴长得身材高挑，皮肤雪白，往人群里一站，那叫一个鹤立鸡群，出类拔萃！所以杜豪杰早就看见她了，只是因为正忙着演奏，顾不得下来跟石榴说话。

杜豪杰知道石榴在舞台后面等他，就抽个空走下台来。一见面，石榴就说："豪杰，你吹的曲调婉转悠扬，真好听啊！"

杜豪杰说："谢谢老同学捧场，我听说你现在开理发店，是真的吗？"

"那还能有假？以后老同学头发长了，就来我这店里理发，保证发型时尚，还给你免费！"

两个老同学一见面，好像又回到了少年时代，心情都非常愉快。聊了一会儿，就见杜豪杰吞吞吐吐地问："石榴，你……"

石榴见杜豪杰欲言又止，觉得好滑稽，便笑着说："你怎么一个大小伙子说话扭扭捏捏的呀？有什么话就直说呗！"

"你找到对象没有？"杜豪杰好像草鸡努力屙下一个蛋来，说完就脸红了。

石榴一听，就明白杜豪杰是想跟她谈恋爱呢，只是因为经验不足，或者是时间仓促，才不得不直白。石榴就说："还没有呢，不过我近两年不打算找，等过几年再说。"

杜豪杰还要说什么，忽听台上鼓响，这是要开始奏乐了。他不敢怠慢，就给石榴摆摆手，上台去了。

过了两个月，石榴正在理发，忽见范老师骑着摩托车过来。原来杜豪杰那天听石榴说她还没定亲，就跑到学校，请范老师做媒，来撮合他与石榴成亲呢。范老师受学生委托，加上她也想念石榴，就骑着她的"木兰"摩托来找石榴。

师生几年未见面，石榴忙迎上去，握住范老师的手亲热地说："范老师，您身体还好吗？我天天想您，就是觉得自己没上大学，落魄在家，当个理发员，辜负了老师对我的期望，去学校也给老师丢人，所以一直不敢见您！"

范老师说："我听说你爹有病了，你退学回家照顾你爹，连出去打工的机会也没有了。这不怨你没有努力，也不说明你没有能力，而是家庭条件限制了你的发展。不过你干得很好，在家开个理发店，既挣了钱，又侍候了你爹。小小年纪就挑起了家庭的大梁，你做得很好！"

石榴请范老师在理发屋里的三人沙发上坐下，给范老师倒上水。范老师见理发椅上还坐着个人，头发还没理好，就说："石榴，你别管我，赶紧给人家理发，你忙着不碍咱俩说话。"

石榴就一边理发一边与范老师说些闲话。等那理发的人走了，范老师见屋里就剩她和石榴俩人，就问石榴："石榴，你订婚没有？"

石榴来到范老师身边，挨着她坐下说："还没有呢。"

范老师说："杜庄村的杜豪杰，现在是吹唢呐的高手，前一段时间参加县里举行的演奏比赛，他还得了二等奖呢。他在乐队里是台柱子，一个月也挣个三四千元。我想你俩是同学，互相了解脾气，你俩结合也是挺美满的一对。"

"老师，您恁忙，还牵挂着我的婚事，跑几里路来给我说媒，真是不知道怎样感谢您才好！"石榴十分感激范老师为她的终身大事操心，她觉得范老师是她最亲近最信赖的人，所以什么话都想给范老师说。于是她就把自己跟河娃相约成亲的事，一五一十给范老师讲了一遍。

范老师问："石榴，你与河娃谈恋爱，河娃的爹娘知道吗？"

"河娃给他爹娘说了，但是他爹娘都不同意。"

范老师说："你与河娃现在生活环境不同，就是双方父母包办结了婚的，还有离婚的呢，何况河娃的父母都不同意。你在家苦苦地等河娃几年，将来河娃要变卦了，你后悔可就晚了！"

石榴说："我今生今世就爱河娃，别人都不入我的心，即使河娃变卦了，我也不后悔！"

范老师见石榴十分坚决，又说："既然你俩真心相爱，那你就等着河娃吧。不过我提醒你，你现在就应做好思想准备，将来河娃万一变卦，你要能冷静对待。"

范老师又和石榴聊了一会儿，就告辞了。

后来又有人给石榴说媒，都被石榴一口回绝了。就这样，石榴等了河娃五年，到河娃毕业那一年石榴就二十七岁了，成为全村闻名的"老姑娘"。

20 河娃与春叶同居

临近毕业,河娃频繁地参加招聘会,投了几十份简历,结果都是泥牛入海无消息。眼看着同学一个个都签订了意向书,河娃心情非常沮丧。

这时,春叶兴冲冲地来找河娃,并告诉他:"我已被聘到咱县康复医院了!"

河娃问:"康复医院现在招人?"

春叶说:"不是正式招聘,我先当临时工,等明年县卫生局组织考试后,才能正式应聘。"

"你跟医院有关系吧?"河娃满脸疑惑地问。

"那当然,院长是俺亲姑母!到明年正式招聘分两步走,先进行护理理论考试,考试及格者再参加面试,面试过了关,才能录用。俺姑说了,只要我考试及格,面试就是她当家了,保证我能被聘用!"

河娃说:"你问问你姑母,看她们要临床专业的吗?"

"好的,我现在就问。"春叶说着就掏出手机,拨通了她姑母的电话,"姑呀,康复医院要临床专业的人吗?"

就听电话里她姑母回答:"给你安排了,你就不要再管别人了!"

河娃站在春叶身旁听得清清楚楚,心里凉了半截!

春叶又说:"是这样的,姑母,我在学校谈了个男朋友,他是学临床专业的,你给他也安排了,俺俩就能在一起生活。他要跑到外地就业,俺俩的事就不好办了!"

"那好吧，就让他先来医院当个临时工吧，等到明年正式招聘。"

河娃想不到春叶的关系如此硬，一个电话就解决问题了。虽然是临时工，但专业对口，明年正式招聘有春叶她姑母运作，这工作基本上就定了！

俩人真是喜从天降，春叶调皮地说："河娃，你怎么谢谢本老板呀？"

河娃张开双臂，高兴地说："来吧老板，我送你一个熊抱，再赏你一个热吻！"

春叶笑着扑进河娃的怀抱！

两个人领了毕业证书，就高高兴兴地回本县去了。

春叶又买了些礼物，领着河娃去拜见姑母。姑母见河娃一表人才，也十分满意，就对春叶说："我有一套旧房现在没人住，里面家具、锅灶、铺盖一应俱全，你俩就先住那里吧。"

春叶和河娃正愁没地方住呢，听姑母一说这话，更是喜出望外。他俩谢过姑母，就掂着提包，住进了姑母的旧屋。从此，两人还没领结婚证，就过起了夫妻生活。

春叶是喜不自禁，河娃却暗暗发愁，因为他心里还是深爱着石榴，唯恐他与春叶同居的消息传到石榴耳朵里，那不把石榴姐姐活活气死呀！河娃有时想向春叶提出分手，但是他知道，要是抛弃了春叶，自己这临时工立刻就要被解雇。明年正式招聘，有石榴她姑母作梗，自己就一点希望也没有了。这可是关系自己职业生涯的大事，一招不慎，后悔终生！河娃思来想去，还是不敢和春叶分手。

春叶也看出河娃整天愁眉不展，对自己不冷不热，跟自己说话时目光游离，神情不专注。春叶就问河娃："现在咱的工作安排好了，还有房住，你应该天天喜笑颜开呀，为什么整天都不见笑脸呢？"

河娃说："咱现在的工作是临时工，住房是借你姑母家的，我怎能不忧虑呀？咱明年能不能应聘上正式医生还不一定呀。人无远虑，必有近忧嘛！"

春叶哪里相信他这一套，她认为河娃一定另有所爱，不过为了找工作，对自己隐瞒着真相。

一天晚上，河娃去卫生间洗澡，把外衣脱了放在衣架上。春叶就从他兜里摸出一部手机，一看不是自己给他买的那部，是另一种型号的手机，并且关机。春叶打开手机，看他的短信，只见一个叫作"时陆"的人刚发过来一条短信："弟弟，我好想你呀，啥时候咱能领结婚证呀？"

春叶立刻认定自己的猜测属实，怪不得河娃对自己不冷不热，原来他真的另有情人！她气得浑身发抖，反复念叨"时陆"这个名字，在脑海里紧张地搜索高中时的女同学，觉得河娃在高中时期心无旁骛地读书，没有和任何女同学有暧昧关系。她又在脑海里搜索初中的女同学，忽然想起石榴来，啊，"时陆"不就是石榴吗？石榴与河娃在读初中时关系就非同一般，而且二人都是以姐弟相称，发短信那人称河娃为弟弟，不正说明短信是石榴发来的吗？

春叶想到这里，真想一脚踹开卫生间的门，逼河娃老实交代，这发信息的人是谁？可是她冷静一想，如果那样做，就是逼河娃与她摊牌，自己在河娃身上花费偌大精力，还帮他找工作，河娃还不舍得放弃那个叫"时陆"的女人，可见他爱那个女人比爱自己更甚。如果把河娃逼急了，他失去理智，连工作带我都不要了，非要与那个他心仪的女人在一起，我岂不弄个前功尽弃？医院谁不知道俺俩同住的事呀，要真被他甩掉，我也不是原包装了！再谈对象也会招人嫌弃的。

春叶思来想去，决定暂时不惊动河娃，待明天与姑母商量后再定夺。

第二天，春叶就到院长办公室，把河娃另有所爱的事情给姑母讲述一遍。

姑母说："我有一个办法，可以试他的心。"就小声给春叶交代了几句话。

春叶大喜："还是姑母有办法！"

当天晚上，春叶与河娃都脱了衣服，刚钻进被窝，就听枕边电话铃响，春叶拿起手机，故意把手机放在离河娃耳朵很近的地方。就听电话里是姑母的声音："春叶呀，现在副院长也介绍他的表侄进消化科，还有一个科室主任也介绍他的亲戚进消化科。咱院里有个不成文的规定，就是只照顾有亲属关系的人，外边的人一律靠边站。我说河娃是我的侄女婿，可是拿不出证据呀。你与河娃明天就不要来上班了，赶紧去民政局登个记，然后让河娃拿来结婚证。他们见河娃已和你确立了夫妻关系，就不会再提意见了。如果拿不来结婚证书，就叫河娃另投高门吧！"

姑母的话，河娃听得比春叶还清楚，这可真是越逼越紧呀！河娃急得心口都堵上了。要是与春叶一登记，那就是法定的夫妻关系了。再想离婚可不是一句话两句话就能办到的事。要是明天不去登记，这工作马上就没了，自己现在占住的位置就会换成他人。职场竞争这么激烈，我一旦离开医院，再想返回比登天还难呀！

春叶也催河娃："你整天口口声声说爱我，怎么一提登记就哑巴了呢？登个记也不需要花钱，咱俩往民政局跑一趟就妥了呗，还犹豫个啥？"

河娃确实也想不出来不登记的理由，最后心一横，就说："明天咱俩登记去！"

春叶一把抱住河娃的脖子，狠狠地亲了一口说："这才是我的好老公！"

就这样，河娃虽然不情愿，但最后还是向春叶低下了头。

两人去民政局领了结婚证，成为法定的夫妻关系。

又过了一个月，河娃他爹打电话说他和河娃他娘从外边回来了，想叫河娃回家一趟。河娃在星期天要回鹌鹑店，春叶就说："咱俩登记前就该回家一趟，因你父母不在家，我也没提这事。现在你父母都回来了，咱俩一起回去吧，让我见见公婆。"

河娃说："时间长着呢，你慌啥呀？到年底再跟我回去吧。"

春叶说："亏你还读过大学呢，怎不懂规矩？按理，恋爱对象要先见父母，等父母批准了才能去登记呢。咱先斩后奏，已经是对父母的不尊重了，你现在还不让我去，你爹娘知道了，还以为我摆大学生架子呢！"

河娃说不过春叶，只好再一次让步，就骑着摩托车带着春叶，又去超市买了些礼物，两个人一起回鹌鹑店去了。

春叶这次去鹌鹑店是有明确目的的，她怀疑河娃跟石榴相好，看样子自己跟河娃同居及登记结婚，河娃还瞒着石榴呢，估计河娃想外面彩旗飘飘，家里大旗不倒，来个脚踏两只船。她春叶怎能咽下这口气？春叶的目的就是要去会一会石榴，让石榴清楚河娃与自己已经领罢结婚证，并且已经同居。她知道石榴的品行，石榴不是那种喜欢偷别人男人的浪女子，她了解清楚情况后，一定会与河娃一刀两断的。

河娃骑着摩托车心里直打鼓，他害怕万一碰上石榴，或者石榴听说他与春叶已经同居，会承受不了打击而出事！所以河娃在路上磨磨蹭蹭，就是不踩油门。

河娃的表现春叶看在眼里，更加坚定了自己的判断。

二人到了鹌鹑店，本来该从村西头进村，但是那样要经过石榴家门口。所以河娃就骑着摩托从村后的小路绕到村东头，躲过了石榴家门。回到他家，春叶与河娃一进大门，扇坠和牤牛正在院里剥玉米棒，见河娃带来一个大闺女，料是河娃谈的女朋友，跟着河娃回家来了。

河娃指着春叶，就给扇坠介绍："这是我的对象，名叫吕春叶，俺俩是大学同学，现在都在康复医院上班。"又回头给春叶说："这是咱爹和咱娘。"

春叶面带微笑，彬彬有礼地说："爹，娘，您二老身体可好？"

扇坠见河娃果然带回来一个大学生儿媳妇，而且长得眉清目秀，心里乐开了花。她走上前，拉住春叶的手说："孩子，你爹和你娘身体也都好吧？"

春叶说："俺爹和俺娘身体都很健康。"

这时河娃的爷爷和奶奶闻声也从屋里走了出来。

扇坠就对春叶说："这是你爷爷和你奶奶。"

春叶急忙上前搀扶住奶奶说："奶奶，您和俺爷爷的身体都还结实吧？"

河娃他奶奶看着这大学生孙媳妇，喜得合不拢嘴，连忙说："庄稼人，身板硬朗，都没大毛病。"

春叶搀扶着奶奶进了堂屋，让奶奶坐在椅子上。扇坠也递给春叶一

风雨石榴路

个小凳子，让她坐下。扇坠就问了春叶娘家的情况。春叶说："俺老家在吕屯村，父母在城里开了一个鞋店，生意兴隆。今年在城里新买了一套楼房，现在把俺爷爷也接进城里住。我还有一个姑母，在医院当院长。我和河娃的工作都是俺姑母安排的。"

扇坠与牤牛一听，春叶她娘家不仅做着大生意，是有钱的人家，而且还有个院长姑母，这棵大树可以保护河娃无失业之虞。想不到俺儿找了恁好一个媳妇，真是河娃的洪福呀！

牤牛连忙把扇坠叫到里间，两人商量一阵，就用红纸包了一万零一元钱。扇坠拿出来递给春叶说："孩子，你第一次来，咱农村兴见面礼，这是一万零一元，表示你是万里挑一的好姑娘。收下吧，这也是我和你爹的心意！"

春叶假意推让了一番，说："您二老辛辛苦苦地供河娃读到大学毕业，已经尽到心了！我与河娃现在都有工资，这钱您就留着家里用吧。"

奶奶在一旁说："孩子，咱家乡的规矩，婆婆第一次见媳妇，必须拿见面礼！"

春叶听了奶奶的话，才接过红包来。

这时河娃的手机铃响了，原来是二猴子和扎根今天都回来歇班，他俩看见河娃骑着摩托车带着春叶也回家了，就邀请河娃去二猴子家玩扑克呢。

河娃说："我刚回来，还没跟俺娘说话呢，你们先玩着吧，我晚一会儿再去。"

扇坠说："你跟老同学好长时间不见面了，今天相邀，你不去不是失了同学的脸面吗？你快去玩吧，我和你奶奶陪着春叶说话。"

春叶也劝河娃去玩，不要冷了老同学的心。河娃这才到二猴子家玩扑克去了。

扇坠与春叶又家长里短地聊了一会儿，春叶说："娘，我和石榴是老同学，俺俩关系非常好，我既然到家了，不去看看她，过些时候她知道我回来过，就不好看了。"

扇坠正想叫石榴看看河娃的大学生媳妇呢，好让她早点死了心，不再纠缠河娃，就说："你不知道她家在哪里，我领你去。"

于是扇坠就领着春叶来到石榴家门前，见石榴在理发店里坐着玩手机，两人就进了理发店。石榴听见有人进门，以为是来理发的顾客，她抬头一看，是春叶与扇坠走进门来，心中又惊又喜：惊的是不知啥风把春叶刮来了；喜的是老同学多年没见面，今天忽然重逢，心里分外高兴。

石榴忙上前拉住了春叶的手说："我说为啥今天一早喜鹊就'喳喳'地叫呢，原来是老同学要来！"

春叶也装着亲热地说："石榴姐姐，自从初中毕了业，就再也没见过你，可想死我了！"

石榴就让扇坠和春叶都坐在沙发上，又给二人倒上茶水。

扇坠就主动介绍："春叶是河娃的对象，他俩都在医院工作。河娃可喜欢她了！这是春叶第一次来看咱家，下一步就该结婚了。"

石榴忽听扇坠说春叶是河娃的对象，只觉得像当头挨了一棒，脑袋就嗡嗡直响，身边的东西都跟着旋转起来。她急忙闭上眼睛，努力控制住自己的情绪。春叶和扇坠都看出来，石榴的脸色大变，知道石榴内心正被极大的痛苦吞噬着！春叶还不解恨，又从兜里掏出她和河娃的结婚证，递给石榴。石榴一看，河娃已经与春叶登了记，知道他俩是合法夫妻。

石榴彻底绝望了，她凄然一笑说："祝你俩幸福！"

扇坠虽然不同意河娃找石榴这个对象，那是因为扇坠嫌石榴命太"独"，加上石榴的社会地位配不上河娃，所以竭力阻挠河娃与石榴建立恋爱关系。但他们两家是干亲戚，石榴对她全家都很好，所以扇坠内心还是对石榴有好感的。她一看石榴差点晕倒，心里也滋生几分怜悯之情。

扇坠觉得，告诉石榴河娃有对象就达到目的了。她也害怕把石榴这个命苦的丫头气出病来。但她没有料到，春叶又拿出结婚证让石榴看，心想春叶一定是知道石榴与河娃相好，故意来气石榴的。这妮子手段够狠，真是刀刀致命呀！

三个人又聊了一会儿，又来一个理发的，扇坠正想离开，就对春叶说："石榴又该忙哩，咱别打扰她工作了，回家去吧。"

春叶也达到了预期的目的，心里非常得意，就站起身来，满面春风地对石榴说："姐姐你忙吧，下次来咱再说话。"

石榴送她俩到大街上，看她俩进了胡同，才返身回来，又提着劲给客人理发，等那人离开理发店，石榴再也控制不住情绪，就关了门，从里面把门插上，一头倒在沙发上放声痛哭。她那满腔柔情化为悲愤的烈火，在烧烤着她的血脉；所有的幻想和甜蜜顷刻都变成了利剑，在她的五脏六腑内绞动！石榴此刻大脑一片空白，失去了河娃，她好像面临天崩地裂，步入末日一般。

石榴整整哭了一天，两只眼睛都哭肿了。夜里睡在床上，与河娃在一起曾度过的甜蜜销魂之夜，又一幕幕地在她脑海里呈现。

石榴怎么也想不通，河娃会在没有任何征兆的情况下，突然就抛弃了自己。她觉得河娃不是那样绝情的人，也不是朝三暮四的花花公子，河娃是很专一、很真诚的人。可是他竟然和春叶领了结婚证书，为什么至今不给自己透个信呢？

她翻来覆去地不能入眠，心窝里像塞进一团乱麻，拥堵得难受！约莫半夜时分，石榴悄悄起身，不声不响地溜出家门。这时正逢寒冬腊月，空中阴云密布，天黑得伸手不见五指。气温在零下十度左右，寒气逼人。石榴顾不得这些，她觉得皮肤冻得像刀割反而能消磨她心里的煎熬。她漫无目的地出了村西头，沿着她少年时与河娃上学的路往前走。

石榴又想起那一年她的脚被玻璃碴扎伤，河娃给她找来荠菜芽粘住伤口，还给她薅来红薯秧缠住脚，并且拉着她去诊所包扎的友爱情景。她还想起河娃议论小说《家》里的人物时，曾说要是他，早领着鸣凤远走他乡了！当初的河娃是那样的纯洁无瑕，怎么就突然变成忘恩负义的陈世美了呢？

石榴不知不觉就来到了小河边，这时小河上已架起了一座桥梁。石榴走上桥，凭栏往下看，见两岸漆黑，桥下依稀可见一片灰白，那是结了冰的河水。石榴想起她的母亲，她想，娘的灵魂可能就在这桥下盯着自己。石榴好想跳进河里，去追随娘的灵魂。可是她知道，现在水很浅，根本淹不死人，再说河水结了冰，自己掉下去，可能会摔得骨折，成为残废，到时候爹爹半身不遂，自己再躺床上不能动，谁来侍候老爹呀？石榴这时真是死也死不起，活也不想活，进退维谷。

正当石榴在桥上进退两难、犹豫徘徊的时候，忽见远处一道灯光射来，石榴知道是有车辆要通过桥梁。她就转身往桥下走，想转到桥下面躲过行人。可是她还没走下引桥，随着一阵"咚咚"响声，一辆摩托车飞驰到她身边。那摩托"吱呀"一声刹住了，车灯正对着石榴。车上的人惊异地喊："石榴姐姐！"

石榴一听是扎根的声音，但她这时谁也不想理睬，低着头等着扎根过去。扎根下了车走到石榴身边，石榴已躲过灯光，藏身在黑暗中。扎根说："石榴姐姐，现在三更半夜，你怎么只身一人来到这里？家里发生了什么事？是不是谁欺负你了？"

石榴只想让扎根快点离开，就说："没谁欺负我，不关你的事，你快点走吧！"

扎根已经意识到石榴有轻生的念头，哪里肯走。他说："姐姐，你孤身一人在这里是非常危险的，别说咱是老同学，就是素不相识的路人遇见你，人家也不会不管呀！你有啥难事给我说说，不行吗？说不定我能帮你解决问题呢！"

两个人相持了多时，扎根说："姐姐不要命了，想冻死在这里，难道姐姐想把我也冻死在桥上吗？"

石榴见扎根执意要奉陪到底，心想，我有心事怎么能连累扎根在这里苦苦受冻，要是他真的冻病了，那可是我的过失呀。石榴不忍扎根陪她受冻，只好随着扎根回到村里去了。

进了村，石榴就对扎根说："你快回家休息吧。"

扎根怕自己回家了，石榴再跑出来，还有出事的危险，所以坚决要把石榴送到家里。到了石榴家院里，石榴又想赶扎根走，扎根说："姐姐回屋里去睡吧，我就站在这里给姐姐站岗放哨。"

石榴赶不走扎根，也没有办法。她明白，扎根是关心自己，怕自己再往外跑。石榴没有办法，就去堂屋抱了一床被子，对扎根说："你要不走，就睡东屋沙发上吧。"

扎根就跟着石榴来到东屋里，在沙发上躺下来，石榴给扎根盖好被子，才回堂屋睡去了。

石榴在绝望的时候遇到了扎根，扎根对她的关切，令她感到了温暖。她觉得扎根虽然其貌不扬，但心地善良、忠诚老实，是个可以信赖的人。石榴的心情由万念俱灰，渐渐又滋生出新的希望。

石榴心事重重，躺在床上还是睡不着，就听雄鸡啼了三遍，觉得屋里寒气逼人。她想，扎根睡在沙发上，下边没有褥子，就盖一条薄被，一定更冷，不要把他冻病了。

于是石榴就起身，想去看看扎根。她轻轻打开屋门，往外一看，只见院里立着一个黑影。石榴马上意识到是扎根。她急忙走上前问："扎根，你为啥还站在这里？"

扎根说："我怕姐姐再跑出去。"

石榴伸手往扎根披着的被子上一摸，不由得"啊"地叫了起来！原来那被子上落了一层霜雪。石榴顿时明白了，扎根为了保护自己，竟然在院里站了一夜！石榴那颗冰封的心，一下子就被扎根的痴情融化了，她一头扎进扎根怀里，心疼得说不出话来，只呜呜地痛哭。

扎根也下意识地紧紧抱住石榴，感受着石榴那柔软的胸脯在自己怀里激烈地起伏。石榴是扎根梦寐以求的美女，因自己的长相丑陋，平时跟石榴连玩笑也不敢开。他也意识到石榴见了自己虽然和和气气，但是她的明眸，从来没给自己暗送过秋波。前些时候，扎根托人来向石榴求婚，还被石榴果断拒绝。想不到自己在石榴卧室前站了半夜，奇迹就发生了，石榴竟然主动投怀送抱，这爱情来得也太突然了呀！这不是在梦中吧？

扎根见石榴很激动，哭得越来越痛，像是要把心里埋藏的痛苦和委屈一下子都哭个一干二净，就抱起石榴，往东屋走去。

扎根怀里抱着石榴坐在沙发上，像一个年轻的爸爸在哄自己的女儿，还用手轻轻地拍着石榴的脊背。两个人无语地在黑暗中坐着。石榴突然两手搂住扎根的脖颈，昂起头来，看着扎根无限深情地说："扎根，我求求你，收下我吧，我愿意一辈子侍候你！"

听了石榴这个美若天仙、气质如兰的姑娘可怜兮兮地向自己求婚，扎根乐得晕晕乎乎的，那灵魂都飘起来了！他问："姐姐不嫌我丑吗？"

"不，不，你不丑！你是天底下最帅的男人。扎根，我要做你的媳妇，跟你过一辈子！你千万不要甩了我，好吗？"

扎根说："姐姐早就是我的梦中情人，可是梦一醒来就发现姐姐是在天上飞的白天鹅，我不过是地上的癞蛤蟆。我今生今世是够不到你的，我只能远远地看着你，没有资格去触摸你。怎么也没想到今天姐姐以身相许，这是老天赐给我的礼物，我怎能不珍惜呢？姐姐放心，我就是你一生的靠山，我要竭尽全力保护好你，给姐姐营造一个幸福的家。"

扎根平时笨嘴笨舌，想不到石榴的柔情竟一瞬间启动了他的口才，也嘟嘟噜噜说出一段让石榴感动的甜言蜜语来。

石榴躺在扎根怀里，虽然感到了安全和甜蜜，但她已被二猴子与河娃的两次抛弃吓破了胆，总担心再次被甩掉。

石榴说："扎根，你要是真心爱我，就快快托人来说媒，好吗？"

扎根更怕石榴夜长梦多，再变了卦，就说："我明天就托人来说亲！"

"不，等你一天，我好难挨，你今天就托媒人来吧！"石榴已成了惊弓之鸟，好想赶快有一个男人名正言顺地来保护她。

这时天已大亮，扎根说："我走了，姐姐，一会儿我就找个媒人来提亲。"

21 石榴致富

扎根回到家，就对他娘说："你再托个人去石榴家求亲吧。"

老四媳妇一听就不高兴了："你这傻瓜！前些时候我托河娃他娘去求亲，就被那妮子拒绝了，再让我去丢脸呀？我不去。"

扎根说："你不知道情况，前些时候石榴正跟河娃谈婚论嫁呢，她能答应咱求婚吗？现在河娃又找了个当医生的媳妇，就把石榴甩了。石榴气得差点跳河，昨晚正好被我碰上，她主动向我求婚哩！"

老四媳妇一听儿子说石榴向他求婚呢，心里高兴，也不计较石榴曾拒绝过她了。毕竟自己的孩子长得丑，不能跟二猴子与河娃相比，能娶到石榴这样漂亮的媳妇就算一步登天了！老四媳妇寻思，上次托扇坠去说亲，吃了闭门羹，这次不能再让扇坠去了。村里除了扇坠能说会道，就数兴邦家媳妇的嘴巧了。于是就跑到兴邦家，对兴邦媳妇说："嫂子呀，想请你给咱扎根说个媒，你可别推啊！"

兴邦媳妇爽快地说："看兄弟媳妇说这话，给咱扎根说媳妇，这是行善积德的好事，我怎么能推呢？你就直说，你看中谁家的闺女了吧？"

"我看中留宝家的石榴了，那闺女不仅长得齐整，性格也温和。"

兴邦媳妇心想，你家扎根是咱村最丑的男孩，人家石榴虽说命苦，论漂亮可是全村数第一的姑娘，人家能相中你儿子吗？她心里这样想，嘴里却说："那好，兄弟媳妇等着，我这就给石榴透个信。但是先说好，这亲事都是前世有缘，老天定下的。我要说成了你也别喜，说不成你也别烦!"

兴邦媳妇来到石榴家，先看看留宝，说了两句安慰留宝的话，就问石榴现在找到对象没有。石榴说："还没有呢。"

兴邦媳妇就试探着问："石榴，你找对象都要求啥条件呀?"

"我爹有病，我不能远走，还是在咱村里找吧。"

"闺女，你对男孩的长相有啥要求没有哇?"

"长相丑一点的更好。"

兴邦媳妇一听，石榴提的这两个条件正好跟扎根对口，就高兴地说："俺石榴这孩子真懂事，知道替你爹着想。再说咱村的男孩，跟你年龄一般大的就剩扎根没找对象啦。你看扎根行不行?"

"好呀，只要扎根不嫌俺家穷就中。"

兴邦媳妇没料到这媒说得如此顺利，几分钟就敲定了。她心里说："石榴这丫头，先后被甩了两次，现在真是饥不择食了!"

兴邦媳妇回到老四家，一见老四媳妇，就故意装着愁眉紧锁的样子。

老四媳妇以为石榴又拒绝了求婚，急忙上前担心地问："嫂子，石榴说啥了?"

兴邦媳妇忽然照她肩上重重地拍了一巴掌说："你这有福的丫头，婆母娘拿手里了!"

老四媳妇一听高兴地说："嫂子真会作弄人呀，看你一进门那愁样子，吓得我不行，我还以为石榴又拒绝了呢!"

兴邦媳妇往沙发上一坐，说："丫头，还不快点给月老倒茶!"

老四媳妇急忙跑去厨房掂来暖壶，给兴邦媳妇倒了一杯白开水。原来鲁西南农村没有喝茶的习惯，说喝茶就是喝白开水。这时扎根骑着摩托回来了，他见兴邦媳妇和他娘都像得喜了似的，笑得满脸开花，就知道他娘是托兴邦媳妇去给石榴透信了。他从摩托车篓里拿出两瓶饮料，递给兴邦媳妇一瓶说："大娘，别喝白开水了，喝饮料吧!"然后把另一瓶递给他娘。

兴邦媳妇拧开瓶盖"咕噜咕噜"喝下去半瓶，才放下瓶子，喘了口气说："还是俺扎根孝顺，赶明娶来石榴，别忘了再给大娘买饮料喝！"

扎根又从摩托车上搬下一个箱子来，放到兴邦媳妇面前说："这是我给大娘买的冻鱼，待会儿大娘回家时捎走吧。"

兴邦媳妇走时还假意不要，禁不住扎根热情相送，才携了那箱鱼，乐得屁颠屁颠地回家了！

又过了几天，扎根买来了彩礼，又托兴邦媳妇给石榴送去。石榴这时已走出被河娃抛弃的阴影，甜蜜地品尝着扎根的真爱，果然是山重水复疑无路，柳暗花明又一村！

扎根也是大龄青年，出了名的找老婆困难户，忽然得到石榴这如花似玉的美女，他更是万分珍惜，每次从城里回来，总要给石榴买些礼物，不回自己家，先给石榴送去。

石榴怕街坊邻居看见了说长道短，更怕婆母娘误会，就劝扎根："别再买了礼物先拿到这里，要给你爹娘先用。"

扎根哪里听得进去，还是我行我素。

果然就有那好嚼舌的娘们，对老四媳妇说："你家扎根每次回来，都带成箱的礼物，先到石榴家卸了，再空着车回家，你知道吗？"

一开始老四媳妇不在意，但有一次她在地里干活，见扎根带了一个箱子从城里回来。可是她下晌回家，却见扎根啥也没往家里带，心想，真是"小麻嘎①，尾巴长，娶了媳妇忘了娘"呀！她就没好气地怼了扎根一句："你车上带的那一箱水果呢，咋没有拿家里来呀？"

扎根满不在乎地说："我送石榴家了，下次回来给你和俺爹再买。"

媳妇还没过门，老四媳妇觉得丑儿找个对象不容易，万一石榴再不同意，那可就亏大了。所以她心里烦也不敢大吵大闹，只得隐忍了。这时却见石榴抱着一箱水果，还有一箱牛奶，送了过来。老四媳妇转怒为喜，急忙迎上去，说："石榴，你爹身体不好，你家又困难，你有空就来家里玩呗，还拿这么多礼物干啥？"

---

① 麻嘎：方言，指灰喜鹊。

石榴说:"我现在开着理发店,家里也有钱花,不像以前恁困难了。咱离恁近,我都没来看过您二老,婶子别生气就好!"

这时有邻居见石榴抱着两箱礼物进了扎根家大门,都跑过来看热闹。就有那肯说话的媳妇对扎根他娘说:"嫂子呀,好儿不胜好媳妇,你看人家石榴多懂事,还没过门呢,就开始孝敬你了!"

老四两口子也不生气了,乐得满脸皱纹都挤成堆!

一天,石榴在家听见村委会主任兴邦在大喇叭里通知,要求每个贫困户来一个当家的,到村委会开会。石榴虽然现在理着发,能挣几个钱了,但她家的整体条件还是很差的,所以兴邦也通知了她。

石榴就锁上了理发店的门,往村委会大院走去,进了村委会办公室,见陈书记和兴邦叔,还有一个戴着眼镜、文质彬彬的男子都在屋里。

陈书记一见石榴来了,就问她:"石榴,你爹身体恢复得咋样呀?"

石榴说:"谢谢陈书记还惦记着俺爹,他比以前好些了,但还是用一条腿拖着地走。"

兴邦说:"能生活自理就不错了,要想恢复正常是不可能啦!"

陈书记又问石榴:"理发生意做得好吗,一个月能挣多少钱?"

石榴说:"平时年轻人都打工去了,村里就剩些老年人,理发的不多,一个月也就挣个千儿八百块的。到了年底,打工的都回来了,学生也放假,生意就好些,一个月能挣两千块钱。"

石榴和陈书记说着话,一会儿人都到齐了。兴邦就请陈书记给大家讲话。

陈书记说:"咱们大家都是老熟人了,我知道大家都很忙,所以客套话就不说了。虽然这两年由于咱们共同努力,大家的生活水平有所提高,但离上级的要求还相差很远。今年县委县政府决定,要加大扶贫力度,不仅增加了扶贫资金,还组织专家团队,针对咱县农村的具体情况,研究落实扶贫项目。今天我就请农科所的张艺师,来给大家介绍几个致富项目,并且给大家细致地讲一讲各种项目的特点和优势,然后大家自己选择项目。以后乡里还要对咱们进行技术培训，帮助咱们掌握生产技术，希望每一户都能把项目做好做强，早日脱贫致富。现在就请张艺师给大家介绍扶贫项目。"

就见那戴眼镜的中年人说："咱县农科所，根据外地的扶贫经验，结合本地的实际情况，筛选出以下几类生产项目：第一是养野兔。现在人们随着生活水平的提高，对食品的质量要求也越来越高。野兔肉含蛋白质丰富，含脂肪少，含胆固醇少，是市场紧俏肉类。一只野兔能卖六七十元，还供不应求，养野兔生产周期短，见钱快，是脱贫致富的好门路。第二个项目是养绿壳蛋鸡。绿壳蛋鸡的特征是'五黑一绿'，即黑毛、黑皮、黑肉、黑骨、黑内脏，有很高的滋补价值。蛋为绿色，蛋白浓厚，蛋黄呈橘红色，含有大量的卵磷脂、维生素及微量元素等，是世界罕见家禽。目前绿壳蛋的市场售价，每枚在一元到一元八角之间，商品鸡为四十到六十元一只，现在国内存栏极少，正是抢先发展的好时机。

"第三个项目是建大棚、种蔬菜。做大棚种植，成本最大的一块就是建棚，最普通的蔬菜大棚，就是竹木结构大棚，大约为十五元一平方米，这类大棚使用寿命是三年左右，膜两年一换，平均算下来，每年的成本大约是每亩五千块钱。除了成本，每年一亩大棚可获利两万元左右。以上这些养殖和大棚种植项目，第一年成本都由政府补贴。

"另外还有一个难度比较大的项目，就是开木材加工厂。建木材加工厂成本最少得二十万元，还得有三亩场地。场地必须离居民区三百米以上，为的是电锯发出的噪音不影响居民区。办木材加工厂，一年可收入三十万元以上。但是要求办厂的人有管理能力，还得有技术支撑。"

张艺师说到这里，扫视了一遍在座的听众，他发现除了村主任和陈书记，还有石榴，剩下这些人都是老弱病残。张艺师就又补充一句："我看在座的各位都不具备办加工厂的能力和条件，咱们就在种植或养殖中任选一项吧。"

这时有一个人问："如果养的兔子或产的鸡蛋卖不出去，怎么办哪？"

陈书记说："请大家放心，咱乡政府是帮扶到底的，产品卖不出去，我负责在网上帮助推销。"

这些贫困户的当家人，也都没有办工厂的魄力和勇气，所以没人选择办加工厂，选择养殖的多，也有几户选择种大棚蔬菜的。陈书记见大家都选择了生产项目，只剩石榴什么也没有选，就问她："石榴，你想选哪一项呀？"

石榴说："我想选办木材加工厂呢，就是还没考虑成熟，所以没有报。"

兴邦一听石榴想办木材加工厂，心想这丫头年龄不大，胆可够大的！就劝她说："石榴呀，经营工厂可不是开理发店，那是很复杂的。你一个女孩子，还是做事讲点实际，别好高骛远，到时候你办厂不成，再赔几十万元，那你一辈子都翻不过身来了！"

陈书记一听石榴说要办加工厂，也很惊讶，但她见石榴说话不慌不忙，忽然觉得石榴有很强大的气场！她想，石榴不是心里没有底、说话乱放炮的孩子，说不定她能成就一番事业，就问石榴："你说说，你为什么想办木材加工厂？"

石榴说："我家有三亩地，离村庄有一里路远，做场地不会扰乱村里的安静。还有几百棵树都已成材，可以做原材料。可惜我不懂得加工木板的技术，也不知道办木材加工厂政府能帮扶多少资金，所以还在犹豫。"

陈书记说："办木材加工厂，政府可以帮扶五万元资金，剩下的部分本金可以办无息贷款。你不懂技术不要紧，我可以给你介绍几个懂技术的熟练工。"

兴邦说："还是让她考虑几天再说吧，先不要慌着立项。"

陈书记也担心石榴办不成，万一把本钱投进去她又干不下去，那可就亏大了！所以也没再说什么。当天就石榴没有立项，其他人都确定了创业项目。

第二天石榴正在理发，忽见马好学骑着摩托车过来。石榴忙停下手里的活，迎了出来，她看着马好学说："老同学几年不见，现在长成大帅哥了！"

马好学也高兴地说："石榴姐姐当年是一枝花蕾，青涩秀气；现在出落成一朵盛开的牡丹花了，倾城倾国!"

石榴不好意思地说:"咱老同学别互相吹捧了好不好? 让人听见笑话咱是自卖自夸。"

马好学走进理发室摘下帽子，对着镜子照了照说:"听说石榴姐姐开了理发店，早就想来让姐姐给我理发。"

"我不信你早就想来理发，我都开理发店六年了，为啥今天才来?"

"我在庄寨给板厂的老板打工呢，今天回家有事，才特意拐到姐姐这里看看。"

马好学坐在了理发椅上，石榴就给他披上理发巾，把他拉到洗头盆前先给他洗头。洗了头之后，让他再回到座椅上，开始理发。石榴边给马好学理发，边与他闲聊。听马好学说开板厂很发财，也不需要多高的技术，石榴就问:"开个板厂得多少本金呀?"

"至少得二十万元。"

"那咱俩合作开个板材加工厂吧?"

"姐姐想得太简单了，"马好学说，"建木材加工厂，二十万元本金咱上哪里弄呀?"

石榴说:"我有五万，你拿五万，咱再贷十万元的款，不就解决问题了吗?"

马好学一听石榴让他拿五万元本金，就说:"我才盖了楼，现在还借着债呢，哪有五万元钱哪! 姐姐当老板，我给你负责技术指导还可以。"

石榴说:"那好吧，等我准备好了，你就过来当总指挥!"

石榴给马好学理完发，又给马好学要了电话号码。马好学不相信石榴能办成工厂，觉得石榴是一个女孩子，说说大话不过给嘴做个生日罢了，所以也没当真，就告别石榴回家去了。

谁知这石榴从小没娘，她爹又生病多年，家里家外的事都是她一肩挑，练成了特立独行、敢作敢为的性格。马好学走后，她立刻写了一份申请书，跑到乡政府（乡党委和政府在一个院）找到陈书记。陈书记看了她的申请书，没想到这丫头真想办工厂。

她详细询问了石榴的打算，觉得石榴说得有条有理。看着石榴那坚定的眼神，陈书记忽然觉得石榴内心潜藏着巨大的能量，就说："好吧，石榴，我支持你创业！等上级批准了，我就帮你贷款。"

也是石榴时来运转、诸事顺利，不久上级就批准了石榴办厂。陈书记又帮助石榴贷款十五万元。石榴给马好学打了电话，要他快点来厂里上班。马好学说："就咱两个人还开不了，你还得再找五六个熟练工才行。"

石榴又给陈书记打电话，让陈书记再帮她找几个熟练工。陈书记说："我已给你联系好了五个在木板加工厂干过活的人，让他们明天过去，帮你安装电锯。"

就这样，石榴让马好学领着那几位工人采购设备，又扯上电线，安装一个变压器，板厂说开工就开工了。

开工那天，陈书记、村主任都来压阵。结果一看，生产非常顺利。陈书记还帮着抬板子，累得满头大汗。干到小晌午，乡里来电话叫她，她才离开木板加工厂。

生产了几个月，卖出去第一批产品，就赢利五万元。这是石榴淘到的人生第一桶金！

扎根从城里回来，他爹娘都给他说："石榴一个大闺女，天天跟着几个男人在一块干活，说说笑笑的，太不像话了。你劝劝她吧，别再让她疯了！"

扎根爱石榴爱得要命，凡事唯石榴马首是瞻，哪里敢说她？但不说石榴吧，害怕石榴跟那几个男工日久生情，发生了出轨的事情，那可是一顶沉甸甸的绿帽子扣头上了！扎根想来想去，决定辞了大酒店的工作，也到石榴的加工厂打工。

再说钱溪清自从嫁到二猴子家，又生了个儿子，就辞去了大酒店的工作，在家当全职太太。一开始二猴子他娘喜欢溪清这儿媳妇，还喜欢大孙子，一家人过得欢天喜地。可是好景不长，她和儿媳妇在一起生活，钱溪清不进厨房，连衣服也不洗。二猴子他娘心想，我当婆婆的，别说让你这儿媳妇侍候了，我反过来给你做吃做喝，还给你洗衣服，你这儿媳妇一过门就当上老奶奶了！整天还对我喝来使去的，不见你个笑脸，我成个丫鬟妮子了！

婆媳俩不对付，就经常吵架。俗话说，"清官难断家务事"，兴邦也没有办法。最后兴邦为了避免生气，就在东地盖了两间屋，两口子挪到东地住去了，把原来的楼房让给了儿媳妇，还分给儿媳妇三亩责任田。可是二猴子不在家，钱溪清看着个孩子，不下地干活。眼看着分给她的那三亩地都荒芜了，兴邦无奈，还得给儿媳妇种地。虽说老婆婆不用当丫鬟妮子了，但老公公又成了儿媳妇的长工。每年收了粮食，还得给她用三轮车拉着送到家，然后在儿媳妇的指挥下把粮食装进仓里。

钱溪清的孩子已经六岁了，到了上学的年龄。她就把孩子送到学校，自己也来给石榴打工。她跑到婆婆那里，对婆婆说："你大孙子上学了，我去给石榴打工，你每天中午和下午放学时去接你的孙子吧。"说完也不管婆婆同意不同意，一扭屁股就走了。

到了年底，石榴一算，除了成本和工人的工资，还净赚三十五万元。石榴还了贷款，还剩二十万元呢！于是她买了一辆面包车，拉着她爹和扎根的爹娘，来到城里转悠一圈，又在超市里给每位老人都买了一件羽绒服，还买了几条棉裤，把三个老人都打扮得像退休干部。还在饭店里要了一桌丰盛的饭菜，让三个老人吃得直打饱嗝。回来时又买了几箱年货。

车来到扎根家门口，停下来，石榴搀扶着扎根他娘下车。正好二猴子他娘和几个老太婆在门口站着说话，看见扎根爹娘两口子穿得像城里的干部，比往日光鲜了许多，便都围过来跟扎根他娘说话。石榴和扎根又从车上搬下来几箱年货，送到扎根家里。

二猴子他娘看在眼里，心中像打翻了一只五味瓶，那真是羡慕、忌妒、后悔，各种滋味一齐涌上心头。其他老太婆纷纷夸奖石榴："想不到石榴这闺女恁有能耐，还恁孝顺，看看老四两口子都享儿媳妇的福了！"

二猴子他娘气鼓鼓地说："嗨，人比人，气死人哪！看俺那儿媳妇，成亲恁多年，没给我和她老公公买过一根线头。俺两口子天天给她抱孩子，给她种地，还得听她的孬话，你说我咋这么命苦呢！"

她忘了钱溪香就站在她的身后，钱溪香一听，二猴子他娘在大街上卖她妹妹的孬，那气就不打一处来，马上指着二猴子他娘说："俺妹妹到你家就给你生了个大孙子，你还不知足呀？溪清在医院坐月子，你这婆婆跑哪里去了？你一天也不侍候，都是俺娘家娘侍候的，你这婆母娘是白捡的吗？"

二猴子他娘那老脸一下子黑一阵红一阵，手都没地方搁了。她本来是想背地里发发牢骚，真见了儿媳妇她连屁都不敢放。没想到一张嘴又被钱溪香逮个正着。这下可惹了马蜂窝，她被钱溪香劈头盖脸地数落一通，哪里还敢嘴？像个斗败的草鸡，灰溜溜地回家了。

这时就听到她老头子正在喇叭里讲话呢。她老头子说："咱村建幼儿园的钱款已经筹齐了。都是大伙捐的钱，现在我把捐款名单公布一下。"

二猴子他娘认真地听着，捐款的都是村里做生意的，也有打工回来的人。数额都不大，不过三千两千的，也有捐百儿八十的。最后公布的是石榴，捐款十万元！二猴子他娘一听顿时惊呆了，她做梦也没想到石榴这个穷命的丫头挣了这么多钱！这个消息一下子把二猴子他娘的三观都颠覆了！她想起当年二猴子已经跟石榴订婚自己却退了，要不然石榴就是她的儿媳妇呀！都怨自己听了那瞎子一通胡说，就冒冒失失把孩子的婚给退了，想到这里她的肠子都悔青了！

兴邦回来后，二猴子他娘一肚子委屈，给老头子说说吧。谁知她把钱溪香在大街上抢白她的话学了一遍，兴邦不但不向着她，还批评她一通："你在大街上说儿媳妇的坏话，她姐听见会不生气吗？她姐骂你是轻的，儿媳妇要是知道了，骂你骂得更惨！你不懂祸从口出吗？你管不住自己的乌鸦嘴，咱这个家就永远不会和平！"

过了年，板厂又开始生产，产品卖出一批又一批。石榴的存款数也越来越大，她已跃居全村首富。加上石榴办事随和，出手大方，经常接济村里的困难户，所以村里的男男女女、老老少少都对石榴非常敬爱。扎根暗想，石榴身价高了，长得又漂亮。俗话说，"男人有钱就变坏"，这女人也是人呀，谁能保证石榴不变坏呢？她手底下这几个男工，哪个都比我长得帅，我要再不抢先下手，别人就可能把老婆给我盗走了。那可就哭天无泪啦！于是扎根就天天央告石榴，要求她快快结婚。

石榴本来打算国庆节结婚，架不住扎根唠叨，就答复他五一期间举行婚礼。扎根这才放了心，回家告诉了爹娘，全家皆大欢喜。

钱溪清听说石榴五一就要结婚，原来漆园酒店有规定，哪位员工引来一场酒宴，是有提成的。于是她对石榴说："二猴子在漆园大酒店当领班，那大酒店里有婚宴厅，厅里还有举行婚礼的舞台，音响一应俱全。我给二猴子说一声，你就在漆园酒店举行婚礼吧？"

石榴一听钱溪清这个建议挺好，马上让钱溪清拨通二猴子的电话，钱溪清听到电话通了，就把电话递给了石榴。石榴说："二哥呀，我到五一要办婚宴，在漆园酒店行不行？"

二猴子说："恭贺你了，石榴！你要在漆园举行婚礼，我给老总说说，让他在价钱上给你优惠点，在酒宴上给你实惠点，好吧？"

石榴说："那先谢谢二哥了！"

"谢什么，咱俩谁跟谁呀？"二猴子说这话很有深意，不过别人听不懂。要不是怕钱溪清听见，他好想说，你本来该是我的老婆呢！

鹌鹑店有个叫孙峦岭的年轻人，他比扎根大一岁，却娶了一个比他小四岁的媳妇，就是和石榴在小学才艺展示会上一起获得一等奖的曹蕴香。他俩结婚后，就在城里办了个婚庆公司，专门给结婚的人主持婚典。石榴就给孙峦岭打电话，预约他在五一那天去漆园大酒店主持婚礼。孙峦岭早就喜欢石榴，听石榴求他主持婚礼，非常高兴，说："放心吧石榴，保证让你和扎根的婚礼办得幸福、快乐、满意！"

曹蕴香口齿流利，脑筋灵活，相貌清秀，气质高雅。上中学时曾梦想过当电视节目主持人，后来高考落榜，她的梦想化为泡影，只好低就，当了个结婚典礼的主持人。曹蕴香虽然比扎根年龄小，但论孙峦岭的辈分，扎根该叫她嫂子呢。所以去年曹蕴香结婚时，扎根作为小叔子，是闹洞房的主力军，曾经抬住曹蕴香一条腿和另外几个青年打过曹蕴香的

"夯墩"。还让孙峦岭站在椅子上，两腿夹住个啤酒瓶，逼着曹蕴香去喝那瓶子里的啤酒。曹蕴香觉得这是对自己的羞辱，哪里肯喝？结果被几个小叔子拧住胳膊按住头，推到孙峦岭跟前逼着喝了。喝完之后，孙峦岭还扬扬得意地把啤酒瓶子高高举起，好像在宣示，曹蕴香已经属于他了！

总之，曹蕴香当新娘时，被扎根和几个年轻人作弄得都掉泪了！所以曹蕴香当扎根的婚礼主持人，就有意报复扎根，非要作弄他一番不可！

婚礼在一阵音乐声中拉开帷幕，曹蕴香迈着轻盈的步伐，风度翩翩地走上礼台。

她讲了一通漂亮的开场词：

"各位来宾，各位朋友，新郎和新娘两情相悦，地久天长，伴随着喜庆的鞭炮和美妙的音乐，携手走进了婚礼的殿堂。他们二人经过一段时间的谈情说爱，终于梦想成真，喜结良缘。这真是两心相许、只在一盼，终于盼来了这人生中最美妙的光景。

"百年修得同船渡，千年修来共枕眠。人生是花，爱就是花的蜜，当爱情瓜熟蒂落，男女双方通过合法途径结为夫妻的时候，每个人生命中最动人的一幕就要开始了。从此，一个崭新的家庭也就诞生了。茫茫人海，芸芸众生之中又少了两个单干户，多了一个新家庭。在此，我们恭喜两位，两颗丹心呈祥瑞，百岁结发度春秋！我们衷心祝愿两位新人丝罗共结，百年偕老，琴瑟相伴，地久天长。让我们以热烈的掌声，对他们两位的幸福结合表示祝贺！"

扎根与石榴手牵着手，在一阵雷鸣般的掌声中走上婚礼台。石榴肤白似雪，明眸皓齿，身材凹凸有致，往台上一站，美得惊人。扎根皮黑眼小，低矮超胖，两人形成了鲜明的对比。

曹蕴香说："大家看，这对新人对仗多么工整：脸黑对肤白，低矮对高挑，獐目对明眸，粗俗对高雅，请问新郎，你俩是学律诗的吧？"

扎根知道曹蕴香故意出自己的丑，但他没有办法，只好赔着笑脸说："嫂子，在这场合，请您高抬贵手。"

曹蕴香装着没听见，又转头问大家："新娘和新郎对仗不对仗呀？"

这鹌鹑店的风俗是，谁家有婚事，全村的年轻人都随礼，以前是给新人买几张画，后来是买件衣服，现在都变成兑钱了。扎根的婚礼亲戚不多，都是街上的邻居来闹腾。那些扎根叫嫂子的，或者叫婶子的，结婚时都被扎根作弄过。今天扎根结婚，是她们收拾扎根的好机会，怎么肯轻易放过！所以那些年轻媳妇有的说："新郎新娘很对仗！"也有的嚷："石榴是一棵嫩白菜，让扎根这个猪八戒给拱了！"

曹蕴香对扎根说："你听见了吗？观众都说你是个猪八戒，把石榴这棵嫩白菜拱了。"

扎根说："我们是明媒正娶，兴邦大娘是我们的媒红。"

曹蕴香接着说："在双方父母和亲戚朋友的见证下，你这猪八戒拿出诚意来，开始向美丽的新娘求爱吧！"

这时早有人递过来一束红玫瑰，扎根双手捧着玫瑰花，走到石榴面前献花。

石榴抬起手正要接，曹蕴香说："新娘不要接！"石榴就又缩回了手。

曹蕴香说："新郎站着献花缺乏诚意，为了表示你对新娘的忠诚，要跪地献花！"

扎根就单膝跪地，把花举过头顶。石榴又要去接花，曹蕴香说："且慢，新郎单膝跪地实在草率，请新郎双膝跪地，表示好事成双、双喜临门、比翼双飞！"

扎根没有办法，只好双膝跪地，石榴这才接过了鲜花。曹蕴香又说："现在新郎要跪着，目光注视新娘，向新娘表白你对新娘蕴藏已深的爱意，和你今后对新娘尽忠的决心。"

扎根望着石榴，神色凝重地说："石榴，我对你爱慕已久，日夜思念，就是找不到向你表达的机会。今天我当着父母的面，当着满堂亲戚朋友的面，我向你发誓，婚后我将永远爱你，把你当作我的心肝宝贝，呵护你，与你白头到老、共度人生。"

石榴说："谢谢你的恩爱，我愿意与你共同努力，一生不离不弃，建设我们幸福的家园。"

曹蕴香又把话筒对着扎根问："大家都说你是猪八戒，石榴是嫩白菜，你说说你是怎样把这棵水灵灵的小白菜拱到猪窝里的呢？"

扎根说："我们两个虽然内心早就互相爱慕，但谁也没有公开表示过。还是兴邦大娘给牵线搭桥，才走到一起的。"

台下有那长着毒嘴的媳妇就大声说："叫扎根老实交代，前年冬天的一个夜晚，他是如何在桥头劫持石榴的？"

台下的年轻媳妇们一齐喊："新郎面对大家一定要说实话，不许说谎！这时候还不诚实，就是对婚姻的大不敬，不能放他过关。"

扎根心想，我当年在桥头救了石榴，那牵扯到石榴的隐私，石榴必定不想公之于众，我如何能说？但大家不放他过关，逼得扎根急了，就说："我说什么，你们都不信，你们就问石榴吧！"

石榴见有些媳妇提起这事，知道大家早就掌握她和扎根订婚的来龙去脉了，倒不如实话实说，也显得对大家信任和尊重。

于是石榴说："我以前有过一段恋情，因那是我的初恋，感情陷入过深，后来我被男朋友抛弃的时候，就如同走到了人生的尽头，悲痛欲绝。一个深夜，我企图跳进河里轻生，当我在桥头徘徊不定时，遇上了扎根。扎根见我神色不对，就苦苦劝我回家，起初我不肯走，后来他陪我有两个钟头，我赶他也赶不走。我想人家为救我，被困在这天寒地冻的桥头，要是把他冻病了，就太不应该了！我就跟着他回到俺家。我又赶他走，他怕他走了，我再跑出去，所以坚决不走。我没有办法，就抱一床被子，让他睡在俺家东屋里。我回堂屋里睡。睡到黎明，我怕他冷，就悄悄起身去看他。谁知我一打开屋门，却见他正披着被子在院里站着呢。我心里非常感动，就走到他跟前，用手一摸他身上披的被子，那被子上竟落了一层霜雪。我顿时明白了，他为了保护我，竟然在院子里站了整整一夜！我那冰冻的心一下子就被他的忠诚给暖化了，我激动得一下子就扑进他的怀里……"

石榴说到这里，已经泪流满面，泣不成声！那些刚才还大呼小叫的年轻娘们，这时都感动得眼圈湿润，对扎根刮目相看了！

二猴子两口子、河娃两口子，围坐在一张桌子旁。二猴子仍然对石榴一往情深，见石榴痛哭，他也黯然神伤，偷偷地抹眼泪。河娃听到石榴的诉说，句句都是对自己的控诉，那脸就像被谁扇了两巴掌，霎时变得通红，汗珠伴着愧疚的泪水都顺着脸颊淌下来了。

吕春叶知道河娃还深爱着石榴，见他此刻也流下泪来，心里酸溜溜的，就趴在钱溪清耳朵旁小声说："你看，俺二哥与河娃都陪着石榴哭呢！"

钱溪清不由得妒火中烧，她愤怒地骂了一声："犯贱！"